Hansi Hinterseer
Da wo die Berge sind Teil 1

Robert Gruber
Da wo die Berge sind

Hansi
Hinterseer
DA WO DIE BERGE SIND TEIL 1

Robert Gruber

Da wo
die Berge sind

Nach einem Drehbuch von Eduard Ehrlich

MOEWIG

Umschlagabbildungen:
Bavaria Media GmbH, Peter Korrak / Getty Images, München

Printed in Germany

ISBN: 978-3-8118-2952-7

www.moewig.de

Schnee lag auf den Gipfeln der Kitzbühler Alpen. Weiß schimmerten sie im Licht der Frühlingssonne. Ein Saum dichter Nadelwälder und grüner Wiesen umgab die schroffen Felsmassive. Wabernde Nebel stiegen aus den Hochtälern empor und wenn man Glück hatte, dann konnte man hier und da einen Greifvogel in der Höhe kreisen sehen.

Ein beeindruckendes Bergpanorama bot sich dem Betrachter dar und es war wohl unmöglich, beim Anblick dieser Naturschönheiten nicht eine gewisse Demut zu empfinden.

Auf den tiefer gelegenen Hängen bestellten Bergbauern ihre Felder und rangen seit Jahrhunderten den kargen Böden ihre Ernte ab. Unten im Tal schlängelte sich eine schmale Straße durch dichten Baumbewuchs und steile Hänge. Ein Postbote nahm diese Straße mit seinem Moped, dessen Motorengeräusch zwischen den Berghängen widerhallte. Schon von weitem konnten die Menschen in den Dörfern und Gehöften des Tales hören, wo sich der Postbote gerade befand und wie lange es wohl noch dauern würde, bis er eintraf. Aber in dieser Hinsicht konnte man sich auch stark verrechnen. Denn die Postboten neigten dazu, auf den einzelnen Gehöften oder beim Dorfgasthof eine kleine Pause einzulegen und auf ein Schwätzchen zu bleiben.

Inmitten dieser idyllischen Bergwelt, in der sich auch die Menschen dem langsamen Lebensrhythmus der Natur angepasst zu haben schienen, lag das Dorf Schönbichl. Es bestand aus einer Kirche, ein paar Häusern und einem Gasthaus im Schatten der Bergmassive. Dieses Dorf wirkte nicht wie ein Fremdkörper in der es umgebenden Natur, sondern wie ein Teil von ihr – fast so, als hätte es schon immer existiert. Der Postbote nahm mit seinem Moped gerade die letzte Steigung, ehe es wieder bergab ging und er auf das Dorf zufahren konnte. Wenn man Schönbichl aus dieser Richtung erreichte, war zweifellos der Dorfgasthof Brunner jenes Gebäude, das einem zuerst ins Auge fiel.

Das Erdgeschoss war aus massivem Stein, das darüberliegende Obergeschoss und die beiden Dachstockwerke jedoch hatte man in Blockbohlenbauweise aus Holz gefertigt. Vor dem Haus gab es eine Terrasse, die bei gutem Wetter immer von zahlreichen Gästen in Beschlag genommen wurde.

Eine wahre Blütenpracht prangte in den Blumenkästen, die die Balkone umsäumten. Es war die Wirtin selbst, die sich um die Pflege dieser Pracht kümmerte, und auch jetzt war sie wieder damit beschäftigt. Mit der schweren Gießkanne stand sie da und sorgte dafür, dass die Blumen genug Wasser bekamen. Der Postbote grüßte sie mit einer Handbewegung, hielt kurz am Briefkasten an, steckte ein paar Sendungen durch den Schlitz und fuhr weiter. Einem Dörfler, der gerade daherkam, reichte er kurzerhand im Vorüberfahren die Zeitung.

»Servus!«, rief er.

Der Dörfler, ein schon etwas älterer Mann in traditioneller krachlederner Hose und weißem Hemd, grüßte zurück.

»Grüß dich, was bist du heut eilig?«

»Bin heut spät dran, Korbinian!«, hörte man den Postboten noch rufen.

Der Dörfler seufzte: »Mei, als ob ihn das sonst je gestört hätt.«

Der Postbote setzte seinen Weg fort.

»Servus, Kreuzleitnerin!«, grüßte er eine Passantin, die gerade auf dem Weg zur Kirche war.

»Ich hoffe, es sind net wieder nur Rechnungen dabei!«, antwortete die Passantin, eine schon etwas ältere Frau in traditioneller Tracht.

»Ich schreib die Post net, ich bring sie nur!«, rief der Postbote zurück und war auch schon auf und davon.

Dann gelangte er an das Schild mit der Aufschrift »Zum Wildpark« und bog ab.

* * *

Der Wildpark umfasste eine großzügige Fläche im Schatten des Wilden Kaisers. Muffelwild, Damhirsche und Steinböcke lebten hier in friedlicher Eintracht, dazu allerlei Ziegen und Steinwild. Der Landwirt Franz Sandgruber senior war gerade damit beschäftigt, Futter in die Tröge zu füllen. Schon drängten sich einige Ziegen um seinen Traktor und den angehängten Futterwagen. Ungeduldig erwarteten sie ihre Fütterung. Oft trafen sie schon deutlich vor dem täglichen Fütterungszeitpunkt ein. Ein Hirsch mit mächtigem Geweih drehte den Kopf zum alten Sandgruber hinüber und ließ ein durchdringendes Röhren vernehmen.

Franz senior drehte sich um und rief: »Na, willst dich vielleicht beschweren?«

Da der alte Sandgruber nun wirklich nicht mehr der Jüngste war, führte er die Fütterung nicht allein durch, sondern ließ sich von seinen Gehilfen Ernstl und Paul kräftig unter die Arme greifen.

Und außerdem waren da auch die Mitglieder seiner Familie, die das Ganze in Betrieb hielten. Sein ältester Sohn Franz junior war auf dem Hof mit dem dazugehörigen Wildpark voll eingestiegen und auch seine Tochter Katharina lebte auf dem Hof und fasste mit an.

Die gute Seele des Hofs aber war seine Frau Irmgard,

die schon immer in ganz besonderer Weise verstanden hatte, die Familie zusammenzuhalten.

Bis auf Hansi, das jüngste der Sandgruber-Kinder, war ihr das auch gelungen. Hansi hatte im fernen Wien sein Glück gesucht und Franz senior spürte eine schwere Last auf seinem Herzen, wenn er daran dachte.

Im tiefsten Inneren wusste Franz senior sehr wohl, dass er nicht ganz unschuldig an dem Zerwürfnis mit seinem Jüngsten war. Er bedauerte das alles heute zutiefst, aber auf der anderen Seite war er zu stolz, um den ersten Schritt zu machen.

Manch harte Worte waren damals gefallen, als der Hansi den Hof verlassen hatte. Und Franz senior hätte sich heute nichts sehnlicher gewünscht, als damals geschwiegen zu haben. Aber Worte ließen sich nun einmal ebenso wenig zurücknehmen, wie es unmöglich war, einen zersprungenen Krug so zu reparieren, dass er wieder wie früher aussah.

Der Landwirt wischte sich den Schweiß von der Stirn. Der Frühling hatte mit aller Macht eingesetzt und das machte seinem Kreislauf arg zu schaffen. Aber schön war's, die Natur bei Sonnenschein sehen und beobachten zu können, wie überall das Leben nach dem langen, harten Winter in den Bergen zurückkehrte.

Die vielen bunt blühenden Pflanzen, die man jetzt überall bewundern konnte, gaben davon ebenso ein beredtes Zeugnis ab wie das muntere Balzgezwitscher der Vögel.

Mochte die Arbeit in der freien Natur auch noch so erfüllend sein, anstrengend war sie schon. Franz Sandgruber senior fuhr seinen Traktor ein Stück weiter, während seine Gehilfen Ernstl und Paul damit begannen, Obst unter das Futter zu mischen. Einen der Äpfel ließ Paul, ein korpulenter, vierschrötiger Mann mit gutmütigem Gesicht und hochroten Wangen, unauffällig in seiner Schürze verschwinden. Der war doch viel zu schade, um ihn den Tieren zu geben, fand er. Aber er war offensichtlich doch nicht geschickt genug gewesen.

»Geh, Paul, was treibst denn da?«, hörte er eine Stimme neben sich. Ernstl hatte offensichtlich mitbekommen, was Paul getan hatte. Kurz entschlossen langte Ernstl in Pauls Schürzentasche, holte den Apfel hervor, warf ihn empor und fing ihn mit der anderen Hand wieder auf.

»Geh, Paul, was fällt dir denn ein!« Ernstl schüttelte tadelnd den Kopf. »Net zu glauben ist es, dass du dich jetzt schon am Tierfutter vergreifst, Pauli!«

»Was heißt denn hier ›sich vergreifen‹!«, empörte sich Paul.

»Na, wenn'st was nimmst, was für jemanden anders ist, du Depp!«

»Ich denk net, dass sich das Wild beschweren wird!«

»Willst das mit dem Sandgruber senior diskutieren?«

»Mei, ich wollt ja nur …«, versuchte Paul eine Verteidigung, aber die ließ der Ernstl nicht gelten.

Er klopfte dem Paul gegen den Bauch und meinte: »Dick genug bist, meinst net?« Dann warf er den Apfel in den Trog, wo er gleich zum Streitobjekt zwischen zwei Ziegen wurde.

Ein tiefer Seufzer ging über Pauls Lippen. »Nix gönnst mir!«, knurrte er und ging wieder an die Arbeit.

Unterdessen war eine Zwergziege auf den Anhänger des Traktors gesprungen. Sie suchte dort nach Futterresten, die nicht im Trog gelandet waren. Franz senior drehte sich um. »Raus da, hopp!«, rief Franz senior barsch. Aber die Ziege schien davon nichts zu halten. Sie meckerte lauthals. Fast so, als wollte sie gegen die Anordnung des Bauern protestieren. Aber da half kein Protest, sie hatte mitten im Futter einfach nichts zu suchen, da kannte Franz senior kein Pardon.

»Geh, schleich dich aber jetzt!«, rief der Bauer aufgebracht und machte Anstalten, selbst auf den Wagen zu klettern. Doch schon der Versuch war für die Ziege Grund genug, das Weite zu suchen. Meckernd sprang sie zu Boden und rannte sofort davon. Franz senior atmete tief durch. »Warum nicht gleich so?«

Franz senior ließ den Blick schweifen und atmete einen Augenblick lang durch. Dieser Wildpark inmitten der Natur war so etwas wie sein Lebenswerk geworden und er hatte einiges auf sich genommen, um ihn aufzubauen. Rund um den heimatlichen Branderhof, den er einst von seinem Vater geerbt hatte, war nun ein wahres Wildparadies entstanden. Das Knattern eines Mopeds mischte sich von ferne in die ansonsten sehr beschauliche Geräuschkulisse.

Der Postbote, dachte Franz senior und schon im nächsten Moment sah er das Moped sich den steilen Hang zum Hof hinaufquälen. Sein Blick glitt weiter zum Branderhof, von wo er eine ihm sehr vertraute Stimme hörte. Hell war sie, diese Stimme, und lebensfroh. »Ich komm gleich wieder, Mutter!«, rief das Mädchen, das jetzt beim Haupthaus zur Tür hinauslief. Die Zöpfe wirbelten ihr dabei nur so ins Gesicht.

Sie spurtete los.

Ihr machte es nicht das Geringste aus, die Stecke bis zur Futterstelle im Dauerlauf hinter sich zu bringen – und das, obwohl der Weg zum Teil recht steil anstieg.

»Ach ja, die Sonja«, murmelte Franz senior vor sich hin. Er empfand seine Enkelin als wahren Sonnenschein. Neun Jahre war sie bereits geworden und ein für ihr Alter sehr verständiges, blitzgescheites Madel. Franz Sandgruber senior wandte sich wieder seiner Arbeit zu und kuppelte den Anhänger vom Trecker. Ist schon eine ganze Weile her, dass es mir nichts ausgemacht hat, den Weg vom Hof bis hierher im Laufschritt zurückzulegen, dachte Franz senior. Aber die Zeit konnte man halt nicht zurückdrehen und wenn er es recht bedachte, dann wollte dies der Landwirt auch gar nicht. Dazu hatte er in seinem erfüllten Leben viel zu viel Schönes erlebt. Und als junger Bursche noch einmal von vorne anfangen? Nein, dachte er, das wär's dann auch nicht.

Keuchend und völlig außer Atem kam Sonja schließlich am Futterplatz an.

»Opa! Essen!«, brachte das Madel gerade noch hervor, dann musste es erst einmal tief Luft holen. Franz senior legte den Arm um seine Enkelin. »Komm, gemma!«

»Die Oma wartet schon.«

»Ja, ja …«

»Fahr'n wir mit dem Jeep?«, fragte Sonja.

Franz senior zwinkerte seiner Enkelin freundlich zu. »Ja freilich. Ich will net die ganze Strecke rennen müssen. Das muss ich mir nun wirklich net mehr antun!«

»Mir macht das nichts aus«, meinte Sonja, die inzwischen schon wieder Luft genug zum Reden hatte.

»Das überrascht mich net, Sonja. In deinem Alter ging mir das genauso.«

»Ich glaube, das ist alles eine Frage des Trainings.«

»Ach, ja?« Franz senior wandte sich seinen Gehilfen zu und winkte. »Also bis nachher«, verabschiedete sich Franz senior von Ernstl und Paul.

»Bis nachher, Chef!«, riefen Paul und Ernstl wie aus einem Mund. Paul hatte bereits damit begonnen, seinen mitgebrachten Proviant auszupacken, um eine zünftige Brotzeit abzuhalten.

Franz senior ging derweil zusammen mit seiner Enkelin zum Jeep, an dessen Türen in großen Lettern die Aufschrift WILDPARK SCHÖNBICHL prangte.

»Opa, ich will hinten auf dem Kasten mitfahren«, forderte Sonja.

Der Sandgruber Bauer seufzte hörbar. Gewisse grundsätzliche Bedenken hatte er schon, was das Anliegen des Mädchens anging. Schließlich entsprach es ganz und gar nicht der Straßenverkehrsordnung, was sie da vorhatte.

Andererseits konnte Franz senior seiner Enkelin einfach nichts abschlagen.

Zumindest nicht, wenn es nicht wirklich unbedingt verboten werden musste. Er selbst war zu seinen Kindern als Vater immer eher streng gewesen, aber als Großvater ertappte er sich häufig dabei, zur Nachgiebigkeit zu neigen, und erkannte sich manchmal selbst nicht wieder. Er schob das auf die zunehmende Gelassenheit, die die Erfahrung vieler Jahre so mit sich brachte. Und vielleicht war auch etwas Schuldbewusstsein dabei – denn wenn er damals, als der Hansi den Hof verlassen hatte, etwas nachgiebiger und verständnisvoller gewesen wäre, hätte er ihn vielleicht daheim auf dem Branderhof halten können.

Aber das war reine Spekulation und es hatte wenig Sinn, sich mit diesen Gedanken länger aufzuhalten.

Sie blieben doch letztlich fruchtlos.

»Nun sag schon, Opa! Darf ich auf den Kasten?«

»Ausnahmsweise«, stimmte er also schließlich zu. »Aber sei vorsichtig!«

Sonja sah ihren Großvater mit großen Augen an.

»Geh, Opa, kennst mich doch!«

Franz Sandgruber senior lächelte und nickte bedächtig. »Ja, ebendrum weise ich dich darauf hin.«

Das Madel kletterte auf die Ladefläche des Jeeps, während sich Franz senior ans Steuer setzte, startete und losfuhr.

Der Jeep hielt vor dem Hof.

Schon bevor Franz senior ausgestiegen war, sprang Sonja vom Wagen und lief vorneweg. Bei einem Vogelhäuschen hielt sie kurz inne. Vorsichtig näherte sie sich, so, als ob sie irgendetwas beobachtet hätte. Lange hielt sie sich damit jedoch nicht auf, sondern lief gleich weiter zur Tür, während Franz senior seiner Enkelin so schnell wie möglich folgte. Und obgleich Franz senior ganz sicher ein mindestens ebenso großer Naturliebhaber war wie seine Enkelin, so hatte er doch im Augenblick für das, was sich in dem Vogelhäuschen tat, keinen Blick.

Sonja lief ins Haus und stürmte wie ein kleiner Wirbelwind gleich auf geradem Weg in die Küche.

»Oma, Oma!«, rief sie. »Ich habe einen Star am Vogelhäuschen gesehen!«

Irmgard Sandgruber saß bereits am Tisch und war damit beschäftigt, das Essen auszufüllen. Schwammerlgulasch gab es – und den mochte vor allem ihr Mann besonders gern.

Die Bäuerin vom Branderhof hob die Augenbrauen und sah Sonja an.

»Wirklich?«, fragte sie.

»Ganz bestimmt, Oma!«

»Sag einmal, ist auch ein Weibchen dabei gewesen?«

Sonja blieb stehen und schüttelte den Kopf. »Nein.«

Die Oma hielt in der Bewegung inne und wirkte plötzlich sehr nachdenklich. »Oje«, sagte sie und ihr Gesicht verfinsterte sich auf einmal.

Sonja bemerkte natürlich diese Veränderung an ihrer Großmutter, auch wenn sie nicht sofort verstand, was diesen plötzlichen Stimmungsumschwung bewirkt hatte.

»Geh, Oma, was ist denn?«, fragte das Madel daher besorgt.

»Wenn die Stare im Frühjahr nicht nisten, dann ist hinterher immer was Schlimmes passiert«, erklärte ihr daraufhin die Großmutter mit sehr ernstem Tonfall.

Sonja wandte sich an ihre Mutter Katharina Sandgruber, die gerade noch eine Schüssel auf den Tisch stellte.

»Mama, was meint die Oma damit, dass was Schlimmes passiert, wenn die Stare nicht im Frühjahr nisten?«, hakte sie auf ihre gewohnt beharrliche Weise nach.

Inzwischen hatte Oma Sandgruber ihrem Sohn Franz junior den Teller hingestellt und sagte nur: »Ja mei, es ist halt immer so gewesen.«

Aber Sonja war das nicht genug an Erklärungen.

Franz junior verdrehte die Augen. »Geh, hör doch auf mit dem blöden Aberglauben«, wies er seine Mutter zurecht. »Damit machst dem Kind doch nur Angst. Was soll die Sonja denn davon denken? Dass ein Unheil einfach so kommt und man nix dagegen tun kann, nur weil Stare net Hochzeit halten wollen? Das kann unmöglich dein Ernst sein!«

»Aberglauben nennst du das?«, fragte Irmgard Sandgruber und stemmte die Arme in die Hüften.

»Ja freilich, was ist es denn sonst?«, lautete die Erwiderung von Franz junior. »Dass es da einmal ein paar Vorfälle gegeben hat, das ist nichts als reiner Zufall.«

»Nein, Zufall würd ich das net gerad nennen!«, widersprach Irmgard, die das ganze Thema eigentlich leid war – und zwar, weil sie nichts so unangenehm fand wie Streit in der Familie. Da war sie dann eher bereit, einmal bei einer Meinungsverschiedenheit klein beizugeben.

Und an Sonja gewandt fügte er noch hinzu: »Hast gehört, Madel, mach dir keine Gedanken darüber.«

Von Irmgard erntete er dafür einen sehr strengen Blick, der die Missbilligung der Bäuerin deutlich zum Ausdruck brachte. Sonja fischte inzwischen mit ihren Fingern ein Eischwammerl aus der Soße.

»Geh, Sonja, das gehört sich nicht!«, fuhr Katharina dazwischen und klatschte ihr auf die Finger. »Wer soll die denn noch essen?«

In diesem Moment betrat Franz senior die Küche. Sobald der Bauer die Stube betreten hatte, kehrten Ruhe und Frieden ein. Wie durch ein Wunder rissen sich plötzlich alle am Riemen.

Franz senior setzte sich ans Ende der Tafel und nahm den Filzhut mit dem Gamsbart ab. Den legte er einfach neben sich auf die Bank. Vor ihm wartete ein köstlich riechender Teller mit Eischwammerlgulasch. Nach der anstrengenden Arbeit am Morgen knurrte ihm natürlich gehörig der Magen. Und so war er froh, ausgerechnet sein Lieblingsgericht vorgesetzt zu bekommen.

Freudige Erwartung stand zunächst in sein Gesicht geschrieben.

Aber da war etwas, was ihm urplötzlich den Appetit vergällte. Sein Gesicht veränderte sich. Neben den Teller hatte seine Frau einen Brief gelegt, der offenbar mit der heutigen Post gekommen war. Tiefe Furchen bildeten sich auf der Stirn von Franz senior. Er wirkte regelrecht verstört und wurde totenblass.

Zuerst zögerte er, den Umschlag überhaupt zu öffnen, aber dann fasste er sich ein Herz, riss das Kuvert auf und las, was auf dem Papier geschrieben stand. Immer mehr umwölkten sich seine Züge.

Mit der flachen Hand schlug er plötzlich ärgerlich auf den Tisch.

»So eine Sauerei!«, stieß er hervor. Er konnte einfach nicht an sich halten.

Irmgard sah ihn verwundert an. So kannte sie ihren Franzl ja gar nicht! »Was ist denn?«

Der Bauer war vollkommen außer sich.

»Net zu fassen isses!«, stieß Franz senior hervor, nachdem er zunächst wie ein Fisch auf dem Trockenen nach Atem gerungen hatte. Franz schob den Teller beiseite. »Ich krieg zu viel! Das ist net wahr«, murmelte er vor sich hin. »Aber net mit mir! Mit mir können die das net machen! Vertrag hin oder her!«

Franz senior nahm seinen Hut, stand auf und ging ohne einen weiteren Kommentar zur Tür hinaus. Den Brief nahm er mit, starrte noch einmal kopfschüttelnd auf die Zeilen, die ihn so rasend gemacht hatten, und steckte ihn dann ein, bevor er die Tür hinter sich zuschlug.

»Franz, so red doch, was ist denn los?«, rief Irmgard

hinter ihm her. »Mei, und was ist mit dem Eischwam-merlgulasch?«

Doch der Franz war längst nicht mehr im Flur.

Franz junior nahm sich von dem vollen Teller, der am Platz des Franz senior zurückgeblieben war, einen Knödel.

»Auf und davon ist er«, sagte er, »wie der Hansi zu seinen besten Zeiten.« Hansi Sandgruber, der jüngste Sohn der Familie, hatte als Skistar Furore gemacht, worauf Franz junior immer ein bisschen neidisch ge-wesen war. Früher war es wiederholt zwischen beiden zu Streitigkeiten gekommen – Streitigkeiten, die auch dazu beigetragen hatten, den Hansi vom Hof zu trei-ben, was Irmgard ihrem Ältesten nach wie vor ein biss-chen übel nahm. Auch wenn sie das nach außen hin niemals zeigte.

Eigentlich war Irmgard ja dafür bekannt, dass sie die Vergangenheit am liebsten ruhen lassen wollte.

Derlei missgünstige Bemerkungen konnte sie aller-dings überhaupt nicht leiden. »Jetzt hack doch nicht dauernd auf deinem Bruder herum!«, schimpfte sie, denn das hatte der Hansi ihrer Ansicht nach nun wirk-lich unter keinen Umständen verdient. »Außerdem ist euer alter Streit doch schon viel zu lange her, als dass du immer noch mal den Spieß in der Wunde umdre-hen müsstest, Franzl!«, bekam Franz junior gleich auch noch einen Tadel hinterher.

Franz verzog das Gesucht.

»Kann man denn net mehr aussprechen, wie die Situation wirklich ist?«, fragte er provozierend in die Runde.

Von draußen war zu hören, wie der Motor des Geländejeeps gestartet wurde. Franz senior trat das Gaspedal voll durch und ließ den Motor aufheulen. Mit durchdrehenden Reifen fuhr er vom Hof.

»Jetzt tät ich aber schon zu gern wissen, was plötzlich in den Franz gefahren ist!«, stieß Irmgard voller Sorge hervor. Auf jeden Fall konnte es nicht nur irgendeine Lappalie sein, denn um derentwillen hätte der Franzl sich niemals dermaßen aufgeregt.

»Warten wir, bis er zurückkehrt«, schlug Katharina vor. »Dann können wir ihn ja fragen und sind hernach gewiss schlauer.«

Irmgard nickte. Aber das Lächeln, das ihr jetzt im Gesicht stand, wirkte aufgesetzt und verkrampft. In Wahrheit war sie voller Sorgen.

* * *

Es war ein herrlicher Frühlingstag. Einer der ersten, an dem die Sonne schon richtig Kraft hatte.

Hansi Sandgruber hielt in der Rechten einen Korb, während er die Linke um seine Freundin Pia gelegt hatte, mit der zusammen er über die Treppen der Wiener Hofburg schlenderte. Ja, dachte Hansi, für das, was ich vorhabe, ist dieser Ort vielleicht gerade die richtige Kulisse.

Arm in Arm schlenderten die beiden zum angrenzenden Park, in dem sich bei diesem schönen Wetter bereits die ersten Picknicker tummelten. Ein Springbrunnen plätscherte und ließ die Passanten für ein paar Augenblicke vergessen, dass man sich mitten in einer Großstadt befand. Wie eine Oase des Friedens und des Glückes wirkte diese Parkanlage in all der Hektik einer betriebsamen modernen Großstadt.

Pia strich sich eine Strähne ihres blonden schulterlangen Haares aus dem Gesicht und sah Hansi fragend an. »Sag mal, kannst du mir jetzt endlich verraten, was wir hier wollen?«

Hansi lächelte. »Nun wart's doch ab, sei nicht so ungeduldig!«

Sie gingen noch ein Stück über die Wiese und dann blieb Hansi plötzlich stehen.

»Du machst es aber ganz schön spannend, doch jetzt ist Schluss mit der Folter!«, forderte Pia ultimativ. »Ich will jetzt wissen, worum's geht.«

»Dann nimm einmal das hier!«

Hansi reichte ihr den Korb.

Den ganzen Weg über, den sie bis hierher zurückgelegt hatten, hatte sie sich schon gefragt, was er wohl enthalten mochte. Aber der Inhalt war mit einem Tuch abgedeckt, sodass sich nichts erkennen ließ. Hansi zog das Tuch etwas zur Seite und plötzlich kam darunter ein kleiner Hundekopf zum Vorschein, der Pia anwinselte.

»Mein Gott, wer bist du denn?«, stieß Pia hervor und das Entzücken über den Welpen im Korb war ihr deutlich anzumerken.

»Das«, sagte Hansi, »ist der Jimmy. Ein Bernhardinerwelpe. Er wird also noch ein bisschen größer.«

»Ist der süß!«, brachte Pia hervor.

»Ja, und der hat schon eine ganze Weile still sitzen müssen. Ich glaube, der braucht jetzt ein bisschen Auslauf.«

Pia nahm den Welpen aus dem Korb heraus und hielt ihn in die Höhe. Der Flaum war noch sehr weich und flauschig.

»Der ist ja wirklich herzallerliebst!«, meinte Pia und strahlte über das ganze Gesicht.

»Gefällt er dir?«, fragte Hansi.

Aber eigentlich sagte ein Blick in ihr Gesicht schon mehr, als viele Worte hätten sagen können.

»Gefallen? Das ist gar kein Ausdruck. Ich liebe ihn.«

Hansi lachte. »Na, wenn das so ist, dann gehört er jetzt schon dir.«

Jimmy stieß dazu einen fiependen Laut aus, so, als wollte er auch seinen Kommentar dazu geben.

»Hast gehört, die Aussicht gefällt ihm!«

Da bemerkte Pia, dass am Halsband des Hundes ein kleines Päckchen befestigt war.

Sie schaute es sich genauer an. Hansi stellte den Korb auf den Boden und nahm ihr anschließend den Hund ab. »Na, dann schau doch einmal nach, was drin ist«, riet er seiner Freundin. Das ließ diese sich natürlich nicht zweimal sagen. Sie löste das mit einer Schleife befestigte Päckchen und öffnete wenig später eine kleine Schatulle. Ein überglückliches Lächeln breitete sich über ihr Gesicht aus, als sie den wunderschönen Ring sah, der sich darin befand. Ein Verlobungsring, so, wie sie es sich in ihren Träumen erhofft hatte!

»Oh Hansi!«, rief sie. »Der ist …« Sie konnte gar nicht sprechen. Ein Kloß steckte ihr im Hals.

Hansi lächelte schelmisch. »Ich hab schon Angst gehabt, dass er dir gar nicht gefallen würde.«

»Wie kannst du das denn nur denken?«

»Na ja – hätte doch sein können!«

»Geh, Hansi!«

»Ja, jetzt ist mir ja auch klar, dass diese Befürchtung der reinste Schmarrn war.«

Pia betrachtet noch einmal den Ring. Es war ihr deutlich anzusehen, wie bewegt sie war. Hast dir ja auch lang genug Zeit gelassen mit deinem Antrag!, dachte sie, aber diesen Kommentar behielt sie für sich. Ende gut – alles gut, fand sie.

»Mein Gott, ich weiß gar nicht, was ich sagen soll!«, stieß Pia schließlich hervor.

Hansi zuckte mit den Schultern. »Mei, sag einfach ja.«

Sie sah ihn an. Ihr Gesicht wirkte ernst und ihre Augen waren voller Liebe. »Ja«, flüsterte sie. »Natürlich ja«, wiederholte sie.

Dann trafen sich ihre Lippen zu einem Kuss. Als der jedoch allzu innig zu werden drohte, meldete sich das Bernhardinerjunge winselnd zu Wort und unterbrach diesen Moment der Zweisamkeit. Hansi reichte ihr den Hund. »Hier, dein Jimmy«, sagte er.

* * *

Feuerwehr und Rettungskräfte waren bereits eine ganze Weile bei der Arbeit. Mit vereinten Kräften gelang es schließlich, den Geländewagen aufzurichten und Franz senior zu bergen. Den Bauern hatte man einige Meter vom Wagen entfernt gefunden. So schnell die Rettungssanitäter ihn auch aus dem Wasser holten, es war zu spät. Franz junior war natürlich ebenfalls sofort alarmiert worden. Innerlich aufgebracht sah er den Sanitätern zu, wie sie seinen Vater die Böschung hinauftrugen. Wenig später brachten sie ihn in den bereitstehenden Rettungswagen. Franz junior wollte eigentlich ebenfalls dorthin, aber einer der Gendarmen hielt ihn zurück.

»Geh, Franz, lass die besser mal ihre Arbeit machen!«

»Was?«

»Wenn die einen reanimieren, sieht das nicht immer so schön aus.«

Franz schluckte. Er ahnte, dass hier jede Wiederbelebung zu spät kam.

Dieser vermaledeite Brief, dachte er. Er war die Ursache dafür gewesen, dass der Vater so überstürzt vom Tisch aufgestanden und mit überhöhter Geschwindigkeit die Hangstraße hinabgerast war. Schon wenig später wurde diese Ahnung zur Gewissheit. Einer der Rettungssanitäter trat an die Böschung.

»Was ist?«, rief der Gendarm.

Der Rettungssanitäter schüttelte nur den Kopf. »Da war nichts mehr zu machen.«

Der Herrgott hatte den Franz Sandgruber senior zu sich gerufen.

Die Feuerwehr begann damit, den Geländewagen aus dem Bach zu ziehen. Ächzend bewegte sich das zerbeulte Wrack vorwärts. Franz junior kletterte die Böschung empor. Als er oben auf der Straße angelangt war, wurde gerade die Hintertür des Krankenwagens geschlossen. Das Blaulicht flackerte. Der Rettungswagen fuhr ins Tal hinab.

»Ich kann's kaum glauben, was ich da gehört habe«, äußerte sich ein Mann von Mitte fünfzig. Er hieß

Gottfried Sandgruber und war der jüngere Bruder von Franz senior. Auch er war sofort verständigt worden und hatte alles stehen und liegen gelassen, als er von dem Unglück seines Bruders erfuhr.

Die beiden Gendarmen, zu denen sich Gottfried gesellt hatte, machten ebenfalls betroffene Gesichter. Jeder kannte den Franz senior. Er war in der Gegend um Schönbichl eine bekannte Persönlichkeit.

Dies galt besonders, seit er den Wildpark eröffnet hatte. Der war nämlich inzwischen zu einer touristischen Attraktion geworden und daher wurde relativ häufig in der örtlichen Presse über ihn berichtet. Wenn zum Beispiel die Tiere Junge bekamen oder ein neues Gehege fertiggestellt war, dann war das den Reportern der Lokalzeitung durchaus eine halbe Seite wert.

Franz junior atmete tief durch. Er konnte noch immer nicht wirklich fassen, was geschehen war. Der Puls schlug ihm bis zum Hals und er war unfähig, auch nur einen einzigen Laut hervorzubringen. Vielleicht war es der Gedanke an die unabwendbaren Konsequenzen dieses Unfalls für die ganze Familie, die den ältesten Sandgruber-Sohn zunächst einmal verstummen ließen.

Einer der Gendarmen wandte sich an Gottfried. »Es hat deinen Bruder aus dem Wagen geschleudert und dann ist er wahrscheinlich bewusstlos ins Wasser gefallen. So wird es gewesen sein.«

Onkel Gottfried war ebenfalls sichtlich schockiert.

»Ja, aber die Frage ist doch, wieso er überhaupt erst da unten gelandet ist«, erwiderte er fassungslos. »Der Franz war ein guter Fahrer. Und normalerweise ist er auch nie riskant gefahren.«

»Na ja, die Straße ist schon nicht so einfach zu nehmen«, gab der Gendarm zu bedenken. »Zumal, wenn man mit völlig überhöhter Geschwindigkeit ins Tal brettert.«

»Woher wollen Sie das denn wissen? Waren Sie dabei?«, fragte Gottfried etwas unwirscher, als es ansonsten seiner doch eher besonnenen Art entsprach.

»Das nicht«, gab der Gendarm zu. »Aber ein Stückerl die Straße hinauf haben wir Bremsspuren gefunden, die das nahelegen.«

»Seltsam«, murmelte Gottfried. Er wandte sich an Franz junior. »Eigentlich war dein Vater doch immer ein eher besonnener Fahrer.«

»Jedenfalls keiner, der sich oder anderen irgendetwas auf der Straße hätte beweisen müssen«, stimmte Franz junior zu.

»Aber dann hat er irgendeinen Grund haben müssen, um hier mit überhöhter Geschwindigkeit daherzurasen, als ob es um Leben und Tod ginge!«, hielt Gottfried dem entgegen. Er rang mit den Händen.

»Wer weiß«, antwortete Franz junior. »Vielleicht ging es ja um Leben und Tod. Wer will das schon wissen?«

Auf Gottfrieds Stirn erschien eine tiefe Furche.

»Wovon sprichst du?«, hakte der Bruder des Verunglückten nach.

Franz junior zuckte mit den breiten Schultern.

»Der Brief«, murmelte Franz junior. »Ich glaube, es hängt mit dem Brief zusammen.«

Gottfried sah seinen Neffen erstaunt an. »Von was für einem Brief sprichst du?«

Franz junior zuckte mit den Schultern. »Ich habe keine Ahnung, von wem der war. Und hier habe ich ihn auch nirgendwo gefunden. Ich weiß nur, dass der Vater wie von der Tarantel gestochen vom Tisch aufgesprungen ist, nachdem er das Stückerl Papier gelesen hatte.«

»Mei, was immer auch da dringestanden haben mag, es muss etwas ganz besonders Schlimmes gewesen sein«, äußerte sich einer der beiden Gendarmen.

* * *

Harry schlenderte die nächtliche Straße vor dem Nachtclub »Pias Downhill« entlang. Der Künstleragent war etwa dreißig Jahre alt. Er trug ein edles Jackett und ein dunkles Hemd. Das schwarze Haar hatte er zurückfrisiert. Der Abend konnte kommen und mit ihm das pralle Nachtleben Wiens.

Vor dem Nachtclub parkte ein Cabriolet.

Harry blieb stehen.

Sieh an, der Cadillac vom Hansi, dachte er. Siegessicher strich er über den Lack; eine fast zärtliche Geste, mit der er den Wagen da bedachte. Du gehörst schon so gut wie mir, ging es ihm durch den Kopf. Der Hansi wird sich das Angebot, das ich ihm gemacht habe, wohlüberlegt haben. Harry kicherte. Ein Angebot, das man nicht ablehnen konnte.

Einige Augenblicke betrachtete Harry noch dieses wunderschöne Auto, das er unbedingt in seinen Besitz bringen wollte, dann ging er zum Eingang von »Pias Downhill«.

Innen herrschte gedämpftes Licht. Harry ließ den Blick durch den Raum schweifen und fand Hansi Sandgruber, den ehemaligen großen Skistar, hinter dem Tresen stehen und Drinks mixen. Harry atmete tief durch, strich sich das Revers seines Jacketts glatt und begab sich zur Theke.

Ja, jetzt konnte die Nacht kommen!

»Servus, Hansi«, sagte er und setzte sich auf einen der Barhocker.

Hansi nickte ihm freundlich zu.

»Servus, Harry, womit kann ich dir helfen?«

»Oh, ich denke, das weißt du schon – wir hatten doch bereits darüber gesprochen.«

Hansi Sandgruber, der jüngste Sohn des Franz Sandgruber senior, schüttelte den Kopf. »Nein, ich weiß im Moment nicht, was du meinst.«

»Ach, komm schon. Du willst noch ein bisschen handeln? Das ist nicht dein Ernst!«

»Ach, du redest von meinem Cabrio!«

»Ganz recht, Hansi. Und? Hast du dir mein Angebot noch mal durch den Kopf gehen lassen?«

Hansi lächelte verschmitzt. »Das hab ich. Aber nur ganz kurz.«

»Und wie lautet deine Antwort?«

»Harry, selbst wenn du mir eine Million gäbst. Ich geb den Wagen nicht her!«

»Ich versteh dich nicht.«

»Weil dich mit dem Caddy nichts verbindet. Aber für mich ist er was ganz Besonderes – verstehst?«

Harry schüttelte den Kopf. »Nein, das verstehe ich nicht!«

»Tja, dann kann ich dir auch net weiterhelfen, Harry. Der Cadillac ist jedenfalls unverkäuflich. Tut mir leid.«

Pia, mit der zusammen Hansi Sandgruber den Nachtclub betrieb, rauschte in einem roten Kleid an die Bar und bekam den Rest des Gesprächs gerade noch mit.

»Geh, Hansi, ist das wirklich dein letztes Wort?«, fragte Harry. Er konnte es einfach nicht sein lassen, wollte Hansis Antwort schlicht und ergreifend nicht akzeptieren. Ein bisschen was geht doch immer, schien er zu denken. Man muss nur hartnäckig genug am Ball bleiben und geschickt verhandeln. Zumindest gilt das für die Branche, in der Harry inzwischen recht erfolgreich tätig ist.

Aber was Hansis Cadillac anging, hatte er sich wohl etwas verrechnet.

Bei Hansi biss er auf Granit.

»Das ist mein letztes Wort«, bestätigte Hansi.

»Hansi, bitte! Das Auto würde total geil zu meiner Künstleragentur passen.«

Hansi hob die Schultern und verschränkte die Arme vor der Brust. »Das ist mir egal, ich möchte ihn einfach nicht abgeben.«

»So viel bekommst du nie wieder für diesen Wagen angeboten!«

»Das weiß ich, aber er passt zu mir.« Hansi grinste. »Endstation, Harry! Sieh ein, dass du bei mir net landen kannst mit deinem Angebot. Tut mir leid.«

Ehe Harry ihren Verlobten noch weiter in Bedrängnis bringen konnte, griff Pia in das Gespräch ein. »Weißt du, der Wagen bedeutet ihm einfach sehr viel, Harry. Den kann er nicht einfach so verkaufen wie einen x-beliebigen gebrauchten.«

Harry verdrehte die Augen. »Ja, ich weiß, ich kenn die Geschichte.«

Pia strich sich eine verirrte Strähne aus dem Gesicht. »Dann weißt du ja auch, wieso es so ist und dass es zwecklos ist, wenn du weiter nachbohrst.«

»Den Wagen hat er bekommen, als er noch ein großer Star war«, wiederholte Harry jene Version der Geschichte, die ihm nicht zum ersten Mal erzählt wurde. »Eine Erinnerung an die guten alten Zeiten sozusagen. Das kann ich schon verstehen.«

»Na also«, hielt Pia ihm augenzwinkernd entgegen, »was versuchst du ihn dann doch noch zu überreden?«

»Schau mal, Pia«, begann Harry von Neuem, »ich finde es total ungerecht: Der Hansi hat eine tolle Frau, hat ein tolles Auto, und ich? Ich habe nichts von beidem. Da könnt ihr mir ruhig etwas abgeben, finde ich!«

»Na, Moment mal!«, fuhr Hansi dazwischen. »Bis jetzt haben wir nur über das Auto geredet.« Dabei zwinkerte er Pia zu. Diese stemmte in gespieltem Zorn ihre Hände in die Hüften, sodass Hansi ihr ein Bussi als Entschädigung sandte. »Unverschämter Kerl«, murmelte sie, aber es war ihr deutlich anzumerken, dass sie das nicht so ernst meinte. Hansi lag noch eine Erwiderung auf der Zunge, aber da klingelte das Telefon. Hansi hob ab.

»Hier Sandgruber. Ja, Mama! Grüß dich! Das ist aber nett, dass du anrufst. Ich hab Neuigkeiten für dich.« Eine Pause folgte. »Ja?«, fragte Hansi danach. Weder Pia noch Harry entging die Wandlung, die sich im Gesicht des ehemaligen Skistars abspielte. Seine Züge erstarrten förmlich. Jegliche Farbe wich aus seinem Antlitz. Er wirkte auf einmal völlig verstört.

»Was ist denn los?«, fragte Pia, nachdem er aufgelegt hatte. Hansi war einen Augenblick lang nicht in der Lage, auch nur einen einzigen Ton über die Lippen zu bringen. Er schüttelte bloß stumm den Kopf.

»Das war meine Mutter«, sagte er schließlich kaum hörbar. »Sie erzählte mir, mein Vater sei mit dem Wagen vom Weg abgekommen und hätte einen schweren Unfall gehabt. Er ist tot!«

* * *

Ein Bewegungsmelder sorgte für Licht im Eingangsbereich des Bürohauses Perterer in Kitzbühel. »Architektur- und Ingenieurbüro Ing. Victoria Perterer« war deutlich auf einem Schild zu lesen. Die dunkelhaarige Sekretärin Manuela hielt zwei Tüten mit Fastfood in den Händen. Es war schwierig für sie, den Klingelknopf zu erreichen, ohne etwas fallen zu lassen. Wenig später ertönte ein surrendes Geräusch. Sie lehnte sich gegen die Tür und konnte eintreten. Auch im Flur ging das Licht automatisch an.

Die Büros der Firma Perterer waren leer. Die Angestellten des Unternehmens hatten Feierabend und befanden sich längst bei ihren Familien, trainierten in Sportvereinen oder saßen beim Gastwirt vor einem Glas Rotwein.

Nur für ein Büro in diesem Haus galt das nicht. Es

handelte sich um das Zimmer der Chefin persönlich. Manuela trat ein. Es herrschte gedämpftes Licht.

»So, da bin ich wieder«, sagte Manuela. Auch für sie war der Tag erst zu Ende, wenn ihre Chefin sie nicht mehr brauchte. Und das konnte mitunter sehr spät sein. Victoria Perterer arbeitete bis zu sechzehn Stunden am Tag. Der Job war für sie das Wichtigste in ihrem Leben. Über ihr Privatleben war daher auch recht wenig bekannt und böse Zungen behaupteten, dass es gar nicht existierte.

»Na, da bist du ja endlich«, sagte Victoria Perterer. Ihr Tonfall gegenüber Untergebenen war für gewöhnlich sehr herablassend. Entsprechend häufig wechselte das Personal ihrer Firma. Sie drehte sich in dem großen schwarzen Sessel hinter ihrem Schreibtisch herum.

Ein modernes, verworrenes Gemälde hing hinter ihr an der Wand. Düstere, wirr durcheinandergemengte Farben dominierten das Bild, das beinahe die gesamte Wand einnahm. »Ich habe alles bekommen«, erklärte Manuela.

Das Lächeln der Chefin war kalt und geschäftsmäßig.

»Na fein, ich habe auch schon einen Mordshunger«, lautete Victoria Perterers Erwiderung.

Der Lichtschein des Computerbildschirms auf ihrem Schreibtisch ließ ihr fein geschnittenes Gesicht blass und fahl erscheinen. Zwischen dem Zeigefinger und dem Mittelfinger der rechten Hand hielt sie einen Zigarillo. Sie zog kurz daran, ließ ihn aufglühen und blies den Rauch in die Luft. Aufmerksam beobachtete sie, wie Manuela die mitgebrachten Fast-Food-Gerichte auf dem Schreibtisch auspackte. »Ein Hamburger Royal, ein Shrimps-Salat und eine große Cola – eigentlich müsste alles dabei sein.«

»Wieso Shrimps-Salat?«, fragte Victoria Perterer unfreundlich. Ihre Stimme klang schneidend wie ein Tranchiermesser und kalt wie Eiswürfel. »Ich hatte doch Chefsalat bestellt.«

Manuela errötete leicht. Sie strich sich eine verirrte Strähne ihres schulterlangen dunklen Haares aus dem Gesicht. Ihre Erwiderung wirkte kleinlaut. »Sie haben heute ganz frische Shrimps bekommen und da hab ich mir gedacht …«

»Du sollst nicht denken, Manuela«, schnitt Victoria Perterer ihrer Sekretärin ziemlich grob das Wort ab. »Dafür bin ich schließlich da, oder?«

Manuela wirkte pikiert. Es war schwer, sich an die überhebliche und oft erniedrigende Art und Weise zu gewöhnen, mit der die Perterer ihre Untergebenen zu behandeln pflegte. Der Blick, mit dem die Geschäftsfrau ihre Untergebene bedachte, wirkte arrogant.

Ich werde sehen, wie lange ich sie beschäftigen kann!, dachte sie. Mal sehen, wie ihr Einsatz in nächster Zeit ist und wie oft ich die falschen Dinge essen muss, weil sich ihr Spatzenhirn nicht ein paar Details merken kann!

Das Telefon läutete und Manuela war erleichtert, dass sie nichts zu erwidern brauchte. Ihre Chefin nahm den Hörer ab und meldete sich mit »Perterer«.

Sie hörte einen Moment lang zu und stieß dann hervor: »Ah, der Bürgermeister.« Verglichen mit ihrem Auftreten gegenüber Manuela, wirkte sie jetzt wie ausgewechselt. Wenn der Bürgermeister um diese Zeit noch anrief, dann musste es um etwas wirklich Wichtiges gehen, und das bedeutete, es war auf jeden Fall besser, ihm ein bisschen Honig um den Bart zu schmieren. Zumindest solange er für sie noch politisch wichtig war. Und das konnte sich bereits nach der nächsten Wahl im Handumdrehen ändern.

Victoria Perterer wirkte überrascht, was man bei einer so berechnenden Frau wie ihr nicht gerade häufig beobachten konnte. Ihr Gesicht veränderte sich, wirkte jetzt angespannt und sehr aufmerksam. Ein kaltes Glitzern leuchtete in ihren Augen. Sie nahm einen Zug von ihrem Zigarillo. »Das ist ja sehr interessant, Herr Bürgermeister. Gernot, ich ruf dich zurück, okay?«

Sie legte auf und wandte sich an Manuela. Ein Ausdruck des Triumphs stand deutlich in ihren Zügen zu lesen. »Was sagst du dazu, Manuela – der alte Sandgruber ist tot.« Ein zufriedenes Lächeln spielte um ihre Lippen. »Was hältst du davon, wenn du uns zu den

Shrimps eine feine Flasche Champagner aufmachst, Manuela? Wir haben einen Grund zu feiern.«

»Gut, ich bringe alles hierher«, sagte Manuela. Sie wirkte schüchtern und unsicher.

»Nein, nein, dies ist nicht der richtige Ort. Bring alles in die Gruft. Hast du verstanden?«

»Ja, sicher.«

Die Gruft, so nannte Victoria Perterer jenen Kellerraum im Bürogebäude, in dem zurzeit das Modell einer gigantischen überdachten Freizeitanlage untergebracht war.

Victoria Perterer begab sich dorthin. Kaltes Neonlicht herrschte hier unten. Die elegant gekleidete Geschäftsfrau blickte auf das gigantische Modell, das den größten Teil des Raums einnahm. Ein paar Augenblicke lang betrachtete sie es einfach nur, während sich ein zufriedener Ausdruck in ihrem Gesicht widerspiegelte. Wie lange hast du dafür gekämpft!, dachte sie. Und jetzt kann dieser Plan endlich Wirklichkeit werden! Das letzte Hindernis ist beseitigt – dieser alte Narr namens Franz Sandgruber senior. Aber der hat jetzt gar nichts mehr zu sagen, ging es ihr voller Gehässigkeit durch den Kopf.

Manuela brachte die Shrimps und den Champagner. Sie stellte alles auf einem Nebentisch ab, öffnete die Flasche und schenkte ein.

»Ja, da kann ich mein Baby doch schon früher auf die

Welt bringen als erwartet«, meinte Victoria Perterer, nachdem sie ihr Champagnerglas bekommen hatte. Sie hob es etwas an und prostete Manuela zu. »Zum Wohl. Dies ist ein Tag zum Feiern!«

Manuela schluckte nur.

Sie hob ebenfalls ihr Glas, war aber unfähig, etwas zu trinken.

* * *

Im offenen Cabriolet fuhr Hansi Sandgruber die Bergstraße entlang. Sein Blick schweifte dabei immer wieder über die umliegenden Gipfel. Sehr nachdenklich sah er aus, als er auf den Hausberg schaute. Daneben lag der Hahnenkamm, wo damals Hansis letztes Rennen stattgefunden hatte.

Die Gedanken rasten nur so durch seinen Kopf. All diese Orte waren für ihn mit Erinnerungen verbunden, Erinnerungen an die Heimat und an den Tag seiner bittersten Niederlage. Auf dem Beifahrersitz saß Pia und auch sie ließ das grandiose Bergpanorama auf sich wirken. Es war nahezu unmöglich, davon nicht beeindruckt zu sein.

Lange war es her, seit Hansi zum letzten Mal hier gewesen war. Und nun kehrte er aus einem sehr traurigen Anlass zurück. Der Vater war tot und Hansi bedauerte es, dass man im Ärger voneinander geschieden war und es versäumt hatte, sich vor dem Tod seines Vaters die Hand zu reichen.

Doch dazu war es nun endgültig zu spät.

Es war ein schöner Tag, die Sonne schien und die Häuser von Kitzbühel tauchten schließlich vor ihnen auf.

Eine geradezu paradiesische Idylle eröffnete sich und doch war der Anlass für Hansis Rückkehr ausgesprochen traurig. Noch gut erinnerte sich der ehemalige Skistar daran, wie der Vater einst zum ersten Mal mit ihm einen Hang hinuntergefahren war. Hansi hatte sich gleich wohl auf den Kufen gefühlt, vom ersten Augenblick an. Später hatte dann sein Onkel Gottfried das ungewöhnlich große Talent des Jungen entdeckt und angefangen, mit ihm systematisch zu trainieren. Ein Training, das ihn beinahe bis zum Weltmeistertitel gebracht hatte.

Lange war es her.

Eine ferne Erinnerung, die Hansi im Rückblick fast so erschien, als gehöre sie zu einem anderen Leben.

Pia hatte während der Fahrt die meiste Zeit über geschwiegen. Sie wusste, dass ihr Hansi jetzt etwas Zeit zum Nachdenken brauchte. Der Tod des eigenen Vaters, das musste erst verarbeitet werden, zumal man überhaupt nicht damit hatte rechnen können. Aus dem Leben gerissen durch einen Unfall. Hansi konnte es immer noch nicht fassen, was ihm seine

Mutter am Telefon gesagt hatte. Daran änderte auch der Umstand nichts, dass Hansi und sein Vater sich nicht immer verstanden hatten.

Im Angesicht des Allmächtigen sollte man verzeihen, dachte er. Und im Übrigen war es unsinnig, vergangenen Versöhnungschancen länger nachzutrauern.

Schließlich passierte Hansi mit seinem Cabrio das Ortsschild Kitzbühel. Wenig später ließ er die Stadt in den Bergen hinter sich und bog in die Anfahrtsstraße nach Schönbichl ein.

»Es ist seltsam«, sagte Hansi vor sich hin. »Hier kenne ich nun wirklich jeden Grashalm. Es kommt mir gleichzeitig so vertraut und doch so fremd vor.«

»Schön ist es hier«, sagte Pia.

Sie erreichten das Ortsschild der kleinen Gemeinde, die wie eine Oase der Ruhe und Beschaulichkeit wirkte. Hektik und Stress schienen hier Fremdwörter zu sein. Das Leben hatte hier ein eigenes Tempo – eines, das sehr viel betulicher war, als Hansi es beispielsweise aus Wien kannte.

Zwei Männer beluden am Straßenrand einen Anhänger mit geschlagenem Holz.

»Die beiden kenne ich«, sagte Hansi plötzlich. »Das ist Vinzenz Haas und der Jüngere ist Peter.« Als er vorbeifuhr, hob er die Hand zum Gruß, und Peter erkannte ihn. Er winkte zurück.

»Grüß di!«, rief er vom Traktor herüber, den er gerade

vor den Holzanhänger spannen wollte. Vinzenz Haas lüftete kurz seinen Filzhut mit Gamsbart und wischte sich den Schweiß von der Stirn, während er dem Cabrio nachsah.

»Na typisch«, meinte Vinzenz.

»Geh, wovon redst jetzt?«, fragte Peter verständnislos.

Vinzenz machte eine wegwerfende Handbewegung. »Na, das ist doch klar. Es muss zuerst wer sterben, damit der verlorene Sohn wieder einmal heimfindet. Noch dazu mit so einem Superschlitten.«

»Geh, Vinzenz, neidisch bist jetzt net grad, oder?«

»Man wird ja wohl noch seine Meinung sagen dürfen«, lautete Vinzenz' ärgerliche Erwiderung.

»Aber hast den Wagen gesehn?«

»So ein Schlitten würde mir auch gefallen!«

»Hätt'st halt Skistar werden sollen!«

»Wenn ich das nötige Talent hätt', dann wäre ich damals Weltmeister geworden und hätte net im entscheidenden Moment alles versaut wie der Hansi!«

»Er selbst hat doch am schlimmsten drunter leiden müssen.«

»Wie auch immer! Ich hab ja so ein Talent leider net!«

Dann wandten sich die beiden Männer wieder ihrer Arbeit zu.

* * *

Hansi und Pia erreichten den Branderhof.

Hansi blickte sich um, stieg aus dem Auto und zog das Jackett seines schwarzen Anzugs über, das bis dahin auf dem Rücksitz gelegen hatte.

Pia stieg ebenfalls aus. Die Tür des Haupthauses ging auf und Katharina trat ins Freie.

»Hansi!«, rief sie. Die Freude war ihr ins Gesicht geschrieben. Ihr Gesicht strahlte, obwohl es kurz zuvor noch von tiefer Trauer geprägt gewesen war.

Auch Hansis umwölktes Gesicht hellte sich auf.

»Ja, Kathi, Schwesterherz, grüß dich!«

»Gut siehst aus, Bruder.«

»Gleichfalls, Kathl!«

Sie seufzte. »Nur schad, dass uns erst so ein trauriger Anlass wieder zusammengeführt hat.

»Ja, das ist wohl wahr«, murmelte Hansi düster.

Seine Schwester hatte ihm schon immer besonders nahegestanden. Und obwohl sie sich jahrelang nicht gesehen hatten, war die alte Vertrautheit sofort wieder vorhanden.

Katharina war ebenfalls in Schwarz gekleidet. Sie umarmte ihren Bruder innig. Die tiefe Trauer um den Vater vereinte die Geschwister. Pia umrundete derweil den Wagen und trat hinzu. Katharina seufzte und begrüßte die junge Frau.

»Das ist die Pia«, stellte Hansi seine Freundin vor.

»Angenehm. Ich hab gehört, ihr habt euch verlobt.«

»Ja, das ist richtig«, bestätigte Pia.

»Ich freu mich für euch.«

Pia lächelte matt. »Danke. Allerdings hätten wir uns für die Verlobung nicht so traurige Umstände gewünscht.«

»Das kann man sich nicht immer aussuchen«, erwiderte Katharina.

»Ja, das ist zweifellos wahr«, murmelte Pia.

Sonja rannte aus dem Haupthaus herbei. Sie hatte wohl ebenfalls den Cadillac bemerkt. Auch sie trug ein schwarzes Kleid, die Zöpfe hatte sie hochgesteckt und ihre feinen Schuhe klackerten auf den Steinen. Sie stellte sich neben ihre Mutter.

»Sonja, komm schon, sag dem Onkel Hansi und der Tante Pia Hallo«, forderte Katharina sie auf.

Sonja wirkte schüchtern. Sie hatte Hansi lange nicht gesehen. Katharina hatte Hansi zusammen mit ihrer Tochter das eine oder andere Mal in Wien besucht und auch Oma Irmgard hatte sie dabei begleitet.

Aber eigentlich kannte Sonja den Hansi in erster Linie von Autogrammkarten und Postern mit ihm als Skistar, die Oma Irmgard aufbewahrt hatte.

»Sonja, du bist ja schon ein richtiges Fräulein geworden«, staunte Hansi. »Grüß dich.« Er gab ihr ein Bussi auf die linke Wange.

»Hansi, du hast ja immer noch nichts von deiner Wirkung auf Frauen verloren«, meinte Katharina dazu.

»Na ja«, meinte Hansi und wandte sich erneut an Sonja. »Sonja, ich hab was für dich. Schau einmal.« Hansi trat zum Wagen und holte den Korb mit Jimmy vom Rücksitz.

»Hier, sieh dir den einmal an«, forderte er sie auf und reichte den Korb an Sonja weiter. Der Hund begann gleich zu fiepen.

»Super!«, stieß Sonja hervor. »Kann ich den mal streicheln?«

»Ja freilich.«

In diesem Augenblick näherte sich Franz junior der Gruppe. Als Hansi ihn bemerkte, verdüsterte sich zunächst sein Gesicht, doch dann zwang er sich zu einem Lächeln. Ja, sie hatten sich eigentlich nicht viel zu sagen, auch nach all den Jahren nicht. Doch angesichts des Leids, das sie zu tragen hatten, war es vielleicht an der Zeit, die Gräben zu überwinden.

Die Gräben aus der Vergangenheit …

Sei du der Klügere und mach den ersten Schritt – auch wenn's schwer fällt und sich dir der Magen dabei umdreht!, dachte Hansi und fasste sich ein Herz.

Er machte einen entschiedenen Schritt auf seinen Bruder zu und reichte ihm die Hand.

»Franz«, sagte er sehr ernst. Die Blicke der beiden

Männer bohrten sich für einige Augenblicke ineinander.

Das Gesicht von Franz junior wirkte in diesem Augenblick wie aus Stein gemeißelt. Es wurde von harten Linien durchzogen. Die Augen verengten sich etwas. Und noch immer war da die ausgestreckte Hand des jüngsten Sandgruber-Sohns.

Franz junior nahm den Handschlag nicht entgegen. Stattdessen klopfte er Hansi auf die Schulter, zwang sich zu einem verkrampft wirkenden Lächeln und sagte mit aufgesetzter Freundlichkeit: »Servus.« Dann ging er weiter in Richtung des Haupthauses.

Hansi schaute ihm nachdenklich nach.

Katharina seufzte.

»Wie du siehst, hat sich in den letzten Jahren nicht viel bei uns verändert.«

»Ja, das mag wohl sein«, murmelte Hansi. »Die Zeit heilt eben nicht alle Wunden.«

»Diese ganz sicher nicht.«

»Na, mal abwarten. Vielleicht wird das ja auch noch was.«

Katharina schluckte. »Die Mama ist übrigens in der Kapelle, falls du sie suchen solltest, Hansi.«

»Danke.«

Irmgard hielt einen Rosenkranz in ihrer Hand. Das flackernde Kerzenlicht in der Hauskapelle vom Branderhof ließ ihre Züge weich erscheinen und milderte die harten Linien, die der Tod ihres Mannes hinterlassen hatte. Tränen rannen ihr über das Gesicht und es hätte im Augenblick wohl nichts gegeben, was sie hätte trösten können. Nichts, außer der Gewissheit ihres Glaubens.

All die Erinnerungen ihres gemeinsamen Lebens gingen ihr in diesen Augenblicken noch einmal durch den Kopf.

Es war ein gutes Leben gewesen. Viel Arbeit hatte den Alltag bestimmt, aber gemeinsam hatten sie so manche schwierige Situation überstanden.

Und nun war er ihr einfach entrissen worden.

Von einem Augenblick zum anderen. Irmgard Sandgruber konnte immer noch nicht wirklich fassen, was geschehen war. Es kam ihr alles wie ein schlechter Traum vor, aus dem es doch irgendwann ein Erwachen geben musste. Aber dies war kein Traum, sondern die Wirklichkeit. Eine Wirklichkeit, an der sich die Sandgruber Bäuerin erst noch mühsam gewöhnen musste.

Irmgard kniete vor dem kleinen Altar. Ein Foto vom Franz stand dort. Das Licht der Kerzen flackerte jetzt stärker, so als ob ein Luftzug die Flammen bewegt hätte.

Es musste jemand die Kapelle betreten haben.

Sie vernahm Schritte hinter sich und drehte sich um.

Hansi war eingetreten. Im dunklen Anzug stand er da. Sein Blick wirkte betreten. Irmgard atmete tief durch. Sie war froh, dass auch ihr Jüngster nun den Weg hierhergefunden hatte. Oft hatte sie in letzter Zeit an ihn denken müssen – und das nicht nur wegen der gemeinen Bemerkungen, die Franz junior oft über die Lippen kamen, wenn er irgendeinen Ärger auszustehen hatte.

Irmgard war unfähig, auch nur einen einzigen Ton herauszubringen, aber Hansi schien es ebenso zu gehen.

Er reichte ihr einfach nur die Hand und sie ergriff sie und drückte sie fest und voll inniger Anteilnahme. Ihm war bewusst, wie sehr die Mutter gerade jetzt seinen Beistand brauchte. Um das zu erkennen, brauchte es auch nicht erst vieler Worte. Zwischen ihnen hatte stets ein stilles, liebevolles Einverständnis geherrscht und so hatte es Irmgard besonders wehgetan, als Hansi vor Jahren den Hof unter ziemlich unschönen Begleitumständen verlassen hatte.

Es tut gut, dass du da bist, Bub!, dachte sie.

* * *

Pater Andreas hielt die Trauerrede am Sarg. Die Freiwillige Feuerwehr, deren Mitglied Franz Sandgruber senior seit seiner Jugend gewesen war, war in Uniform angetreten. Dasselbe galt für den örtlichen Musikverein und den Schützenverein von Schönbichl.

Franz senior war ein wichtiger Bürger des kleinen Örtchens gewesen und an seinem tragischen Ableben nahm daher auch nahezu die gesamte Bevölkerung Anteil.

»Franz Sandgruber war als langjähriger und sehr engagierter Gemeinderat stets um das Allgemeinwohl unserer Gemeinde Schönbichl bemüht«, sagte Pater Andreas in seiner Grabrede und dabei war ihm anzumerken, dass dies auch für ihn keine Beerdigung wie jede andere war.

Auch er hatte mit dem Sandgruber Franz zu dessen Lebzeiten immer in engem freundschaftlichem Kontakt gestanden – was gelegentliche heftige Kontroversen nicht ausschloss.

»Er war für jeden von uns, die wir uns hier versammelt haben, auch ein guter Freund«, fuhr Pater Andreas fort, »auch wenn sich so mancher von uns hin und wieder an seiner harten Schale gestoßen haben mag. Aber das war nur äußerlich, denn in seinem Innersten war Franz Sandgruber ein Mensch, der von der Liebe Gottes erfüllt wurde.«

So mancher der anwesenden Trauergäste kämpfte mit den Tränen. Allen Sandgruber-Kindern war deutlich anzusehen, wie sehr sie durch den Tod ihres Vaters getroffen waren. Pia nahm Hansis Hand und drückte sie fest, um ihm deutlich zu machen, dass sie ihm auch in dieser schweren Stunde beistehen wollte.

Irmgard hielt ihr Gesicht hinter einem schwarzen Schleier verborgen.

Als schließlich die Bläsergruppe eine schwermütige Weise anstimmte, gab es für die Sandgruber-Bäuerin einfach kein Halten mehr. Sie weinte und schluchzte zum Steinerweichen.

Unterdessen gab Feuerwehrhauptmann Brunner seinen Männern den Befehl: »Feuerwehr auf mein Kommando! Habt acht!« Eine Pause folgte. Die Männer nahmen Haltung an. »Zum Gebet!«, fügte Brunner noch hinzu, woraufhin die Helme abgesetzt wurden.

Die Sargträger – alle in Uniform – ließen anschließend den Sarg in die ausgehobene Grube hinunter. Betroffenes Schweigen herrschte unter den Trauergästen. Irgendwo klingelte ein Handy.

Es gehörte einer jungen Frau, deren Blick die ganze Zeit über schon an dem zurückgekehrten Hansi Sandgruber gehangen hatte. Ganz abwesend wirkte sie, bis das Klingeln des Handys sie aus ihren Gedanken riss. Sie nahm den Apparat ans Ohr.

Irmgard bekreuzigte sich und begann erneut hemmungslos zu schluchzen.

Der Reihe nach gingen zunächst die Familienmitglieder und danach die anderen Trauergäste an das offene Grab und warfen Blumen und etwas Erde hinein.

* * *

Als die Trauergemeinde den Friedhof verließ, kam Hansi mit Onkel Gottfried ins Gespräch. Zu bereden gab es einiges, denn Hansi hatte ja seinerzeit den heimatlichen Hof nicht im Guten verlassen. Mit Gottfried hatte Hansi allerdings nie Streit gehabt.

»Trotz allem, was war, vermisse ich ihn«, sagte Hansi. »Und ich hätte gerne noch mal mit ihm gesprochen, bevor er diese Welt verließ.«

»Dein Vater hätte dich sicher gerne auf dem Hof gehalten, aber sein Stolz hat es nicht zugelassen ...«

»Ja, ja ...«

»Aber das weißt du ja eh und es lohnt nicht, darüber ewig nachzugrübeln.«

Hansi zuckte mit den Schultern. »Du hast recht, Gottfried, lassen wir die Vergangenheit besser ruhen«, meinte er. »Ich freue mich jedenfalls, dich wiederzusehen!«

»Mir geht's genauso!«, gab Gottfried zurück. »Sag

mal, hast eigentlich in den letzten Jahren auch ein bisserl trainiert?«

»Abgesehen von ein bisschen Jogging – nein.«

»Also nichts mit den Brettern unter den Füßen?«

Hansi schüttelte entschieden den Kopf. »Nein, die Bretter habe ich seit damals gemieden wie der Teufel das Weihwasser. Warum fragst denn, Gottfried?«

»Ach, nur so. Es interessierte mich halt. Schließlich war ich ja mal dein Trainer …«

»Verstehe …«

* * *

Ein paar Meter abseits bekam Ernstl einen Anruf auf sein Handy. Das trübsinnige Gesicht des Bauerngehilfen hellte sich daraufhin sichtlich auf. Er ging auf Sonja zu, die sich neben ihrer Mutter hielt.

»Sonja, das Fohlen vom Fleckerl ist heute das erste Mal aufgestanden!«

Sonja war sofort Feuer und Flamme.

»Super!«, stieß sie hervor. Sie wandte sich an ihre Mutter. »Mama, darf ich es mir ansehen?«

Katharina seufzte. Sie selbst war von ihrer Trauer innerlich immer noch so gefangen, dass es ihr sehr schwerfiel, jetzt, wo sie gerade erst ihren verunglückten Vater in die Erde hatte sinken sehen, zur Tagesordnung überzugehen. Ihr Lächeln wirkte daher etwas gezwungen.

»Ja, fahr du nur ruhig, Kind!«, sagte sie.

»Danke!«

Hansi hatte das mit angehört und wandte sich an Sonja. »Ich geh mit dir rauf!«, bot er an.

»Fein, dann komm!«

Hansi drehte sich kurz zu Pia um und flüsterte: »Ich komm gleich wieder!« Pia kam gar nicht mehr dazu, etwas zu erwidern oder einzuwenden, denn ihr Hansi hatte bereits zwei schnelle Schritte gemacht und ging nun zusammen mit Sonja in Richtung Wildpark.

Katharina hakte sich derweil bei Pia unter. »Komm, lass uns schon einmal ein Stückerl weitergehen, Pia. Wir warten beim Brunner-Wirt auf sie.«

»Na, ich hoffe, da kommt mein Hansi auch an!«

»Er kennt hier jeden Stein und jedes Schlagloch, Pia!«, gab Katharina zu bedenken.

* * *

Hansi und Sonja erreichten den Hof. »Die Tierärztin ist da!«, rief das Mädchen.

»Woher weißt du denn das?«

»Na, weil ihr Wagen da vorne steht!« Während sie das sagte, streckte Sonja den Arm aus und deutete auf einen Geländewagen vor dem Stall.

»Ein schlaues Madl bist du!«, stellte Hansi anerkennend fest.

Als Hansi und Sonja den Stall betraten, war tatsächlich bereits jemand dort. Es war die junge Frau, deren Handy auf der Beerdigung geklingelt hatte.

»Ich habe gehört, das Fohlen kann stehen!«, rief Sonja.

»Ja, es ist alles okay!«, antwortete die Tierärztin. »Ich habe die Sehnen massiert und das Bein immer wieder gestreckt.« Sonja lief herbei, blieb dann stehen und schaute genau zu. Hansi folgte ihr einen Augenblick später.

Die Tierärztin blickte auf.

»Es ist jetzt stark genug, um zu stehen!«, stellte sie Sonja gegenüber fest, dann glitt ihr Blick zur Seite und sie bemerkte Hansi.

»Ja, Regina!«, stieß der jüngste Sandgruber-Sohn überrascht aus. Mit vielem hatte er gerechnet, aber nicht damit, jetzt und hier sie wiederzusehen.

Richtig verliebt ineinander waren sie einmal gewesen. Aber das war lange her. Und doch schien da noch einiges an Gefühl zwischen den beiden geblieben zu sein. Regina schluckte und konnte erst gar nichts sagen. Hansi ging es genauso.

Sonja beobachtete die Szene interessiert und wartete ab, was weiter geschehen würde.

Die beiden Erwachsenen waren offensichtlich sehr verlegen.

»Gut schaust aus, Regina«, sagte Hansi anerkennend, weil ihm, wenn er ehrlich war, nichts Besseres einfiel.

Sie lächelte und eine sanfte Röte überzog ihr Gesicht. »Du aber auch, Hansi!«

»Danke.«

Regina wandte sich an Sonja. »Willst du noch ein bisschen beim Fohlen bleiben?«

»Ja, freilich!«

»Gut.« Sie nahm ihren Arztkoffer und wandte sich zum Gehen. Hansi folgte ihr. Sie traten ins Freie und gingen ein Stück bis zu jenem Platz, von dem aus man einen hervorragenden Blick auf den Wilden Kaiser hatte.

Eine Bank stand dort, darauf setzten sie sich. Bis dahin hatten sie nicht viel gesprochen.

»Das tut mit leid, das mit deinem Vater«, sagte Regina schließlich. »Niemand hatte damit rechnen können. Er war ein kerngesundes Mannsbild und dann reißt ihn ein Unfall einfach so aus dem Leben.«

»Ja, das ist schlimm«, stimmte Hansi ihr zu. »Vor allem, weil wir uns jetzt so vieles nicht mehr sagen können. Man sollte immer reinen Tisch machen, solange es noch geht, aber das haben wir zwei, mein Vater und ich, wohl verpasst … Jetzt ist die Chance ein für alle Mal vorbei.« Hansi seufzte. »Aber das ist Vergangenheit.«

Seine Miene hellte sich etwas auf.

»Es ist alles lange her«, murmelte Regina. »Ich habe inzwischen Tiermedizin studiert und bin anschließend nach Schönbichl zurückgekehrt.«

»Hast deine eigene Praxis?«

»Ja.«

»Also, ein bisserl überrascht bin ich ja schon«, gestand der Sandgruber-Hansi mit einem leicht schelmischen Blick. Regina hatte diesen besonderen Blick schon damals gemocht.

»Warum? Weil ich Tierärztin geworden bin?«, fragte sie zurück.

Hansi nickte. »Ja, freilich! Denn wenn ich mich recht entsinne, war dein Vater doch strikt dagegen!«

Regina schmunzelte. »Seit er Bürgermeister ist, muss er sich Gott sei Dank um andere Sachen kümmern.«

Sie mussten beide lachen.

Ein Stück der Vertrautheit, die früher zwischen ihnen beiden geherrscht hatte, war auf einmal zurückgekehrt.

»Da kann ich dir ja nur gratulieren«, meinte Hansi anschließend.

Regina seufzte. »Und? Wie steht es in Wien? Wie lebt es sich dort?«

»Es hat schon ein bisserl gedauert, bis ich mich dort eingelebt hatte«, musste Hansi zugeben. »Ist halt etwas ganz anderes ...«

»Hansi ohne Berge – das ist wie der Himmel ohne Sterne!«, stieß sie hervor. Ihre Stimme hatte dabei ein Timbre, das überdeutlich machte, wie viel von den alten Gefühlen noch da war und sich jetzt wieder regte.

»Ja, da mag schon was dran sein«, gab Hansi zu und ließ dabei den Blick über das beeindruckende Bergpanorama schweifen. Die schneebedeckten Gipfel, den schroffen Wilden Kaiser, das Lichtspiel der Sonnenstrahlen …

»Ich habe oft an dich gedacht, Hansi«, murmelte sie. »Sehr oft.«

Hansi wandte sich wieder in ihre Richtung. Ihrer beider Blicke verschmolzen für einige Momente miteinander.

»Mir geht es umgekehrt genauso«, gab Hansi zurück.

Regina musste unwillkürlich schlucken. Und Hansi war kaum fähig, einen klaren Gedanken zu fassen. Zu viel ging ihm zur gleichen Zeit durch den Kopf. Da waren nicht nur der unbereinigte Konflikt zu Hause sowie die unschönen Umstände, unter denen er einst Schönbichl den Rücken gekehrt hatte und nach Wien gegangen war.

Auch die Sache mit Regina beschäftigte ihn. Sie hatten sich damals wirklich sehr nahe gestanden. Hansi hatte den Eindruck, als ob jemand sein Inneres genommen und einmal kräftig durchgemischt hätte, sodass er nun nicht so recht wusste, was er von alldem halten sollte.

»Hansi?«, hörte er dann eine wohlvertraute Stimme rufen. »Hansi, wo bist du?«

Es war Pia, die sie in diesem Moment entdeckt hatte. Auf ihren hohen Stöckelschuhen und im eng geschnittenen Kostüm kam sie ihnen entgegen, deutlich unbeholfener als auf dem heimischen Parkett ihres Nachtclubs.

»Wo bleibst du denn?«, rief Pia. »Wir müssen zum Leichenschmaus …« Sie stutzte und strich sich eine Haarsträhne aus dem Gesicht, als sie Regina bemerkte. Bis dahin hatte sich Pia voll und ganz darauf konzentrieren müssen, nicht mit ihren Stöckelschuhen in der Wiese stecken zu bleiben oder umzuknicken.

Schließlich blieb sie stehen und musterte die junge Frau.

Das Misstrauen war unverkennbar.

Hansi wirkte verlegen. »Ah, Pia!«

»Ja, hast du vielleicht mal auf die Uhr geschaut? Hansi, die warten doch alle schon beim Wirt auf uns! Und du verdrückst dich hier! Was glaubst du, wer alles schon gefragt hat, wo du geblieben bist? Und ich kenne natürlich keine Seele hier!«

»Ja, Pia, ich wollte der Regina gerad nur den Blick auf den Wilden Kaiser zeigen«, meinte Hansi.

Pia sah ihn nur kurz an.

Sie sagte kein Wort, aber ihre Augen sprachen Bände. »Einen größeren Schmarrn hätt'st net daherreden können!«, schien ihr Blick zu sagen.

Pia musterte Regina abschätzig und sagte dann mit einem gezwungen wirkenden Lächeln: »Freut mich, Sie kennenzulernen, Regina! Der Hansi hat mir schon viel von Ihnen erzählt!«

Regina nickte nur.

»Sie ist jetzt Tierärztin in Schönbichl«, erläuterte Hansi.

»Was du nicht sagst! Ich wette, ihr hattet euch viel zu erzählen!«

»Tja …« Hansi rieb die Hände aneinander. Er schien die Spannung, die zwischen den beiden Frauen in der Luft lag, zu spüren und versuchte nun, die Situation zu entschärfen. Für gewöhnlich gelang ihm das durch hemmungslosen Einsatz seines Charmes. »Also, ich würde vorschlagen, wir gehen jetzt!«

Doch Regina schien sich zunehmend fehl am Platz zu fühlen. »Ich muss jetzt auch weiter«, meinte sie. Sie wandte sich an Hansi und ihr Blick ging ihm sehr viel näher, als er im ersten Moment wahrhaben wollte. »Alles Gute, Hansi.«

Ein versonnenes Lächeln spielte um Hansis Mundpartie. »Dir auch, Regina«, antwortete er.

Regina war die gesamte Situation inzwischen offenbar sehr unangenehm geworden. Das war sie also, die

Frau an Hansis Seite. Eigentlich hatte sie einmal gehofft, dass dort ihr Platz sein könnte. Natürlich hatte sie nicht ernsthaft annehmen können, dass der Hansi in Wien wie ein Mönch lebte und sich keine Frau für ihn interessiert hätte! Und doch versetzte es ihr einen Stich ins Herz, ihn mit einer anderen zu sehen.

Noch dazu mit einer, die so gar nicht zu ihm passte, wie Regina fand. Es sei denn, er hatte sich in der Zwischenzeit erheblich verändert und aus dem Naturburschen von einst war tatsächlich eine Stadtpflanze geworden.

Aber sein Verhalten im Stall und das Interesse für das Fohlen sprachen da eigentlich eine andere Sprache.

So nickte Regina dem Hansi noch einmal mit einem verhaltenen Lächeln zu und ging davon.

»Frau Doktor!«, rief Pia ihr hinterher.

Regina drehte sich noch einmal um.

»Ja?«

»Ihr Köfferchen steht noch hier im hohen Gras!« Pia streckte den Arm aus und deutete auf jene Stelle neben der Bank, wo Regina ihren Tierarztkoffer abgestellt hatte.

Regina schien etwas durcheinander zu sein.

»Ach so, ja«, murmelte sie.

Die junge Tierärztin kehrte zurück, während Hansi das Köfferchen aufhob, auf Regina zuging und es ihr überreichte.

»Bitte schön, Regina!«

»Das hätte ich beinahe vergessen«, murmelte Regina und zuckte dabei mit den Schultern. »Irgendwie war ich wohl mit den Gedanken woanders. Tut mir leid.«

Dann drehte sie sich endgültig um und ging davon. Pia sah ihr mit einem abschätzigen Blick nach. Als Regina den halben Weg zum Stall hinter sich gebracht hatte und Pia glaubte, dass sie außer Hörweite war, wandte sie sich an Hans, nestelte erst etwas am Revers seiner Jacke herum und meinte schließlich: »Du hast mir ja immer wieder mal was über sie erzählt, aber dass sie ein solcher Schussel ist, das hast du mir freilich verschwiegen!«

Hansi schien ebenfalls mit seinen Gedanken nicht ganz beim Gespräch zu sein.

Pia stieß ihn leicht an. »Hansi, bist du noch da?«

»Ja, sicher. Mag schon sein, dass sie gerade etwas ungeschickt war, aber ihren Job, den macht sie ganz ausgezeichnet.«

Pia lachte.

»Ja, das Gefühl habe ich auch!«, sagte sie und dachte bei sich: Auf die werd ich wohl aufpassen müssen! Sie nahm Hansi bei der Hand und zog ihn mit sich. »Was ist? Keine Lust auf den …«

»Leichenschmaus, wie du es nennst?«

»Was auch immer du dazu sagen magst, Hansi!«

Hansi schüttelte den Kopf. »Ich weiß net ... Jetzt sind wir ja noch einiges vom Wirtshaus entfernt, aber die dicke Luft, die sich da zusammenbraut, die lässt sich hier draußen schon schwer atmen!«

»Komm schon, Hansi! Nur Mut. Meistens wird nicht ganz so heiß gegessen wie gekocht wird.«

Hansi hob die Augenbrauen und ließ sich schließlich mitziehen. »Hoffentlich behältst recht!«

»Die alten Geschichten sind doch schon so lange her, da müsste das Eis eigentlich zu brechen sein«, war Pia überzeugt. »Ihr seid doch alles erwachsene Menschen!«

* * *

Hansi und Pia waren beileibe nicht die Einzigen, die sich verspäteten. Sie wurden am Familientisch platziert, an den sich neben Irmgard auch Franz junior, Katharina und Onkel Gottfried gesetzt hatten.

Der Saal beim Brunner war gerammelt voll und einige Kollegen von der freiwilligen Feuerwehr und dem Schützenverein mussten sogar noch im Vorraum verköstigt werden.

Franz senior war eben eine wichtige Persönlichkeit in Schönbichl gewesen und so nahm fast das gesamte Dorf auf die eine oder andere Weise an seinem Ableben Anteil.

In der Lokalzeitung war sogar ein großer Artikel über ihn und sein Lebenswerk erschienen. Franz Sandgruber senior, so lautete der Tenor des Artikels, hatte sich um Schönbichl verdient gemacht.

Hansi saß zwischen Pia und Onkel Gottfried. Mit seinem früheren Skitrainer fiel es ihm am leichtesten, den Gesprächsfaden wieder aufzunehmen. Allerdings blieb das Gespräch in diesem Kreis mehr an der Oberfläche und sparte alle familiären Themen zunächst aus. Gern hätte Hansi sich näher mit Gottfried darüber ausgetauscht, was sich in der Zeit seiner Abwesenheit so alles bei den Sandgrubers getan hatte. Schließlich war er eine ganze Weile nicht in Schönbichl gewesen. Aber hier und jetzt war wohl einfach nicht der rechte Zeitpunkt für ein wirklich tief gehendes Gespräch. Und im Groben wusste er ja durch seine sporadischen Kontakte zu Katharina und Irmgard darüber Bescheid, was sich auf dem Branderhof so getan hatte.

Das Essen wurde serviert. Doch so köstlich der Brunnerwirt auch gekocht haben mochte, der Appetit ließ hier und da zu wünschen übrig. Schließlich war es alles andere als ein freudiger Anlass, aus dem man hier zusammengekommen war.

Hansi bemerkte die düsteren Blicke sehr wohl, die ihm Franz junior zusandte.

Schon die eisige Begrüßung durch ihn hatte Hansi

wohl deutlich machen sollen, dass er von ihm hier nach wie vor nicht erwünscht war.

Der Brunner-Wirt – gleichzeitig Bürgermeister von Schönbichl – und sein Personal hatten alle Hände voll zu tun, um die Gäste zu bedienen und überall das Bier nachzuschenken.

Stimmengewirr erfüllte den Raum. Von allen Seiten wurde geredet und natürlich auch die eine oder andere Anekdote zum Besten gegeben, in der der verstorbene Franz Sandgruber senior eine Rolle spielte.

Der Pfarrer war der Letzte, der eintraf. Für ihn war eigens ein Platz frei gelassen worden und der Brunnerwirt war alles andere als begeistert davon, dass Pater Andreas so lange hatte auf sich warten lassen.

Aber eine Beerdigung war wohl nicht der rechte Ort, um wegen einer Kleinigkeit einen Streit vom Zaun zu brechen. Zumindest war das die Auffassung des Wirtes. Andere hatten da weitaus weniger Hemmungen …

Als sich Brunner durch die Reihen der Gäste drängte, hielt Franz junior ihn am Arm fest. Einen Augenblick zuvor hatte der älteste Sandgruber Sohn gerade ein Halbliter-Bierglas in einem Zug geleert. Und nun wollte er, dass im nachgeschenkt wurde.

»Noch ein Halbes, Bürgermeister!«, sprach er den Brunner an. »Hast mich gehört?«

Brunner nahm Franz junior das Glas ab.

Eine tiefe Furche bildete sich mitten auf seiner Stirn. Er schien sich nicht wohl dabei zu fühlen, dem Franz das Glas erneut zu füllen.

»Freilich habe ich dich gehört, Franzl, aber findest du net, dass es genug ist?«, raunte er ihm zu.

»Ja, erlaube mal …«

»Die Leute schauen schon, Franzl!«

»Ist irgendwas, Brunner?«, fragte Franz jetzt absichtlich sehr laut, da er ziemlich gereizt war. »Oder darf man in deinem Lokal nur noch im Flüsterton sprechen?« Vielleicht setzte ihm die ganze Situation einfach zu sehr zu. Aber da waren auch noch andere Dinge, die für die schlechte Stimmung bei ihm verantwortlich waren. Dinge, die mit der Vergangenheit zu tun hatten.

Dem Brunner-Wirt hingegen ging es wohl in erster Linie um die Vermeidung peinlicher Szenen, die eine schlechte Publicity abgaben – schlecht für den Gasthof Brunner und schlecht für den Bürgermeister Brunner, der gerne wiedergewählt werden wollte. »Du hast heute ja einen Durst wie …«

»Wie was?«, hakte Franz nach.

»Wie ein Feuerwehrmann!«

Franz zuckte mit den Achseln und starrte den Brunner vollkommen verständnislos an. »Ja und? Was hast dagegen, solange es doch gut für dein Geschäft ist!?«

Der Brunner seufzte.

»Gut, gut … ich sag ja gar nichts mehr.«

Der Wirt ging weiter und quälte sich mit seiner stattlichen Erscheinung durch die recht engen Gassen zwischen all den Gästen, die sich zurzeit im Schankraum aufhielten.

Franz' Gesicht war dunkelrot angelaufen.

Seine Mutter hatte inzwischen auch bemerkt, dass ihr Sohn drauf und dran war, die Kontrolle über sich zu verlieren. Und das gefiel Irmgard Sandgruber überhaupt nicht. Der Bub war doch schließlich ein erwachsener Mann! Konnte er sein Leid denn nicht auf eine Weise zeigen, die ihn nicht auffällig werden ließ?

Irmgard ließ den Blick umherschweifen. Sie war nicht die Einzige, die bemerkt hatte, dass mit dem Franz etwas nicht stimmte. Auch andere starrten bereits zu ihm hin und tuschelten über ihn.

Irmgard beugte sich zu ihrem Sohn und flüsterte: »Franz! Nimm dich ein bisserl zusammen, hast gehört?«

»Wie bitte?«

»Die Leute schauen schon ganz komisch. Und es muss doch nun wirklich net sein, dass du dem Vater auf seiner Beerdigung Schande machst!«

Jetzt riss dem Franz junior endgültig der Faden. Seine Hand krachte auf den Tisch, sodass es ein schepperndes Geräusch gab. Anstatt seiner Mutter in einem ebenso gedämpften Tonfall zu antworten, wie sie ihn mit möglichst großer Diskretion benutzt hatte, schleuderte er seine Meinung geradezu heraus, indem er laut sagte: »Die Leute? Mutter, die Leute gehen mich nix an, hast gehört? Die sind mir vollkommen gleichgültig!«

»Geh, Franz, nun red net so einen Schmarrn!«, schimpfte Irmgard, die keinen Weg mehr sah, der Situation doch noch Herr zu werden, ohne dass es eine mehr als peinliche Szene gab. Das Stimmengewirr im Schankraum verstummte zusehends. Immer mehr Gäste wollten mit anhören, wie Franz junior nach und nach die Beherrschung verlor und seiner durch den Genuss von reichlich Bier gelockerten Zunge zunehmend freien Lauf ließ.

Irmgard wandte einen Hilfe suchenden Blick an Gottfried. Der Bruder des Verstorbenen war jetzt das älteste Familienmitglied und ihm kam daher eine gewisse Autorität zu, auf die Franz junior vielleicht noch zu hören bereit war.

So lautete zumindest Irmgards stillschweigende Hoffnung.

Gottfried verstand das sofort.

»Franz, jetzt gib Ruh! Du kannst hier net herumkrakeelen, wie es dir gefällt!«

»Natürlich kann ich das!«, rief Franz. »Wer will mich denn daran hindern? Darf man die Wahrheit denn nicht mehr frei aussprechen?«

»Immerhin trittst du jetzt die Nachfolge deines Vaters an, Franz! Und das verpflichtet doch!«

Franz machte eine wegwerfende Handbewegung. Seine Augen verengten sich. Die dunkle Farbe seines Gesichts wurde noch dunkler.

»Das heißt noch lange nicht, dass ich jedem in den Hintern kriechen und mit der Wahrheit hinterm Berg halten muss!«, schimpfte er lauthals.

»Jetzt reicht's aber!«, fuhr Hansi dazwischen.

Der jüngste Sandgruber-Sohn hatte sich lange zurückgehalten, obwohl es ihm schwergefallen war, mit anzusehen, wie Franz seine Mutter in arge Schwierigkeiten brachte. Offenbar hatte Franz es systematisch darauf abgesehen zu provozieren und jetzt schien er am Ziel zu sein.

Auf Hansis Bemerkung hatte er anscheinend nur gewartet. Die kam ihm offensichtlich gerade recht.

»Aha!«, rief er mit beißendem Spott. »Unser Superstar auf Skiern mischt sich mal wieder ein …« Seine Stimme troff förmlich vor Hohn. Der ganze Groll von früher brach jetzt ungehemmt aus ihm hervor. »Sich nach einer Niederlage aus dem Staub machen, aber dann gescheit sein, wenn dich kein Schwanz mehr braucht! Das haben wir gern!«

Hansi lag eine Erwiderung auf der Zunge.

Aber seine Schwester Katharina war schneller.

Auch sie hatte Franz' anmaßendes Verhalten auf die Palme gebracht.

»Halt jetzt den Mund, Franz!«, zischte sie. »Hast

mich gehört? Der Papa liegt gerad einmal eine Stunde unter der Erde und du hast nix anderes zu tun, als Unfrieden in der Familie zu stiften!«

»Ich sag nix als die Wahrheit!«, greinte Franz. »Oder stimmt das etwa net?« Sein Blick war starr auf Hansi gerichtet. »Es ist doch so! Und das kann auch jeder wissen!«

»Um Himmels willen, Buben!«, rief Irmgard. »Dieser unselige Streit muss doch zu stoppen sein! Könnt ihr euch denn nicht vertragen? Das ist das Einzige, was ich mir jetzt noch wünsche!«

Hansi biss sich auf die Lippen.

Ja, er wollte der Mutter gern den Wunsch erfüllen und Frieden halten, auch wenn die Anfeindungen seines Bruders noch so ungerecht waren.

Aber es war ihm unmöglich, angesichts der aufgeheizten Situation länger in diesem Raum zu bleiben. Also stand er auf, schleuderte verärgert seine Serviette auf den Tisch und ging. »Ich komme gleich wieder!«, murmelte er noch kurz in Pias Richtung, bevor er sich auch schon durch den Schankraum zwängte. Dutzende von Blicken waren dabei auf ihn gerichtet. So ein Drama, das wollte sich natürlich niemand entgehen lassen, weshalb die Gespräche inzwischen so gut wie verstummt waren. Alle im Raum verfolgten gespannt, wie sich der Krieg der beiden Brüder wohl weiterentwickeln mochte.

»Hansi?«, rief Pia ihm völlig verunsichert hinterher. Wohin war sie hier nur geraten! Von ländlicher Familienidylle konnte ja wohl keine Rede sein. Aber war es nicht angesichts eines so schrecklichen Ereignisses wie des Todes des Franz Sandgruber senior von größter Wichtigkeit, dass eine Familie zusammenhielt?

Aber die Gegensätze unter den Brüdern waren wohl einfach zu tief greifend, um kurzfristig behoben werden zu können.

Das, was sie offenbar schon in der Vergangenheit getrennt hatte, brach sich jetzt wieder mit erschreckender Vehemenz Bahn.

Während Hansi den Raum verließ, rief Franz ihm noch einige unfreundliche Worte hinterher.

»Lass dir ruhig Zeit, Hansi, Herr Möchtegern-Weltmeister!«

»Franz!«, fuhr jetzt Irmgard dazwischen. Einige Augenblicke hatte ihr die Unverschämtheit ihres Sohnes schier die Sprache verschlagen, aber jetzt hatte sie sich aus ihrer Erstarrung gelöst.

Franz wollte noch einen draufsetzen, aber die barsche Stimme seiner Mutter ließ ihn seine bissige Bemerkung wieder herunterschlucken.

Irmgard hob den Zeigefinger. »Wenn du noch ein einziges Wort sagst, dann hau ich dir hier vor allen Leuten eine Watschen herunter, dass dir Hören und Sehen vergeht!«

Franz sah seine Mutter verdutzt an.

Mit einer so heftigen Gegenreaktion hatte er offenbar nicht gerechnet.

»Geh, Mama! Das kannst doch net machen – jetzt, wo ich der Chef auf dem Branderhof bin!«

»Das werden wir ja sehen, was ich machen kann!«, versetzte Irmgard. »Wenn du aus der Rolle fallen kannst, dann kann ich das wohl schon lange!«

Hansi ging unterdessen zur Tür hinaus. Er bekam gerade noch mit, wie zwei Männer der freiwilligen Feuerwehr ein paar Bemerkungen von sich gaben.

»Der gibt dem Hansi ganz schön Gas, was?«, meinte einer von ihnen. Er hieß Ludwig. Hansi kannte ihn natürlich von früher, genau wie den anderen Gesprächspartner. Das war der Laurenz vom Almtaler-Hof.

»Du, wer auf der Streif gegen einen Ami verliert, der muss das schon aushalten können!«, äußerte sich Laurenz und lachte dabei in sich hinein.

»War net sein Tag damals!«

»Du sagst es! Aber der heutige ist auch net sein Tag!«

»Wenn du mich fragst – seine Tage sind schon lange vorbei!«

»Tragisch, wenn man nur noch ein Schatten seines früheren Ruhms ist!«

»Aber daherkommen wie Herr Großkotz persönlich! Das haben wir gern!«

»Und sich einbilden, dass man was Besseres wäre!«

»So ist es!«

»Hast das Angeber-Auto gesehen, mit dem er durch Schönbichl gefahren ist?«

»War ja net zu übersehen.«

Jetzt mischte sich ein recht beleibter Mann ein, dem die Feuerwehruniform schon so bedenklich knapp saß, dass er nicht mehr als zwei Knöpfe schließen konnte. »Also ich hätt' nix gegen so einen Cadillac! Da bin ich ehrlich!«

Gelächter folgte.

Daraufhin prosteten sich die Männer zu und leerten jeweils einen Halben in einem Zug.

Geräuschvoll setzten sie die Krüge wieder auf den Tisch, während Hansi längst ins Freie getreten war.

Der jüngste Sandgruber-Sohn lockerte seine Krawatte, atmete tief die gute, klare Luft der Bergwelt ein und fuhr sich dann durch das dichte, blonde Haar.

Es war dringend nötig, dass ich an die frische Luft kam!, dachte der Hansi. Sonst hätte ich für nix mehr garantieren können!

Schnellen Schrittes ging er davon und ließ den Gasthof vom Brunner hinter sich, ohne sich dabei auch nur noch ein einziges Mal umzudrehen.

Andernfalls wäre ihm durchaus aufgefallen, dass ihm jemand folgte.

Doch Hansi Sandgruber war im Augenblick viel zu

sehr mit sich selbst und seinen Problemen beschäftigt, um davon überhaupt etwas zu bemerken …

* * *

Hansi ging eine ganze Weile einfach so daher, aber es war, als würde eine starke Kraft seine Schritte in eine bestimmte Richtung lenken. An einen Ort nämlich, den er eigentlich nicht noch einmal hatte betreten wollen, da er zu sehr mit Erinnerungen befrachtet war.

Aber schließlich landete er doch an der Hausbergkante des Hahnenkamms und blickte nachdenklich und in Erinnerungen schwelgend den Steilhang hinab.

Ja, hier ist es gewesen!, ging es Hansi durch den Kopf. Der Tiefpunkt meines Lebens. Ein Augenblick, der eigentlich ein Triumph hätte werden sollen, der dann jedoch tragischerweise in einer Katastrophe endete …

Eigentlich hatte er gedacht, die Vergangenheit für immer begraben zu können. Aber das war nicht möglich, wie er nun erkennen musste. Zumindest nicht auf Dauer. Sie verfolgte ihn immer wieder und vielleicht war es besser, sich ihr zu stellen, als vor ihr zu flüchten.

Hansi war so in seine Gedanken versunken, dass er den Mann, der ihm gefolgt war, gar nicht bemerkte.

Erst als er bis auf wenige Meter herankam, ging ein Ruck durch den ehemaligen Skistar. Er sah den Ankömmling erstaunt an.

»Gottfried!«, stieß er hervor.

Im ersten Moment hatte Hansi schon befürchtet, dass der wutentbrannte Franz ihm gefolgt war, um den Hader mit frischer Luft und auf handfeste Weise austragen zu können. Natürlich ohne die neugierigen Dörfler als Zeugen, auf die man um der Mutter willen Rücksicht nehmen musste!

So atmete Hansi tief durch, als er niemand anderen als Onkel Gottfried vor sich sah.

Er hob erstaunt die Augenbrauen.

»Du, Gottfried?«, stieß er erstaunt hervor.

»Ja, ich dacht, du brauchst vielleicht jemanden zum Reden. Da droben beim Brunner-Wirt ist ja einiges unter der Oberfläche hervorgebrochen, was da wohl schon seit Jahren im Verborgenen gewuchert hat.«

»Das kann man wohl laut sagen, Gottfried.«

Hansi sah ihn prüfend an. »Woher weißt du eigentlich, dass ich hier bin?«

Gottfried schmunzelte. »Ein guter Trainer weiß das. Glaub's mir!«

»Ah, ja?«

Sie schwiegen beide eine Weile und blickten auf den Hang, der im Winter als Piste für die Abfahrtsrennen hergerichtet wurde.

»Du kannst es nicht vergessen, was?«, meinte Gottfried schließlich und deutete dabei hinüber zur Piste.

Hansi sah ihn an. Die Vergangenheit holt dich immer wieder ein, dachte er. Er deutete hinab ins Tal. »Die da unten können es auch nicht vergessen.«

Gottfried machte eine wegwerfende Handbewegung. »Ach was …«

»Doch, genau so ist es, Gottfried. Man trägt mir immer noch nach, was damals geschehen ist. Aber ich kann's halt net rückgängig machen.«

»Das sind doch lauter Deppen!«, erwiderte Gottfried. »Aber deinem Bruder Franz könntest du's eigentlich noch mal beweisen.«

Hansi zog erstaunt die Augenbrauen zusammen, sodass sich auf seiner Stirn eine tiefe Furche bildete. Woher wehte denn jetzt plötzlich der Wind?

»Was red'st denn da, Gottfried?«

Jetzt ließ Gottfried endlich die Katze aus dem Sack und sagte: »Im Jänner findet hier ein großes Legenden-Rennen statt …«

»Interessiert mich net, Gottfried!«

»… mit vielen großen Namen dabei!«

»Und wenn schon. Du glaubst doch net wirklich, dass ich noch einmal auf die Bretter steigen könnt.«

»Natürlich könntest du! Deine Verletzungen von damals sind seinerzeit vollkommen ausgeheilt, auch wenn es vielen wie ein Wunder vorkam.«

»Gell, du bist doch Trainer, Gottfried. Und daher weißt du doch, dass es nicht nur auf Beine und Muskeln ankommt, sondern auch auf das, was hier drinnen abläuft!« Und damit zeigte er an seine Stirn.

Onkel Gottfried hob beschwichtigend die Hände. »Ich will dir nix einreden, sondern hab dir nur davon erzählen wollen. Das ist alles. Und wenn einer wie du nie wieder auf die Bretter steigen will, dann bin ich der Erste, der das versteht. Das kannst mir glauben!«

»Schön.«

»Der Johnson fährt auch mit – falls es dich interessiert.«

Hansi ließ den Blick über die Steilhänge schweifen. Nein, die Zeiten, in denen er sein Glück auf zwei Brettern gesucht hatte, waren endgültig vorbei. »Ohne mich, Gottfried.«

Doch sein Onkel gab noch nicht auf. »Der Sieger kassiert 200 000,–Dollar Preisgeld, das ist doch ein schöner Batzen.«

»So viel?«, tat Hansi erstaunt.

Damit hatte er nicht gerechnet und für einen kurzen Moment schwankte er sogar. Aber dann entschied er, dass allein schon der Gedanke daran, an diesem Legenden-Rennen teilzunehmen, völlig absurd war. »Ich bin vielleicht eine Legende, doch ich tauge nicht mehr für ein Rennen«, erklärte er im Brustton der Überzeugung. »Aber wie kommt es denn, dass das Preisgeld so hoch ist?«

Gottfried war jetzt ganz in seinem Element. Man spürte, dass auch er – als Trainer – von dem Gedanken elektrisiert war, mit seinem Schützling von damals an diesem Rennen teilzunehmen. »Da steckt wohl eine amerikanische TV-Station dahinter. Die übertragen Live und dadurch kommen erhebliche Werbegelder zusammen, wie du dir sicher vorstellen kannst.«

»Ich wäre damals gerne Weltmeister geworden – und du der Trainer eines Weltmeisters, richtig?«

»Freilich. Wer das net will, der braucht gar net erst anzutreten!«, gab Gottfried unumwunden zu. »Ich würde es als Genugtuung empfinden, wenn wir es diesmal schafften!«

»Aber man kann die Zeit nicht zurückdrehen, Gottfried!«

»Das will auch niemand. Vielleicht lässt du es dir einfach noch mal durch den Kopf gehen ... Ich wäre jedenfalls dabei, wenn du meine Hilfe in Anspruch nehmen willst!«

»Danke.« Hansi atmete tief durch und schüttelte dann mit aller Entschiedenheit den Kopf. »Nein, Gottfried, die Zeiten, in denen ich auf den Brettern stand, sind einfach vorbei. Man muss erkennen, wann es nicht mehr geht. Und im Übrigen mag ich auch nicht mehr.«

Gottfried hob die Schultern. »Schade.«

Bis zum Abend gingen Hansi und Franz sich aus dem Weg – und das war wohl auch besser so, denn sonst hätte es jederzeit erneut zur Explosion zwischen den beiden kommen können.

Pia ließ ihn in Ruhe und verzichtete darauf, Hansi mit Fragen wegen des Vorfalls beim Brunner-Wirt zu löchern. Sie wusste genau, dass er das nicht ausstehen konnte.

Allerdings wurde sie zunehmend auch noch von anderen Gedanken abgelenkt.

Hansi blieb die Unruhe, die die junge Frau umzutreiben schien, nicht verborgen.

Am Abend, als Hansi zusammen mit Pia in dem Gästezimmer auf dem Branderhof war, in dem man sie beide einquartiert hatte, lief Pia im Raum hin und her wie ein Tiger im Käfig. Auch den kleinen Jimmy machte das schon ganz wild, denn der Hund spürte natürlich instinktiv die Unruhe.

Daher winselte er auch andauernd.

»Was ist denn los?«, fragte Hansi und kraulte das Tier hinter den Ohren. »Du machst den Jimmy ja schon ganz narrisch, wenn du hier im Zimmer herumflitzt, als hätt dich was gestochen!«

»Entschuldige, Hansi, aber ich kann halt auch nicht aus meiner Haut!«, brachte sie schließlich heraus.

»Ja, und?«, fragte Hansi etwas irritiert zurück. »Ich habe jetzt noch keine Vorstellung, worauf du eigentlich hinaus willst?«

»Ich weiß, dein Vater ist gestorben und der alte Ärger

mit Franz … Das sind natürlich ganz andere Probleme als das bisschen, was ich dagegen vorbringen könnte!«

Hansis Stirn umwölkte sich.

»Ganz andere Probleme als was?«, hakte der Hansi nach und runzelte dabei die Stirn. Reichte das alles nicht schon? Hansi konnte wirklich gut und gerne darauf verzichten, dass jetzt noch etwas dazukam. Für seinen Geschmack war ihm am heutigen Tag mehr als genug aufgeladen worden, worüber er nachzudenken hatte. Er seufzte, ging auf Pia zu und strich ihr zärtlich über das Haar und die Schulter. »Nun red schon, was ist los?«

»Ganz einfach! Ich werde den Gedanken einfach nicht los, dass im Lokal vielleicht was schiefläuft – wenn wir zwei nicht da sind!«

»Dann ruf doch einmal an, erkundige dich, wie …«

»Mei, das habe ich doch schon längst getan, Hansi! Und nicht nur einmal!«

»Davon habe ich aber nichts bemerkt«, gestand Hansi.

Pia hob ein wenig das Kinn und erwiderte mit einem spitzen Unterton: »Warst ja auch zwischenzeitlich ganz schön beschäftigt, Hansi. Wenn ich da an deine ausgedehnte Unterhaltung mit einer gewissen Tierärztin denke …«

»Geh, Pia, daraus wirst doch jetzt kein Drama machen!«

Sie schüttelte den Kopf. »Nein, ich glaub dir schon, dass ihr nur die Aussicht auf den Wilden Kaiser genießen und etwas über alte Zeiten reden wolltet.«

»Na, siehst du!«

»Darum geht es auch nicht.«

»Worum dann?«

»Wie ich schon sagte: Das Lokal lässt mir einfach keine Ruhe. Ich weiß ja, dass ich dir versprochen habe, die ganze Zeit bei dir hier in diesem Kuhdorf durchzuhalten, und das würde ich ja unter normalen Umständen auch tun, aber ...« Ihre Blicke trafen sich. Hansi ahnte bereits, worauf das Ganze hinauslaufen würde. »Ich denke, es ist das Beste, wenn ich heute Abend schon zurück nach Wien fahre, Hansi!«

Das war es also, was sie schon die ganze Zeit über mit sich herumgeschleppt und ihm bislang sich nicht zu sagen getraut hatte. Offenbar hatte Hansi gar nicht bemerkt, wie unwohl sich Pia in Schönbichl fühlte.

Hansi hob die Augenbrauen. »Heute Abend schon?«, fragte er überrascht. Eigentlich hatte er gehofft, seine Pia als moralische Unterstützung an seiner Seite zu wissen. Morgen würde das Testament eröffnet werden und das war gewiss für die ganze Familie auch eine Art psychische Ausnahmesituation. Aber vielleicht war der Franz dann ja etwas entspannter, wenn offiziell wurde, womit jeder rechnete – dass nämlich er als ältester Sohn und langjähriger Mitarbeiter seines Vaters die Leitung auf dem Branderhof und im Wildpark übernahm.

Pia nickte entschieden. »Ja.«

Hansi kratzte sich nachdenklich am Kinn. »Das kommt jetzt aber reichlich überraschend, find'st net?«

»Ich weiß, dass wir das anders geplant hatten, aber …« Sie zuckte mit den schmalen Schultern und verschränkte die Arme vor der Brust. »Es tut mir leid, Hansi, es geht einfach nicht anders.«

Mit entschlossenen Schritten ging sie dann zum Schrank, wo sie ihren Koffer abgestellt hatte. Hansi war vorher schon aufgefallen, dass sie diesen – ganz im Gegensatz zu ihrer sonstigen Gewohnheit – nicht schon längst ausgepackt und sich mit ihren Sachen überall im Zimmer verbreitet hatte. Aber da er gedanklich so sehr mit anderen Dingen beschäftigt gewesen war, hatte er dieses Zeichen nicht richtig gedeutet.

»Geh, Pia, vielleicht überlegst dir das doch noch einmal.«

»Nein, das hat keinen Sinn, Hansi!«

»Dein letztes Wort?«

»Oh Hansi, jetzt schau mich nicht so an! Es geht einfach nicht anders!«

Doch, es geht schon anders!, ging es ihm durch den Kopf. Aber du willst es nicht!

* * *

Draußen war es bereits dunkel geworden. Sterne funkelten am Himmel und der Mond war als großes, helles Oval über den Gipfeln aufgegangen und tauchte sie in ein ganz besonderes Licht.

Hansi trug den Koffer hinaus zum Wagen und packte ihn in den Kofferraum des Cabrios. Solange er sich hier in Schönbichl aufhielt, waren die Wege ohnehin kurz, und er konnte gewiss einen der Wagen benutzen, die zum Hof gehörten, falls dies einmal nötig sein sollte.

Und die Rückreise würde er dann eben mit dem Zug antreten. Kitzbühel hatte schließlich einen Bahnhof. Trotz aller Gegensätze unter seiner Verwandtschaft brachte ihn schon jemand dorthin.

So sehr Hansi auch verstand, was seine Freundin dazu bewog abzureisen, so bedauerte er es doch, dass sie in dieser für ihn recht schweren Zeit nicht an seiner Seite war. Pia hatte bereits ihren dünnen Ledermantel über das Kostüm geworfen, als sie ins Freie trat. Hansi klappte den Kofferraum zu. Sie trat näher und schien sich auch nicht so recht wohl in ihrer Haut zu fühlen. Aber die Entscheidung war gefallen. Daran konnte es keinen Zweifel geben.

Hansi sah es ihrem Gesicht an. Da war jede Diskussion wohl zwecklos.

Er versuchte es trotzdem noch einmal.

»Schatzl, willst nicht wenigstens noch warten, bis die Testamentseröffnung vorbei ist?«

Pia reagierte genervt. »Hansi, bitte! Ich habe es dir doch erklärt, dass ich einfach keine Ruhe finde, wenn niemand von uns im Lokal ist.«

Hansi legte den Arm um sie. Gemeinsam umrundeten sie das Cabrio. Hansi öffnete ihr die Tür auf der Fahrerseite und sie setzte sich ans Steuer.

»Na ja, vielleicht hast ja recht mit dem, was du über das Lokal gesagt hast«, meinte er schließlich versöhnlich. »In drei Tagen bin ich bei dir.«

Pia lächelte. »Gut. Kannst dich drauf verlassen, dass ich dir einen spannenden Empfang bereiten werde!«

»Ah, ja?«

Hans beugte sich zu ihr hinab und sie küssten sich zum Abschied.

»Pass auf dich auf, Pia.«

»Tschüss, Hansi.«

Inzwischen war auch Katharina ins Freie getreten. Hansis Schwester rieb sich die Arme. Es war unerwartet kühl an diesem Abend geworden.

Pia winkte Katharina zu und startete dabei den Wagen.

Sonja kam noch durch die Tür gelaufen. Sie trug das Körbchen mit Jimmy, von dem sie sich zuvor ausgiebig verabschiedet hatte, nachdem offenbar geworden war, dass der kleine Bernhardiner-Welpe zusammen mit seinem Frauchen schon etwas früher als geplant die Heimreise antreten würde.

Pia setzte den Korb auf den Beifahrersitz.

»Bis bald, Jimmy!«, sagte das Mädchen und verabschiedete sich anschließend auch von Pia.

Der Wagen fuhr los und sowohl Hansi als auch Sonja winkten ihm nach, bis er hinter der nächsten Biegung verschwunden war. Einige Augenblicke hörte man noch sein Motorengeräusch, ehe schließlich Ruhe war.

»Das ist schon schade, dass der Jimmy jetzt nicht mehr hier ist«, meinte Sonja.

Aber Hansi schien ihr gar nicht richtig zuzuhören.

»Ja, ja«, sagte er nur. »Das ist wirklich schad. Aber er kommt zurück, Sonja.«

»Bestimmt?«

»Ganz bestimmt.«

* * *

Am nächsten Tag fand die Testamentseröffnung beim Notar Dr. Humml in Kitzbühel statt.

Dr. Humml war ein Mann in den Fünfzigern mit hoher Stirn und dicken Brillengläsern. Er residierte in einem Büro, dessen schwere Eichenmöbel ebenso gediegen wirkten wie der dreiteilige graue Anzug, den er trug.

Franz junior und Katharina setzten sich als Erste. Danach nahmen Hansi und Onkel Gottfried zusammen mit der Mutter Platz.

Zunächst sprach Dr. Humml den Hinterbliebenen des Franz Sandgruber senior sein herzlichstes Beileid aus. Schließlich hatte der Notar den Verstorbenen gut gekannt und ihm seit Jahren in allerlei Rechtsgeschäften hilfreich zur Seite gestanden.

Hansi saß neben seiner Mutter, die immer wieder seine Hand nahm.

Auch wenn Irmgard Sandgruber es bisher vermieden hatte, darüber zu sprechen, so bedauerte sie es wohl am allermeisten, dass es in der Vergangenheit zu einem Zerwürfnis in der Familie gekommen war.

Dr. Humml begann nun damit, auf seine gewohnt umständliche Art und Weise die einzelnen Dokumente auf dem Tisch auszubreiten. Schließlich las er den letzten Willen des Verstorbenen vor. Zunächst waren da nur rechtliche Floskeln, doch dann kamen die entscheidenden Zeilen.

Und die hatten es in sich.

»»Es ist mein letzter Wille««, so zitierte Dr. Humml das Schriftstück, das er zusammen mit Franz senior nach dessen Wünschen bereits vor einiger Zeit aufgesetzt hatte, »»dass mein Sohn Hansi Sandgruber an den Hof zurückkehrt und den Wildpark in meinem Sinne weiterführt …««

Die Familienmitglieder reagierten allesamt vollkommen überrascht. Wer hätte auch mit dieser Wendung der Dinge rechnen können?

Hansi ganz gewiss am allerwenigsten.

Er war vollkommen konsterniert und glaubte im ersten Augenblick, sich verhört zu haben.

Franz junior war auch am heutigen Tag dem Hansi bisher so gut es ging ausgewichen und hatte dafür gesorgt, dass sie sich nicht beim Frühstück begegneten oder sich sonst nicht irgendeine Möglichkeit des Kontaktes bot. Nur hin und wieder war ein unfreundlicher Blick nicht zu vermeiden gewesen.

Die Mutter hatte ihm nach dem gestrigen Essen noch einmal ins Gewissen geredet und klarzumachen versucht, dass man sich innerhalb einer Familie nicht so verhalten dürfe, wie er es getan hätte. Selbst bei so tief greifenden Missstimmungen nicht, wie sie zwischen Hansi und Franz herrschten!

Und der Franz junior hatte sich auch zunächst weitgehend daran gehalten.

Aber jetzt rissen bei ihm sämtliche Sicherheitsleinen.

Was er nun gerade aus dem Mund des Notars mit anhören musste, schlug wirklich dem Fass den Boden aus, und so war es für ihn unmöglich, noch länger an sich zu halten.

»Was soll das jetzt heißen?«, fragte er, noch bevor

Dr. Humml mit seinem Vortrag des väterlichen Testaments fortfahren konnte. »Mei, ich will das jetzt genau wissen, was damit gemeint ist – hoffentlich net das, was ich verstanden habe!«

Die Mutter warf ihm einen tadelnden Blick zu. Einen solchen Ausbruch empfand sie immer auch als Missachtung ihres verunglückten Mannes, der sich schließlich etwas dabei überlegt hatte, als er diese Zeilen zusammen mit Dr. Humml formuliert hatte.

Und der Franz junior hatte für Irmgards Geschmack sein Konto an Respektlosigkeiten schon am vorangegangenen Tag vollkommen überzogen.

Dr. Humml seinerseits blieb ruhig.

Dass Angehörige über den letzten Willen eines Verstorbenen überrascht waren, gehörte zu seinem Alltag – genauso, wie es immer wieder vorkam, dass ein Erbe, ganz gleich, wer es auch bekam, am Ende nicht glücklich machte. Weder den, der sich nun reich schätzte, noch den, der glaubte, dass ihm etwas Großes entgangen war.

Dr. Humml beugte sich ein Stück vor und blickte über den Rand seiner dicken Brille. »Das heißt nicht mehr und auch nicht weniger, als dass der Hansi den Hof mit dem Wildpark erbt«, stellte er klar. Das ließ an Deutlichkeit nichts zu wünschen übrig.

Dem Franz junior fiel der Kinnladen hinunter.

Er war fassungslos.

»Das kann nie und nimmer sein!«, entfuhr es ihm, dessen Gesicht aschfahl geworden war. Er schüttelte den Kopf. »Vollkommen unmöglich!«

»Aber wenn es hier doch schwarz auf weiß steht, Herr Sandgruber junior! Es ist der letzte Wille Ihres Vaters und den werden Sie schon akzeptieren müssen, auch wenn er vielleicht anders ausgefallen ist, als Sie ursprünglich gedacht haben!«

»Niemals!«, schimpfte Franz junior.

»Franzl, jetzt isses aber gut!«, fuhr die Mutter dazwischen, die das Ganze sehr aufregte. So sehr, dass sie sich unwillkürlich in die Herzgegend fassen musste, so beklemmend war das Gefühl, das sich in der armen Frau ausbreitete.

Nicht genug, dass ihr Mann gestorben war und es mit dem Familienfrieden ohnehin nicht zum Besten stand – aber nun schien es so, als drohte wegen des Erbes wirklich alles auseinanderzubrechen. Ach, Franz, das hast net gedacht, dass wegen deines letzten Willens so ein Hader vom Zaun gebrochen wird!, dachte Irmgard. Sie konnte noch immer kaum atmen, so sehr belastete sie die allgemein herrschende Spannung in der Familie.

»Das muss ein Irrtum sein!«, beharrte Franz, dessen Gesicht sich zur Maske verzogen hatte. »Ich bin der älteste Sohn und deshalb steht mir der Hof zu!«

Aber Dr. Humml schüttelte den Kopf und versuchte, dem aufgebrachten Franz junior die rechtliche Situation auseinanderzusetzen. »Nicht, wenn der Erblasser ausdrücklich einen anderen Erben bestimmt – und genau das ist hier der Fall. Das Testament ist da ganz eindeutig.«

»Das gibt's net!«, stieß Franz hervor.

»Dir hat dein Vater die Hochalm und das Haus im Dorf vermacht. Das ist doch auch etwas und …«

»Das könnt ihr euch sonst wohin stecken!«, fuhr der Franz dem Notar in die Parade. Wut stand dem Bauernsohn ins Gesicht geschrieben.

»Franz, um Himmels willen!«, rief Irmgard.

Aber ihr Ältester war nicht mehr zu halten.

»Ich habe dem Alten jahrelang den Trottel gemacht. Und jetzt soll der Hansi alles kriegen?« Er verzog das Gesicht und bedachte Hansi mit einem Blick, aus dem die ganze Verachtung sprach, die er mittlerweile für seinen Bruder empfand. »Der große Skistar, der! Hat sich doch nur verdrückt, damit ich die ganze Zeit die Sauarbeit machen kann! Und jetzt das! Kruzifix noch mal, nennt man so etwas Gerechtigkeit?!«

»Jetzt hör aber auf, Franz!«, fuhr Hansi dazwischen, der schon einige Zeit mit wachsender Sorge hatte mit ansehen müssen, wie sehr die Mutter durch die Ausfälle ihres Ältesten innerlich belastet wurde.

Nur deshalb schritt Hansi ein.

Bis dahin hatte er sich sehr zurückgehalten, denn ihm war wohl bewusst, dass ihm alles, was er nun sagte, angesichts des Testaments falsch ausgelegt werden würde.

Abgesehen davon lag ihm jedes Triumphgefühl fern.

Und was den Wildpark anging, damit hatte er nichts zu tun. Auch wenn sich der Vater vielleicht aus irgendeinem unerfindlichen Grund gewünscht hatte, dass er sein Nachfolger wurde. Vielleicht hatte es in den vergangenen Jahren ja auch Differenzen zwischen den beiden Franzls – junior und senior – gegeben, die zu diesem Testament geführt hatten. Davon hatte Hansi keine Ahnung und eigentlich wollte er auch gar nicht allzu viel über diese Dinge erfahren.

Er hatte sich schließlich zusammen mit seiner Pia in Wien ein anderes Leben aufgebaut. Ein Leben, in dessen Mittelpunkt im Augenblick ein gut laufender Nachtclub stand. Es war gar nicht so einfach gewesen, und eigentlich erschien Hansi allein der Gedanke daran, das Erreichte zugunsten einer Existenz als Bauer und Betreiber eines Wildparks aufzugeben, vollkommen absurd.

Die Mutter schlug entsetzt die Hände vors Gesicht. Sie vermochte nichts mehr zu erwidern, aber Hansi war klar, dass sie die Worte vom Franz bis ins Mark trafen. Er legte den Arm um sie. »Ist schon gut, Mutter«, versuchte er sie zu trösten.

Gottfried griff nun zum Glück in die unselige Diskus-

sion ein, die durch den letzten Willen des Franz Sandgruber senior entfacht worden war.

»Du weißt genau, dass es net stimmt, was du gesagt
hast, Franz«, wandte er sich in einem ruhigen, aber doch
sehr bestimmten Tonfall an den aufmüpfigen Ältesten.

Irgendwie hatte er wohl das Gefühl, in diesem Fall
die seit dem Tod von Franz senior fehlende väterliche
Autorität ersetzen zu müssen.

Franz hob den Zeigefinger auf eine Art und Weise,
die an das Zücken eines Messers erinnerte. »Ich werde
das Testament anfechten!«, murmelte er drohend und
mit stierem Blick in Richtung seines Bruders Hansi.
»Hast mich gehört, Hansi? So einfach geht die Nummer net über die Bühne, darauf könnt ihr euch verlassen!«

»Das hätte keinen Sinn, Franz«, mischte sich Dr.
Humml mit kühler Sachlichkeit ein. »So ein Ansinnen
wäre aus juristischer Sicht von Anfang an zur Erfolglo-
sigkeit verurteilt, weil für eine Anfechtung jede Rechts-
grundlage fehlt.«

»Aha!«, tönte Franz. »Dann seit ihr euch alle ja schon
einig, wie mir scheint! Aber ich werd net den Deppen
für euch geben! Darauf könnt ihr euch gefasst machen!«

Inzwischen hatte sich die Mutter wieder einigermaßen beruhigt. »Franz«, sagte sie beschwörend. »Ihr
könnt doch beide zu Hause arbeiten. Der Vater hat be-

stimmt auch wollen, dass wir alle wieder zusammen sind.«

Franz verzog angewidert das Gesicht.

»Eher häng ich mich auf!«, drohte er außer sich vor Zorn.

Er sprang auf und ging mit energischen Schritten quer durch den Raum in Richtung Tür.

»Franz!«, rief die Mutter ihm noch hinterher, aber der war im Augenblick vollkommen taub.

Er knallte die Tür dermaßen laut hinter sich zu, dass alle Anwesenden vor Schreck in sich zusammenfuhren.

Einige Augenblicke lang herrschte betretenes Schweigen. Von draußen war zu hören, wie Franz auch die Eingangstür zum Notarbüro auf ähnlich geräuschvolle Weise ins Schloss fallen ließ.

Wenig später startete in der engen Gasse, an der das Büro von Dr. Humml gelegen war, ein Wagen und fuhr mit durchdrehenden, quietschenden Reifen davon.

Irmgard Sandgruber bekreuzigte sich.

Schließlich ergriff Dr. Humml wieder das Wort.

Sein Tonfall klang sehr ernst – und die Dinge, die er nun vorzutragen hatte, rechtfertigten diese Ernsthaftigkeit auch. »Es gibt da leider noch etwas, worüber ich euch in Kenntnis setzen muss«, sagte er gedehnt und es war selbst seinem ansonsten recht unbeweglich wirkenden Gesicht anzusehen, dass es nun seine Aufgabe war, schlechte Nachrichten zu überbringen.

»Wie wir alle wissen, hat Franz senior diesen Tierpark mit erheblichem Herzblut aufgebaut. Das war sein Lebenswerk und vielleicht ist er in dem einen oder anderen Fall auch mal über die Grenzen der finanziellen Leistungskraft gegangen, die einem Bauern auf dem Branderhof zur Verfügung steht.« Er machte eine kurze Pause, warf einen Blick in eine Dokumentenmappe und fuhr fort: »Als der Franz den Wildpark aufbaute, hat er sich von seinem Freund Sepp Perterer fünf Millionen Schilling geborgt.«

Alle Anwesenden waren perplex.

Keiner von ihnen hatte davon offenbar eine Ahnung gehabt – selbst Irmgard nicht. Geschäftliches hatte sie immer ihrem Mann überlassen. Dementsprechend lang waren jetzt die Gesichter.

Dr. Humml fuhr fort: »Der Perterer und Franz senior haben damals einen Kaufvertrag aufgesetzt.«

»Was denn für einen Kaufvertrag?«, erkundigte sich Gottfried.

Dr. Humml erläuterte ihm den Sachverhalt: »Als Sicherstellung für das Geld hat der Franz dem Perterer das Grundstück angeboten, auf dem sich der Wildpark befindet.«

»Ja, aber der Perterer ist doch letztes Jahr gestorben!«, stieß Irmgard hervor, der nun langsam die Kon-

sequenzen aus diesem Handel, den ihr Mann geschlossen hatte, zu dämmern begannen.

Dr. Humml nickte. »Deswegen ist seine Tochter Viktoria jetzt auch die rechtmäßige Vertragspartnerin.«

Die Sandgrubers machten allesamt betretene Gesichter.

»Und ab wann hat sie Anspruch auf diesen Kredit?«,
fragte Gottfried mit gerunzelter Stirn.

Dr. Humml hob die Schultern. »Theoretisch jederzeit!«

Irmgard Sandgrubers Gesicht wurde schreckens-
bleich. »Was, die ganzen fünf Millionen Schilling?«,
stieß sie hervor. »Aber das ist unser finanzielles
Ende.«

»Net ganz fünf Millionen«, schränkte der Notar ein.
»Eine Million hat der Franz nämlich schon abbezahlt.
Der Rest ist noch fällig.«

»Und wenn wir nicht zahlen können?«, erkundigte
sich die Witwe mit bangem Herzen. »Was ist dann?«

Dr. Humml wich ihrem Blick aus und starrte auf
seine Dokumente. »Dann wird dieser Kaufvertrag
wirksam und das Grundstück geht an Frau Viktoria
Perterer über.«

Irmgard schaute entsetzt zu Gottfried hinüber, der
ebenfalls sichtlich schockiert war.

Ratlosigkeit herrschte nun bei allen Familienmitglie-
dern. Dass alles, was Franz senior aufgebaut hatte, in

Wahrheit auf tönernen Füßen stand, davon hatte niemand etwas ahnen können.

»Ja, und wie viel ist noch auf dem Konto?«, fragte Hansi, in der Hoffnung, dass es vielleicht irgendwelche Rücklagen gab, die man für den Kredit aufwenden konnte.

Dr. Humml presste die Lippen zusammen, hob die Augenbrauen und sah in seinen Unterlagen nach. Aber sein überaus ernstes Gesicht machte schon deutlich, dass die finanzielle Lage wohl ziemlich verzweifelt war. »So gut wie nichts, Hansi.«

»Wie bitte?«

»Der Franz hat praktisch alles Bargeld in die Asphaltierung der Straße gesteckt.«

»Das heißt, die Perterer hat uns faktisch in der Hand!«, brachte Katharina die bittere Wahrheit auf den Punkt.

»Nun, vielleicht gelingt es Ihnen ja, eine Einigung mit ihr zu erzielen«, schlug Dr. Humml vor. »Miteinander reden werden's halt wohl müssen!«

* * *

Der Postbote war in letzter Zeit auf dem Branderhof zum Unglücksboten geworden.

Kaum waren die Sandgrubers aus Kitzbühel zurück und saßen mit langen Gesichtern in der guten Stube, da brachte der Postbote neben allerlei Werbung auch einen Brief, dessen Absenderin das Architekturbüro einer gewissen Viktoria Perterer war.

Franz junior war als Erster aus Kitzbühel abgefahren, aber er kam als Letzter dort an, da er zuvor noch auf einen Roten zum Brunner-Wirt gegangen war.

Kurz nachdem der Postbote den Brief gebracht hatte, traf Franz ein. Er bekam gerade noch mit, wie Irmgard ihn öffnete. Franz setzte sich ans Ende des Tisches. Niemand sprach ihn an, da im Augenblick die gesamte Aufmerksamkeit dem Inhalt des Briefes galt.

Nur Katharina raunte ein kurzes »Na, hast dich beruhigt?« in seine Richtung. Er verzog nur das Gesicht.

Irmgard Sandgruber setzte die Lesebrille auf, faltete den Brief der Perterer auseinander und begann laut vorzulesen.

»Aus Pietät gegenüber Ihrem verstorbenen Mann bitten wir Sie, bis zum Ende des Monats lediglich eine erste Rate in der Höhe von Schilling 500 000,– zu begleichen ...«

Irmgard stockte vor Schrecken.

»Mir kommen gleich die Tränen vor lauter Pietät!«, fuhr Katharina dazwischen. Sie verschränkte die Arme vor der Brust und schüttelte den Kopf. »Das klingt so falsch, dass einem schlecht werden kann!«

Niemand widersprach ihr in dieser Einschätzung der Dinge.

Irmgard fasste sich wieder und las mit zitternder Stimme weiter. »Der Rest von Schilling drei Millionen fünfhunderttausend zuzüglich zwanzig Prozent Verzugszinsen ist innerhalb von sechs Monaten zur Zahlung zu bringen. Hochachtungsvoll Ingenieur Viktoria Perterer.« Irmgard wandte sich fragend an ihren Schwager Gottfried, der neben ihr saß. »Was soll nun werden?«

Gottfrieds Hände ballten sich unwillkürlich zu Fäusten. Der Ärger stand ihm deutlich ins Gesicht geschrieben. »So ein verdammtes Luder … Das war es also, was in dem Brief stand, der den Franz so erzürnt hat!«

»Vier Millionen!«, stieß Katharina verzweifelt hervor. »Das können wir niemals bezahlen!«

»Wir werden alles verlieren«, lautete Irmgard Sandgrubers bitteres Fazit. »Es hat wohl keinen Sinn, die Augen vor der Realität zu verschließen und den Kopf in den Sand zu stecken. Wir haben das Geld net und ich wüsst auch keine Möglichkeit, es in der gebotenen Zeit aufzutreiben!« Sie wandte den Kopf und wirkte auf einmal erstaunlich gefasst angesichts der Hiobsbotschaft. »Oder was ist deine Meinung, Franz? Was sagst du dazu?«

»Ich?«, fragte Franz zurück. Ein bitterer Zug dominierte sein Gesicht. Sein Lächeln wirkte gequält und freudlos. »Wieso ich?«

»Na, erlaube mal!«

»Mich geht das Ganze doch nichts mehr an. Und für den Hansi ist das doch wahrscheinlich alles nur eine Lappalie!«

»Geh, Franzl!«, entfuhr es Irmgard entsetzt. »Fängt das schon wieder an?«

Franz junior erhob sich vom Tisch und ging hinaus. Die Tür fiel schwer hinter ihm ins Schloss.

»Und das Türenschlagen soll in diesem Haus sicher keine Tradition bekommen!«, rief Irmgard ihm noch hinterher.

Hansi schüttelte den Kopf. »Unmöglich ist das, wie er sich der Mutter gegenüber verhält!«, entfuhr es ihm aufgebracht.

»Lass ihn«, riet Gottfried. »Ja, ja, Hansi, du trittst ein schweres Erbe an, wie sich nun offenbart.«

»Nein, ich trete das Erbe gar nicht an!«, stellte Hansi klar. Alle sahen ihn erstaunt an. Die ganze Fahrt von Kitzbühel über hatte Hansi darüber nachgedacht, wie er es der Familie eröffnen sollte, und jetzt war er heilfroh, dass es raus war – ob nun sonderlich diplomatisch oder einfach nur grob und direkt, spielte für ihn im Augenblick keine Rolle.

»Weißt, was du sagst?«, fragte Katharina.

»Natürlich weiß ich das und ich sage das auch nicht unüberlegt.« Hansi seufzte. »Es ist auch net wegen der Schwierigkeiten, die sich ja nach unserem Besuch beim Herrn Dr. Humml bereits anbahnten. Versteht's mich net falsch, aber ich hab mir in Wien ein völlig neues Leben aufgebaut. Und der Wildpark, der steht doch eh dem Franz zu, wie ich find.«

In diesem Punkt war seine Schwester allerdings deutlich anderer Ansicht. »Nein, das siehst du falsch, Hansi.«

»So?«

»Der Vater, der hat sich schon was dabei gedacht, als er sich so entschieden hat, wie es im Testament steht. Wir wissen doch alle, dass der Franzl ein Chaot ist.«

»Also ich werd versuchen, euch zu helfen, und sehen, was ich an Mitteln auftreiben kann. Aber …«

»Hansi, es geht net in erster Linie nur ums Geld«, stellte Gottfried klar.

Hansi stand auf, ging zum Fenster und blickte hinaus auf dieses wunderbare Land, in dem er aufgewachsen und einst auch heimisch gewesen war. Die Worte von Regina fielen ihm wieder ein. Der Hansi ohne Berge, das ist wie der Himmel ohne Sterne. Vielleicht hatte sie da gar nicht so unrecht. Aber sie hatte von einem Hansi Sandgruber gesprochen, den es in der Vergangenheit einmal gegeben hatte. Doch diese Zeiten waren vorbei. Endgültig, wie Hansi sich selbst einzureden versuchte, obwohl sich schon längst leichte Zweifel in diese anfangs so festgefügte Überzeugung hineingemogelt hatten.

Aber wenn er hierher zurückkehrte, dann bedeutete

dies, dass sein bisheriges Leben eine Sackgasse gewesen war. Pia, der Nachtclub, das schnelle Leben in der Hauptstadt ... Hatte ihn das alles nicht auch geprägt? Mindestens ebenso wie diese paradiesischen Berge, deren Schönheit für jemanden, der sie nicht mit eigenen Augen gesehen hatte, kaum zu glauben war?

Die Mutter wollte etwas sagen und auch Katharina lag eine Bemerkung auf der Zunge, doch Gottfried brachte beide mit einer beschwichtigenden Handbewegung zum Schweigen. Er erhob sich nun ebenfalls und trat an den verlorenen Sohn der Sandgrubers heran.

Gottfried hatte dem Hansi als sein Trainer immer schon besonders nahegestanden. Und die ruhige Art, in der sein Onkel Probleme anzugehen pflegte, hatte Hansi stets beeindruckt.

Irmgard und Katharina schwiegen, denn sie wussten beide nur zu gut, dass, wenn es jemanden gab, der Hansi überzeugen konnte, sein bisheriges Leben aufzugeben und auf den Hof zurückzukehren, dieser Jemand der Gottfried war.

Und auf der anderen Seite glaubten sie wohl auch, dass Hansi eher in der Lage war, den Hof und den Wildpark aus der Krise zu führen als Franz junior mit seinem bekannt cholerischen Temperament.

Das musste sich wohl auch der Vater gedacht haben, als er dafür gesorgt hatte, dass das Testament so und nicht anders formuliert worden war.

Gottfried fasste dem nachdenklich dreinschauenden Hansi freundschaftlich an die Schulter.

»Die Pia und ich haben wirklich hart gearbeitet, bis das Lokal endlich gelaufen ist«, sagte Hansi. »Das kann ich doch jetzt net einfach alles wegschmeißen!«

»Es sind natürlich dein Leben und deine Entscheidung, Hansi. Niemand stellt das in Frage«, stellte Gottfried klar.

»Das weiß ich doch!«, sagte Hansi versöhnlich.

»Aber du solltest auch über Folgendes nachdenken, Hansi: Der Vater reicht dir über den Tod hinaus mit diesem Testament die Hand. So würde ich das jedenfalls verstehen!«

»Ich weiß ...«

»Und die Mutter? Willst du zuschauen, wie sie alles verliert, weil diese Frau Perterer den Hals net vollkriegen kann?«

Hansi hatte einen dicken Kloß im Hals. Gottfried hatte genau den Punkt angesprochen, der auch ihm Kopfzerbrechen und Gewissensbisse verursachte. Natürlich durfte er seine Mutter nicht im Stich lassen.

Aber musste das gleich heißen, dass er sein zukünftiges Leben dem Branderhof widmete und Betreiber eines Wildparks anstatt eines Wiener Nachtclubs wurde? Die Pia wird sich bedanken, wenn ich sie vor vollendete Tatsachen stelle!, überlegte er.

»Also zuschauen werd ich jedenfalls net, wie hier alles vor die Hunde geht!«, versprach er. »Aber deshalb muss ich ja nicht unbedingt die Erbschaft annehmen.«

»Lass dir alles noch mal gut durch den Kopf gehen, Hansi«, fügte Gottfried hinzu. »Ich habe jedenfalls das Gefühl, dass du hier dringend gebraucht wirst!«

* * *

Flackerndes Kerzenlicht herrschte in der ›Gruft‹, wie der Keller mit dem Großmodell im Architekturbüro Perterer genannt wurde. Champagner wurde gereicht, kleine Scherze ausgetauscht und gepflegter Small Talk betrieben.

Unter den Anwesenden befand sich unter anderem der Geschäftsmann Tiedke, der ein Konsortium von Investoren vertrat. Er prostete gerade Bürgermeister Gernot Brunner freundlich zu.

Viktoria Perterer erläuterte unterdessen voller Stolz ihre ehrgeizigen Pläne, die sich in dem Großmodell manifestierten.

Ein Modell, das allerdings letztlich nichts weiter als eine blasse Ahnung dessen war, was schon in Kürze ganz Schönbichl verändern und aus seinem Dornröschenschlaf reißen sollte.

»Die Überdachung der Mountain Sea-World garantiert eine 365-tägige Auslastung«, erklärte Viktoria Perterer voller Stolz. »Und durch die Kombination von

Bade- und Ski-Anlage kann der Gast gleichzeitig Sommer- und Wintervergnügen konsumieren. Das hat es bisher hier noch nicht gegeben, meine Herren!« Viktoria nahm eine Fernbedienung und betätigte einen der Knöpfe. Das Dach des Modells schob sich automatisch zurück. Ein Wasserfall, eine Rutschbahn und eine Snowboardpiste mit Schlepplift wurden für die Gäste des Büros Perterer sichtbar. Der Wasserfall und die Rutschbahn mündeten in ein Schwimmbad, das von einem Sandstrand umgeben war. Die Anlage war so geplant, dass sie sich auf architektonisch sehr harmonische Art und Weise dem Berghang anpasste. Ein Lächeln, in dem sich gleichermaßen Viktorias Stolz auf dieses ehrgeizige Projekt und ihr kaltes, berechnendes Wesen widerspiegelten, spielte um ihre nachgezogenen Lippen.

»Mein Respekt, Frau Perterer«, sagte Gernot Brunner. »Wenn das Wirklichkeit wird, dann werden auch scharenweise neue Gäste in meine Wirtschaft kommen und …«

»Die Wiederwahl dürfte dann wohl gesichert sein!«, vollendete Viktoria anstelle des Bürgermeisters. »Wer sollte denn auch schon jemandem, der die größte Investition seit hundert Jahren politisch ermöglicht hat, den Chefsessel im Dorf streitig machen wollen!«

»So kann man das natürlich auch sehen!«, gab der Brunner-Wirt zu.

Viktoria Perterer fuhr fort: »Aber widmen wir uns noch ein bisschen dem Modell, das natürlich nur ein schwacher Abklatsch der Realität sein kann. Herr Tiedke ist extra von weit her angereist und ich denke, das wird ihn wohl am meisten interessieren.«

»Fahren Sie ruhig fort«, forderte Tiedke sie auf. Er war ein fast kahlköpfiger, nüchtern wirkender Mann in dunklem Anzug, der bisher an seinem Champagnerglas nur leicht genippt hatte.

»Ein selbstverständlich temperierter Wasserfall speist das Schwimmbecken«, fuhr Viktoria fort. »Eine Pumpe befördert das Wasser zum Ausgangspunkt zurück und führt es dabei durch eine Filteranlage.«

»Ah, der ökologische Aspekt!«, meinte Tiedke anerkennend. »Es ist gut, dass Sie darauf eingehen. Den Konsumenten ist das heute enorm wichtig, wie alle Marktanalysen uns sagen!«

»Die Gesundheit der Gäste hat natürlich oberste Priorität«, erklärte Viktoria.

»Natürlich!«, grinste Tiedke.

Er nippte ein zweites Mal an seinem Champagnerglas und lächelte geschäftsmäßig.

Viktoria markierte einen bestimmten Punkt des Modells mit Hilfe eines Laserpointers. »Gleich hier daneben finden wir die Snowboardpiste, die durch eine Schneekanone künstlich beschneit wird – und zwar durch einen Teil des Badewassers, das im hinteren Teil der Anlage über ein Kühlaggregat abgekühlt wird.«

»Raffiniert!«, meinte Tiedke anerkennend. Er wandte sich an Viktoria und fragte: »Sie verfügen doch über die geographischen Erfordernisse der Anlage?«

Ein geschäftsmäßiges, kühles Lächeln spielte um Viktorias Lippen. In ihren Augen glitzerte es. »Das Grundstück ist so gut wie in meiner Hand!«, versprach sie. »Im Grunde sind da nur noch Formalitäten zu klären.«

Gernot Brunner schaute die Perterer überrascht an.

Konnte es sein, dass er da etwas nicht mitbekommen hatte in seinem Dorf Schönbichl? Oder versprach Viktoria dem Investor einfach nur etwas mehr, als sie im Moment schon halten konnte?

Tiedke hob sein Glas und prostete Viktoria zu. »Dann sollten Sie zusehen, dass Ihr ehrgeiziges Projekt nicht an diesen Formalitäten scheitert, von denen Sie gerade sprachen«, meinte er.

»Keine Sorge«, erwiderte Viktoria. »Ich habe alles unter Kontrolle!«

»Es freut mich, das so überzeugend aus Ihrem Mund zu hören, Frau Perterer.«

»Sie können sich voll und ganz auf mich verlassen, Herr Tiedke«, lächelte Viktoria.

Tiedkes sonst eigentlich immer recht ernst wirkenden Züge entspannten sich leicht. »Nun, ich denke, mit

Ihrem Know-how und unseren finanziellen Möglichkeiten werden wir auf dem Gebiet des Fun-Parks ganz neue Maßstäbe setzen können. Davon bin zumindest ich felsenfest überzeugt!«

Viktoria hob ihr Glas und prostete Tiedke zu.

»Auf unser Projekt!«, sagte sie.

»Auf die Rendite«, gab Tiedke zurück, der sich daraufhin an Gernot Brunner wandte. »Und auf eine strahlende Zukunft für Schönbichl natürlich! Dieser Fun-Park wird für jede Menge Arbeitsplätze in Ihrem Dorf sorgen, Herr Bürgermeister. Und auch sonst werden alle davon profitieren, das kann ich Ihnen versprechen.«

Mit einem leicht nachdenklichen Gesichtsausdruck hob der Bürgermeister ebenfalls sein Glas. Aber das eher lahme »Prosit« aus seinem Mund klang weitaus weniger optimistisch, als es eigentlich hätte klingen sollen.

* * *

Drei Tage nach der Beerdigung seines Vaters war Hansi Sandgruber wieder daheim in Wien – so, wie er es Pia versprochen hatte.

Aber er kam mit einer schweren Bürde.

Er hatte nämlich eine Entscheidung getroffen – und dazu noch eine ziemlich einsame. Abgesehen davon war sie ihm auch weiß Gott nicht leichtgefallen, aber Gottfrieds Worte hatten ihm die Augen geöffnet und ihn schließlich sogar überzeugt. Er konnte seine Familie jetzt nicht im Stich lassen und vor der Verantwortung fliehen, die ihm unerwarteterweise zugefallen war. Vor allem wegen seiner Mutter, die wahrscheinlich alles verlieren würde, wenn er nicht eingriff, hatte er sich dazu entschlossen, das schwere Erbe des Branderhofs anzutreten.

Ob es ihm allerdings gelingen würde, eine Wende herbeizuführen, stand noch in den Sternen. So leicht war das nämlich nicht. Dazu steckte der Wildpark viel zu tief in Schwierigkeiten. Und außerdem hatte die Familie Sandgruber in dieser Sache eine sehr mächtige Gegnerin, die man auf keinen Fall unterschätzen durfte – Viktoria Perterer.

Hansi trat auf den Balkon der schicken Wohnung, die er zusammen mit Pia bewohnte. Man hatte von hier aus einen freien Blick auf die Votivkirche.

Tief sog er die Luft ein, aber so frisch wie da droben auf den Bergen bei Schönbichl war sie natürlich hier in Wien nicht. Der Lärm der Straße drang zu ihm herauf und vermittelte ihm die Hektik der Großstadt.

Ja, er war mit den Bergen tief verbunden gewesen – aber inzwischen waren Jahre vergangen. Jahre, in denen Hansi natürlich hier in Wien Wurzeln geschlagen und sich an das Leben in der Metropole gewöhnt hatte.

Es war immer das Einfachste, nichts zu verändern und alles so zu lassen, wie es war.

Aber Hansi wusste genau, dass ihm dieser Weg im Moment nicht offen stand. Nicht, wenn er seine Selbstachtung behalten und noch in den Spiegel blicken wollte, ohne vor sich selbst ausspucken zu müssen.

Irgendwie musste er die Sache nur noch der Pia beibringen. Das war schwieriger als alles andere. Die ganze Zeit über, die er wieder in Wien war, druckste er nun schon herum und manchmal fragte er sich, ob seine Verlobte nicht eigentlich längst gemerkt haben müsste, dass etwas mit ihm nicht stimmte.

Als Pia dann ebenfalls auf den Balkon trat und eine leichte Brise über die Dächer der Stadt strich, fasste Hansi sich ein Herz.

Er musste jetzt einfach reinen Tisch machen und die Karten offen auf den Tisch legen.

Das war er letztlich auch Pia schuldig.

Also sagte er: »Hör zu, Pia. Ich werde ein paar Monate nach Schönbichl gehen müssen – und wenn du willst, kannst gern mitkommen!«, begann er und erläuterte dann in knappen Worten die Situation, die sich dort ergeben hatte.

Pia verschränkte die Arme vor der Brust und musste unwillkürlich schlucken.

»Ein paar Monate?«, echote sie skeptisch.

»Ja. Ich denke, bis dahin sehe ich klarer.«

»Hansi, das kann nicht dein Ernst sein!«

»Es ist mir aber sehr ernst!«

Sie schüttelte den Kopf. »Nein!«, stieß sie entschieden hervor. Ein einziges Wort, das alles auf den Punkt brachte. Hansi ahnte, dass es sehr schwer werden würde, sie von ihrem harten Standpunkt abzubringen. Vielleicht sogar unmöglich.

»Schau, Pia, wenn ich nichts mache, dann geht der Wildpark an die Perterer, diese kalte Schlange, und mein Vater würde sich im Grab umdrehen. Davon abgesehen stünde meine Mutter vor dem Nichts. Das kann ich nicht zulassen.«

»Ja, ich verstehe ja schon, dass du da gerne eingreifen möchtest.«

»Na siehst du! Ich kann meine Familie jetzt nicht allein lassen«, sagte er. Das war nun einmal sein Standpunkt und den musste sie einfach akzeptieren.

»Deine Familie?«, fragte Pia spitz zurück. »Ich dachte, ich bin jetzt deine Familie.«

»Schau, Pia, du ...«

»Zehn Jahre habe ich auf deinen Antrag gewartet. Aber nein, der gnädige Herr lässt sich Zeit damit. Und jetzt ...«

Tränen glänzten in ihren Augen.

»Schatzl, ich will ja, dass du mit mir fährst!«

Pia lachte heiser auf.

Das fehlte noch!

Entschieden schüttelte sie den Kopf und sagte: »Noch mal in euer Kuhdorf? Bitte schön, aber das kannst du nun wirklich nicht von mir verlangen.«

»Aber Schatzl!«

»Nix, Schatzl!«

»Ein Aufenthalt in Schönbichl tät dir sicher gut! Glaub's mir!«

Sie hob den Kopf und sah hinaus zur Votivkirche. »Ja, das passt ja auch so wunderbar!«, sagte sie mit einem ironischen Unterton. »Pia, die Naturverbundene! Dass ich nicht lache! Den Nervenkitzel der rauen Bergwelt spüren, der Liebe in der Lederhose frönen und zwischen Kühen und Schafen zu meiner inneren Mitte finden, wenn ich gerade in einen Haufen Dung getreten bin. Nein, danke!« Sie drehte sich zu ihm um und sah ihn mit ihren großen blauen Augen unverwandt an. Das Make-up war leicht verwischt. Ihr Gesichtsausdruck wirkte sehr entschieden. »Nein, Hansi! Das passt einfach nicht zu mir!«

»Du kannst es doch mal probieren, Pia!«, schlug Hansi vor, ahnte aber bereits, dass er in dieser Hinsicht bei seiner Pia wohl auf Granit beißen würde. Und wenn er so recht darüber nachdachte, dann musste er insgeheim schon zugeben, dass an dem, was sie gesagt hatte, einiges Wahres dran war. Pia war nun einmal eine Stadtpflanze, daran biss keine Maus einen Faden ab.

Hansi hingegen kannte beide Welten.

»Du bist fest entschlossen, nicht wahr, Hansi?« Es war eigentlich keine Frage, die über Pias Lippen kam, sondern eine Feststellung.

»Ja«, gestand Hansi offen ein.

Es hatte keinen Sinn, um die Sache herumzureden.

So weh es auch tun mochte.

Der Weg der Wahrheit war nun einmal immer der Beste.

»Und was ist mit dem Lokal?«, fragte Pia.

»Das sperren wir solange einfach zu!«, lautete sein Vorschlag. Auch darüber hatte sich Hansi schon viele Gedanken gemacht und die Dinge hin und her gewogen. Aber letztlich sah er keine andere Möglichkeit.

Allerdings war Pia damit nicht einverstanden.

»Nein, das kommt nicht in Frage, Hansi! Dazu haben wir zu hart dafür gearbeitet, den Laden ans Laufen zu kriegen. Und jetzt einfach alles hinschmeißen, das kommt nicht in Frage!«

»Wir schmeißen nicht einfach alles hin, wir machen nur eine Pause – gewissermaßen jedenfalls«, schränkte Hansi ein.

»Eine Pause? Geh, Hansi, du bist doch auch kein Anfänger in dem Geschäft! Du weißt doch genau, dass wir dann all unsere mühsam errungene Stammkundschaft verlieren!«

Pia ging zurück in die Wohnung und Hansi spürte, dass seine Pläne sie wirklich sauer gemacht hatten. Sie hatte sich das gemeinsame Leben mit ihm wohl ganz anders vorgestellt. Aber wer hätte auch ahnen können, dass der plötzliche Unfalltod des Vaters mit einem Schlag alles auf den Kopf stellte, was wenige Tage zuvor noch sinnvoll und richtig erschienen war?

Hansi folgte ihr ins Schlafzimmer.

»Ich habe keine andere Wahl«, sagte er.

Aber das war für Pia nur das passende Stichwort, um ihm Vorhaltungen zu machen. »Du hast keine andere Wahl, habe ich das richtig verstanden?«

»Geh, Pia, jetzt werd net zornig!«

»Hansi, wir sind erst seit ein paar Tagen verlobt – nachdem ich schon gedacht habe, dass ich niemals einen Verlobungsring von dir bekommen werde – und du triffst schon munter deine eigenen Entscheidungen, ohne mich einzubeziehen! Dass ich davon nicht begeistert bin, kannst du dir doch sicher vorstellen!«

Hansi seufzte.

Natürlich konnte er das! Und er wusste auch, dass es für Pia eine ziemlich große Zumutung war, was er ihr da eröffnet hatte. Aber was sollte er machen? Es gab eben Situationen, in denen es einfach unmöglich war, es allen recht zu machen.

»Ich verstehe dich sehr gut, Pia«, erklärte er ruhig. »Und du kannst mir glauben, dass ich lieber hierbleiben würde, aber versuch die Sache auch einmal aus meiner Perspektive zu sehen!«

Pia ging hin und her. Nur langsam beruhigte sie sich. »Okay«, sagte sie. »Ich weiß, dass dir diese Entscheidung nicht leichtfällt, und dass du deiner Mutter helfen willst, kann ich natürlich auch nachvollziehen.« Sie blieb stehen und machte eine Pause. Hansi trat näher und berührte mit der Rechten leicht ihre Schulter. »Dann werde ich den Laden eben in der Zwischenzeit allein schaukeln, Hansi – und du gehst nach Schönbichl.«

Jimmy lag in seinem Körbchen. Mit seinen treuherzigen Augen hatte der Bernhardiner-Welpe die Szene beobachtet. Jetzt begann er, sich durch Winseln bemerkbar zu machen.

* * *

Noch am Abend rief Hansi seinen alten Bekannten Harry an.

»Was verschafft mir die Ehre?«, fragte der Künstleragent mit dem breiten Wiener Schmäh auf den Lippen. Was den Cadillac anging, hatte er sich ja erst vor kurzem eine Abfuhr geholt. Darum fragte er auch gar nicht erst nach. Er hatte die Hoffnung, den Wagen doch noch eines Tags sein Eigen nennen zu können, schon so gut wie aufgegeben – und zum Deppen machen wollte er sich schließlich auch nicht.

Umso verwunderter war er, dass Hansi Sandgruber von selbst auf dieses Thema zu sprechen kam.

»Du warst doch so an meinem Wagen interessiert, Harry!«, begann der ehemalige Skistar das Gespräch.

»Ja, das ist schon richtig. Aber bislang habe ich da bei dir ja auf Granit gebissen.«

»Vielleicht beißt du jetzt in Zukunft auf was Weicheres.«

»Heißt das, du willst das Cabrio nun doch abgeben?«

»Wir könnten auf jeden Fall darüber reden. Treffen wir uns morgen Mittag?«

»Abgemacht. Und wo?«

»Na, hier bei uns vor Pias Downhill. Wo sonst?«

»Ich werde pünktlich sein.«

* * *

Am nächsten Tag trafen sie sich vor »Pias Downhill«. Harry begutachtete eingehend den Wagen. Hansi stand daneben und hatte Mühe, seine Ungeduld zu verbergen.

»Nun sag schon, Harry – was ist das schöne Stück dir wirklich wert?«

Harry setzte ein Pokerface auf.

Er wollte handeln, das merkte Hansi sehr schnell. Und im Moment spürte er wohl, dass seine Verhandlungsposition dabei gar nicht so schlecht war.

Skeptisch wog Harry den Kopf hin und her. »Na ja, der Jüngste ist er ja nicht mehr.«

»Ja, aber das macht ihn doch umso wertvoller!«, gab Hansi zu bedenken.

»Und was der für einen Sprit schluckt ...«

»Nun sag schon, Harry! Wie lautet dein Angebot?«

Harry seufzte. »Also hunderttausend scheinen mir angemessen zu sein. Aber nicht mehr und auch nur, weil du es bist!«

Hansi lachte auf und schüttelte energisch den Kopf. »Hunderttausend? Das kann ja wohl nur ein Witz sein!«

»Wieso?«

»Zuerst läufst mir nach und quatschst mir die Ohren voll – und jetzt willst mir nur ein Taschengeld für diesen Wagen geben. Das kann's ja wohl net gewesen sein, oder?«

»Du hast mich gefragt und ich habe dir eine Antwort gegeben, Hansi!«

»Ich dachte, du bist ernsthaft interessiert, Harry, und red'st net einfach nur so daher!«

Harry verdrehte die Augen, strich fast zärtlich über

den Kotflügel und fragte schließlich: »Was hast du denn so für Vorstellungen?«

»Dreihunderttausend, und wir sind im Geschäft«, sagte Hansi. »Was ist? Schlägst du ein?«

»Net so schnell, Hansi!«

Harry machte eine weit ausholende und ziemlich theatralisch wirkende Geste und fasste sich schließlich an den Kopf. »Dreihunderttausend? Dafür kriege ich ja einen neuen!« Er klopfte mit den Fingerknöcheln gegen den Kotflügel.

Hansi verschränkte die Arme. »Ja, das schon«, gab er zu. »Aber das wäre dann ein Serienwagen. Du weißt genau, dass dieser hier ein Unikat ist, das du sonst nirgendwo bekommst. Also, was ist jetzt? Willst du ihn oder nicht?«

»Zweihunderttausend?«, machte Harry noch einen Versuch, den Preis etwas zu drücken. »Komm schon, Hansi, sei kein Unmensch und presse einen armen Freischaffenden nicht bis zum letzten Schilling aus!«

Aber Hansi blieb hart.

Er brauchte jeden Schilling, da konnte er unmöglich hunderttausend im Preis nach unten gehen.

»Dreihunderttausend und keinen Schilling weniger!«, bestimmte er. »Wenn dir das zu teuer ist, dann kann ich dir auch net helfen, aber denk nicht, dass ich diesen Wagen unter Wert verkaufe.«

»Hm«, murmelte Harry. »Ist das dein letztes Wort?«

»Ja.«

»Ratenzahlung?«

»Nein, kommt nicht in Frage. Ich will das Geld in bar – und zwar, bevor ich es mir anders überlege und den Wagen gar nicht mehr hergebe. Du weißt ja, wie sehr ich an ihm hänge.« Hansi hob die Hand und ließ den Autoschlüssel hin- und herbaumeln.

Harry seufzte.

Er langte in seine Jackentasche und holte widerwillig drei Geldbündel daraus hervor. »Na gut«, murmelte er und gab das Geld Hansi. »Und ich habe geglaubt, du wärst ein Freund, Hansi! Ein skrupelloser Geschäftemacher bist!«

Hansi gab ihm den Schlüssel. »Wirst gewiss viel Freude an dem Wagen haben«, sagte er. Seinem Gesicht war überdeutlich anzusehen, wie schwer es ihm fiel, das Cabrio abzugeben. Aber wenn er seiner Familie wirklich helfen wollte, dann brauchte er dieses Geld jetzt. Zusammen mit einigen Ersparnissen, die er zurückgelegt hatte, würde es gerade reichen, um zumindest die erste Rate an die Perterer zu bezahlen.

Was werden sollte, wenn in einem halben Jahr der gesamte Restbetrag fällig wurde, daran wagte Hansi noch gar nicht zu denken.

Aber vielleicht würde ihm bis dahin in dieser Hinsicht ja doch noch eine Lösung einfallen.

»Nix für ungut«, meinte Harry noch, setzte sich ans Steuer des Cabrios und fuhr davon.

Mit Wehmut im Herzen sah Hansi ihm nach.

Aber so sehr er auch an dem Cadillac gehangen hatte – es gab eben Wichtigeres als schnelle Autos und Geld. Den Zusammenhalt einer Familie beispielsweise.

* * *

Ihr Abschied bestand aus einem flüchtigen Kuss. »Du musst wissen, was du tust«, meinte Pia.

»Wir haben doch lange genug darüber geredet, oder?«, hielt Hansi ihr entgegen.

»Sicher.«

»Und aus der Welt bin ich ja nun auch nicht.«

Pia seufzte. »Aber so gut wie!«

Er lächelte sie freundlich an und strich ihr mit der Hand über das seidige, blonde Haar. »Du wirst den Nachtclub schon in Ordnung halten und zu neuen betriebswirtschaftlichen Höhenflügen bringen«, gab Hansi Sandgruber seiner tiefen Überzeugung Ausdruck. »Und wenn ich dann meine Aufgabe in Schönbichl erfüllt habe, dann …«

»Ich wünsch dir auf jeden Fall viel Glück bei dem, was du vorhast«, sagte sie. »Wie mir scheint, bist du ja beinahe bereit, jedes Risiko einzugehen, um deiner Familie zu helfen.«

»Ja, wärst du das denn net auch?«

Sie zuckte mit den Schultern.

So klar schien das in ihrem Fall nicht zu sein.

»Ich weiß nicht«, bekannte Pia sehr offen. »In dieser Erbschaftsangelegenheit hast du wahrscheinlich mehr Scherereien mit der ganzen Sache, als dass du davon einen Vorteil hättest. Nichts als Schulden sind dir hinterlassen worden und ich denke, es wäre das Beste gewesen, dieses Vermächtnis einfach grundweg abzulehnen, damit man nicht später von den Folgen der ganzen Angelegenheit heimgesucht wird.« Sie schlang die Arme um seinen Hals. Ihre Augen sahen ihn eindringlich an. »Aber das musst du wissen«, fuhr sie fort. »Und wirf mir nicht mangelnden Familiensinn vor!«

»Habe ich das getan?«, fragte Hansi zurück.

»Jedenfalls sage ich dir offen und ehrlich meine Meinung, Hansi.«

»Was ich sehr zu schätzen weiß, Pia. Aber wie gesagt, die Würfel sind bei mir gefallen, da ist nix mehr zu machen!«

»Ja, das fürchte ich auch«, murmelte sie.

* * *

Hansi besorgte sich einen preiswerten Gebrauchtwagen. Dasselbe Fahrgefühl wie bei dem Cadillac konnte er darin natürlich nicht erwarten. Aber das spielte im

Moment auch keine Rolle. Bevor er nach Schönbichl zurückfuhr, musste er noch zur Bank, um die für die erste Rate an die Perterer noch fehlende Summe abzuheben.

Während der Fahrt in die Berge beschäftigten ihn viele Gedanken. Da waren einerseits die finanziellen Sorgen, die den Erben des Wildparks plagten, seit Viktoria Perterer auf der Einlösung ihrer Schuld bestand. Mit der Zahlung der ersten Rate war es ja noch lange nicht getan. Sie bedeutete ja letztlich nur einen Aufschub und nicht die Lösung des Problems. Und dann ging ihm natürlich auch seine private Situation nicht aus dem Kopf. Er fühlte sich hin- und hergerissen. Pia hatte ihm klipp und klar gesagt, dass sie sich ein Leben in einem »Kuhdorf«, wie sie sich auszudrücken pflegte, einfach nicht vorstellen konnte. Aber wenn nun genau das für mich doch das Richtige sein sollte?, ging es ihm durch den Kopf.

Er seufzte.

Vielleicht war es das Beste, einfach ein Problem nach dem anderen zu lösen. Oder es zumindest zu versuchen!

Als Hansi am Branderhof anlangte und in die Stube stürzte, hätte er gern der Mutter das Geld sofort präsentiert, mit dem die erste Rate an die Perterer abgegolten werden konnte.

Aber Irmgard Sandgruber war nicht zu Hause.

In der Küche fand Hansi nur seine Schwester Katharina. Franz junior musste auch daheim sein, denn sein Wagen stand auf dem Hof. Aber eine Begegnung mit ihm wollte Hansi im Moment besser vermeiden.

»Wo ist die Mutter, Kathl?«

»Oben, auf der Bank bei der Stallung!«, gab Katharina Auskunft. »Und der Franz, der ist in seiner Kammer und packt seine Sachen. Er will noch heute ausziehen.«

Hansi nickte düster.

»Ich hab diesen Streit net gewollt«, sagte er.

»Das weiß hier doch jeder«, erwiderte Katharina. »Und du trägst auch nicht die Schuld daran. Trotzdem ist es schad, dass im Moment ein so tiefes Zerwürfnis in der Familie herrscht. Und das in einer Situation, in der wir uns alle eigentlich unterstützen müssten.«

»Na ja, verstehen kann ich ihn schon ein bisserl.«

Katharina stemmte empört die Arme in die Hüften.

»Geh, Hansi, jetzt hör aber auf und mach einen Punkt!«

Hansi hatte im Moment wenig Lust, gerade über dieses Thema länger zu diskutieren. »Ich geh dann mal zur Mutter«, kündigte er an. »Weißt, ich hab nämlich das Geld für die erste Rate zusammen. Damit haben wir einen Aufschub!«

»Das wird die Mutter aber freuen. Sie war schon arg betrübt in den letzten Tagen.«

Hansi machte sich sofort auf den Weg zu den Stallungen. Zwischendurch sah er die Hirsche friedlich äsen. Dieser Ort hatte wirklich etwas Paradiesisches.

Schließlich fand er die Mutter auf der Bank, von der aus man einen guten Blick auf den Wilden Kaiser hatte. Nachdenklich saß sie da, hatte einen Strauß Blumen in der Hand, den sie sich wohl auf der Wiese gepflückt hatte, und sah in die Ferne.

Auch sie wurde durch eine Flut von Gedanken bewegt, von denen die meisten alles andere als erfreulich waren. Dass ihr Mann tot war, damit musste sie sich abfinden. Der Herrgott hatte ihn zu sich geholt, und so schwer es auch war, sie musste das Geschehene akzeptieren. Aber das Zerwürfnis mit ihrem Ältesten musste nicht einfach so hingenommen werden!

Irmgard hatte versucht, mit ihm zu reden. Aber er hatte ihr gar nicht richtig zugehört. Franz junior war einfach verbittert darüber, dass das Testament ihn nicht als Haupterben vorgesehen hatte. Diese Entscheidung seines Vaters war für ihn einfach nicht nachvollziehbar. Und dass dann auch noch ausgerechnet der Hansi alles bekommen sollte, ging ihm völlig gegen den Strich.

Zwischen ihnen beiden hatte es schon von frühester Jugend an Probleme gegeben. Für Franz war Hansi immer ein Konkurrent gewesen. Und dann hatte dieser Hansi eine traumhafte Ski-Karriere gemacht, durch die er zu einer Berühmtheit geworden war, während Franz im Schatten stand.

Dass ihr Mann sich so entschieden hatte, war für Franz natürlich bitter, und bis zu einem gewissen Grad verstand Irmgard dessen Ärger auch.

Aber wenn man es recht bedachte, dann hatte sich der Vater durchaus etwas dabei gedacht, dem jüngeren Sohn die Leitung zu übertragen. Er war einfach der Besonnenere und von seiner ganzen Art her besser in der Lage, den Hof mit dem Wildpark vielleicht doch noch aus der Bedrouille zu bringen, auch wenn die Situation im Augenblick so verzweifelt erschien, dass an eine Rettung gar nicht zu denken war. Dem Franz hingegen hatte immer wieder sein aufbrausendes Temperament im Weg gestanden. Und in dieser Hinsicht hatte der Vater für die Zukunft des Wildparks wohl auch große Bedenken gehabt. Ein kühler Kopf war für die Zukunft von Franz Sandgruber seniors Lebenswerk mindestens ebenso wichtig wie zupackende Hände.

Irmgard bemerkte erst jetzt den Hansi und auf ihrem von eher dunklen Gedanken deutlich gezeichneten Gesicht erschien sogleich ein sehr viel hellerer Zug.

»Ja, Hansi!«, rief sie erfreut.

Sie hatte nicht damit gerechnet, dass er so schnell zurückkehrte, hatte ihr Jüngster doch angekündigt, ein paar Tage länger in Wien bleiben zu müssen. Irmgard hoffte nur, dass nicht irgendein privater Ärger die Ursache für sein verfrühtes Erscheinen hier in Schönbichl war.

Hansi konnte ja auch nicht voraussehen, dass er seinen Wagen so schnell verkauft bekam. Dass der Künstleragent Harry sich für den Cadillac schon lange interessierte, war natürlich kein Geheimnis, aber so gut kannte Hansi ihn dann auch nicht, um beurteilen zu können, ob er überhaupt genug Bargeld besaß oder nur großspurig daherschwätzte.

Hansi kam näher und setzte sich zu seiner Mutter auf die Bank.

»Grüß dich, Mama.«

»Ich bin so froh, dass du da bist, Hansi. Ehrlich, ohne dich wüsste ich net, was ich machen sollte!«

»Mama, ich habe eine gute Nachricht für dich.«

»So? Davon hat es in diesem Jahr noch net allzu viele gegeben, wenn ich richtig gezählt habe!«

»Heuer ändert sich dieser Trend, Mama!«, versprach Hansi. Er langte in die Innentasche seines Jacketts und gab ihr ein Päckchen. »Schau, Mama, für dich … Damit wir fürs Erste ein bissl Ruh haben.«

Irmgard öffnete das graue Kuvert und zog ein Päckchen mit Geldscheinen heraus. Unwillkürlich musste sie schlucken. Im ersten Moment konnte sie gar nichts sagen, so gerührt war sie. Sie umarmte Hansi innig und flüsterte schließlich bewegt: »Danke, Hansi! Vergelt dir's Gott!«

»Ich bleib jetzt erst einmal hier, Mutter«, versprach Hansi.

»Du bist so ein guter Bub. Kannst dein altes Zimmer wieder nehmen. Da hat in der Zwischenzeit niemand mehr drin gewohnt, Hansi.«

»In Ordnung.«

Ein Lächeln huschte über Hansis Gesicht und auch seiner Mutter schien das Herz jetzt etwas leichter geworden zu sein.

* * *

Hansi kehrte zum Branderhof zurück. Bevor er ins Haus ging, nahm er seine Sachen aus dem Kofferraum und trug sie ins Haus.

Auf der Treppe traf er den Franz, der ihm gerade mit Koffern beladen entgegenkam. Dieser blieb kurz auf dem Absatz stehen und die beiden Sandgruber-Brüder wechselten einen längeren Blick. Der ganze Ärger über das Vermächtnis seines Vaters und alles, was daraus gefolgt war, konnte man dem Franz deutlich im Gesicht ablesen. Seine Augen verengten sich und die Brauen zogen sich so zusammen, dass sich mitten auf seiner Stirn eine tiefe Furche bildete.

Ich sollte den ersten Schritt tun, dachte Hansi. Auch wenn es schwer fiel und vieles von dem, was sein Bruder ihm an ungerechtfertigten Vorwürfen in letzter

Zeit entgegengeschleudert hatte, eigentlich nicht unwidersprochen hingenommen werden konnte.

»Franz«, sagte er, setzte die Tasche ab, die er mit der Rechten trug, und reichte dem Bruder die Hand. »Franz, ich möchte mich wieder mit dir vertragen. Lass uns alles, was jetzt getan werden muss, zusammen erledigen.«

Franz blickte kurz auf die Hand, nahm sie aber nicht an.

»Da heroben im Wildpark kann es nur einen Chef geben, Hansi. Das weißt ganz genau. Alles andere ist ein ausgemachter Schmarrn!«

Hansi schluckte.

»Ja, und was willst jetzt machen?«

»Das geht dich nun wirklich überhaupt nix mehr an, Hansi!«, knurrte Franz ärgerlich. Es war deutlich zu spüren, wie es bei ihm unter der Oberfläche brodelte wie im überkochenden Schlot eines Vulkans. »Aber eines versprech ich dir, Hansi! Bei der erstbesten Gelegenheit, da zahl ich dir alles zurück! Darauf kannst dich verlassen!« Er drängte sich ziemlich ungestüm an Hansi vorbei, stieß ihn grob zur Seite und blieb dann allerdings ein paar Treppenstufen tiefer mit einer Tasche am Geländer hängen. Ein Koffer fiel ihm dadurch aus der Hand und polterte die restlichen Stiegen hinunter.

»Saulump, blödes!«, schimpfte Franz und warf dem

Hansi noch einen giftigen Blick zu, so als ob der etwas dafür konnte.

Hansi blickte dem Bruder nachdenklich hinterher, während dieser ziemlich ungestüm durch den Flur marschierte und die Tür hinter sich zufallen ließ.

Augenblicke später hörte man den Motor eines Wagens starten.

Vielleicht muss ich einfach noch abwarten, bis ich vernünftig mit ihm reden kann, überlegte Hansi.

* * *

Hansi betrat sein altes Zimmer. Es war noch alles so geblieben wie damals. Der Branderhof war groß, und da kein Mangel an Zimmern bestand, hatte die Mutter alles so gelassen, wie es damals gewesen war, als Hansi Schönbichl verließ.

Vielleicht war dies schon immer ein Zeichen dafür gewesen, wie sehr sie sich im tiefsten Inneren ihres Herzens wünschte, dass die Familie wieder zusammenfand und die Gräben zwischen ihren Lieben sich schlossen.

An den Wänden hingen noch Hansis alte Poster aus seiner Zeit als Skirennfahrer.

Lange war es her. Ein verklärtes Lächeln erschien bei diesem Anblick in Hansis Gesicht. So viel hatte sich in der Zwischenzeit geändert.

Er warf seinen Koffer auf die Couch und begann damit, seine Sachen auszupacken.

Wie in einem Heiligenschrein waren in einer Ecke des Zimmers sämtliche Skipokale aufgereiht, die Hansi in seiner damaligen Karriere gewonnen hatte. Er nahm einen davon in die Hand, betrachtete ihn versonnen, schließlich räumte er alle Pokale in den geleerten Koffer. Er hatte keine Lust, sich die äußerlichen Wahrzeichen seiner früheren Erfolge ständig ansehen zu müssen. Das gehörte alles zur Vergangenheit und hatte weder in der Gegenwart noch in der Zukunft seinen Platz, wie er fand.

Im Nu waren die Pokale weggeräumt. Dasselbe galt für einen Stapel von Autogrammkarten. Die packte er dazu.

Dann blickte Hansi auf ein gerahmtes Foto, das ihn zusammen mit Regina zeigte. Er atmete tief durch und überlegte, was er mit diesem Bild anfangen sollte.

Die kurze Wiederbegegnung im Stall hatte Hansi ganz schön aufgewühlt. Wenn er ehrlich zu sich selbst sein wollte, und das wollte er, musste er sich das eingestehen. Die Regina war nach wie vor eine attraktive Frau und im Rückblick fragte er sich, weshalb er sie damals eigentlich verlassen hatte.

Sie waren einmal sehr verliebt ineinander gewesen. Eine Glut, die vielleicht noch nicht ganz ausgetreten war. Und dennoch, auch Regina Brunner gehörte zu seiner Vergangenheit und hatte mit seinem neuen Leben nichts mehr zu tun.

Einem Teil von ihm widerstrebte es, aber schließlich gab Hansi Sandgruber sich einen Ruck und legte das Bild zu den Pokalen in seinem Koffer.

Vorbei sollte eigentlich auch in Zukunft vorbei sein, dachte er, schloss den Koffer und stellte ihn oben auf den Kleiderschrank.

Die Zeit ließ sich einfach nicht zurückdrehen.

In mancher Hinsicht war das bedauerlich – in anderer jedoch ein Segen.

Am nächsten Tag wollte Hansi Sandgruber Viktoria Perterer in ihrem Büro in Kitzbühel einen Besuch abstatten, traf sie jedoch dort nicht an. Ihre Sekretärin Manuela verwies ihn schließlich nach einigem Drängen auf den Golfplatz.

»Frau Perterer hatte ein paar anstrengende Tage und deshalb ...«

»Ja, ich versteh schon«, schnitt Hansi ihr das Wort ab. »Manche verdienen ihr Geld halt im Schlaf oder beim Spiel.«

»Soll ich Sie telefonisch ankündigen?«

Hansi schüttelte den Kopf. »Das ist net nötig. Es soll eine Überraschung sein. Es geht nämlich um die Schuld, die mein Vater bei ihrem Vater hatte ... Aber das wissen Sie ja bestimmt alles.«

»Ja, schon …«

Hansi verabschiedete sich und fuhr zum Golfplatz. Dort fand er die Geschäftsfrau tatsächlich. Sie schlug gerade einen Ball, wobei sie hoch konzentriert wirkte; der Ball flog jedoch trotzdem nicht weit. Besonders gekonnt sah das, was die Pertererin beim Golf zustande brachte, nicht aus.

»Viktoria!«, rief Hansi. Sie kannten sich schließlich von früher, daher dachte er, dass er sie auch auf diese persönliche Weise ansprechen konnte.

Sie drehte sich um. Ihre harten Gesichtszüge wurden für einen Moment etwas weicher. Immerhin prägte nun die Ahnung eines Lächelns ihr Antlitz.

»Hansi!«, rief sie.

Entweder sie ist eine gute Schauspielerin oder ihre Manuela hat sie wirklich nicht angerufen!, ging es Hansi durch den Kopf. Die Möglichkeit, dass der Akku ihres Handys nicht aufgeladen war, konnte man getrost von vorneherein ausschließen. Eine Geschäftsfrau wie Viktoria Perterer war rund um die Uhr erreichbar.

Schließlich konnte jederzeit das Millionengeschäft auf der anderen Seite der Verbindung winken. Und da die Perterer auch internationale Geschäftsverbindungen unterhielt, war es durchaus vorstellbar, dass ein Geschäftspartner aus Asien oder Amerika sie mitten in der Nacht anrief, weil zu dieser Zeit bei ihm selbst gerade das Büro geöffnet hatte.

Viktoria atmete tief durch. Der Triumph leuchtete unverhohlen in ihren dunklen Augen. Sie glaubte die Familie Sandgruber in ihrer Hand. Es war doch schließlich mehr als unwahrscheinlich, dass die Sandgrubers das nötige Geld zusammenbrachten. Viktoria hatte sich genau informiert und wusste, was sie tat, als sie dem Franz senior im übertragenen Sinn die Pistole auf die Brust gesetzt hatte.

Doch sie hatte die Rechnung ohne den Hansi gemacht!

Dass der ehemalige Skistar nach Schönbichl zurückkehren und der Erbe auf dem Branderhof werden würde, damit hatte natürlich niemand rechnen können. Lieber wäre es Viktoria gewesen, wenn der in ihren Augen etwas ungestüme und tollpatschige Franz junior die Sache übernommen hätte. Der war leichter manipulierbar, wie sie fand.

Aber so sollte es ihr auch recht sein.

Sie wer flexibel und konnte sich auf jeden Gegner einstellen.

Ändern konnte auch der ehemalige Skistar nichts an den Tatsachen. Im Geschäft galten nun einmal die kalten Gesetze der Mathematik. Nichts anderes. Da konnte der Hansi noch so breit lächeln, es würde weder ihm noch seiner Familie etwas nützen.

»Hansi, was machst du denn hier?«, fragte Viktoria überrascht.

»Ich wollte dir nur sagen, dass du dein Geld rechtzeitig bekommst, Viktoria. In dieser Hinsicht brauchst du dir keine Sorgen zu machen.«

»So?« Ein spöttisches Lächeln spielte um ihre rot nachgezogenen Lippen.

»Du scheinst es ja sehr dringend zu brauchen!«, versetzte Hansi und Viktorias Stirn umwölkte sich deutlich.

»Genauso dringend, wie dein Vater es gebraucht hat, um den Wildpark zu bauen!«, fauchte sie.

Viktoria steckte ihren Schläger in die Tasche ihres Handwagens und ging zügig weiter. Hansi folgte ihr.

»Verstehe, Viktoria. Ich verstehe vollkommen – und deswegen habe ich auch die erste Rate heute überwiesen!«

Viktoria blieb stehen. Ihr Gesicht wies eine tiefe Furche mitten auf der Stirn auf. Nur für ein paar Augenblicke hatte sie ihr glattes, kaltes Antlitz nicht unter Kontrolle, dann zeigte sie wieder das gewohnte geschäftsmäßige Lächeln, bei dem ihre strahlend weißen Zähne nur so blitzten.

»Was du nicht sagst«, murmelte sie.

Hansi hob die Augenbrauen. »Du scheinst ja alles andere als erfreut darüber zu sein, dass du dein Geld bekommen hast, Viktoria!«, stellte Hansi fest. »Das erklär mir mal einer!«

Viktoria ging weiter und Hansi ging neben ihr her.

»Na ja, ich bin ja auch nicht aus Stein und mir ist schon klar, was ich da von euch verlange, und wenn es nicht unbedingt nötig gewesen wäre, hätte ich es auch nicht getan. Ganz bestimmt nicht.« Sie sah Hansi kurz an und fügte schließlich noch hinzu: »Bei euch ist ja in letzter Zeit auch wirklich einiges an Ungemach zusammengekommen.«

»Das kann man wohl sagen«, musste Hansi ihr unumwunden beipflichten.

»Richtig gebeutelt hat es euch, das Schicksal.«

»Aber andauernd zu klagen hat auch keinen Sinn«, gab Hansi zurück.

»Das ist natürlich wahr.«

»Und deswegen wollte ich eigentlich hier und heute mit dir über die nächste Forderung sprechen.«

Viktoria hob das Kinn und ihr Blick bohrte sich geradezu in Hansis Augen. »Reden? Was meinst du damit: einen Zahlungsaufschub? Raten vielleicht?«

»Ja, das würde uns tatsächlich schon sehr helfen«, gab Hansi zu. »Vielleicht lässt sich an den Zahlungsmodalitäten ja wirklich noch etwas machen, zumal ich denke, dass sich die Gewinnsituation des Wildparks auch noch nachhaltig verbessern lässt. Ich habe da einige Pläne, und wenn alles klappt, was ich mir so vorgenommen habe, dann wird …«

Die Perterer brachte Hansi mit einer Handbewegung zum Schweigen.

»Es hat keinen Sinn, Hansi.«

»Was?«

»Tut mir leid, aber der Aufschub, den ich dir ohnehin für die Gesamtsumme gewähre, ist schon sehr großzügig von mir. Das kannst mir glauben!«

»Ja, ja …«

»Aber ich muss, was diesen Punkt angeht, einfach zuerst meine eigenen Interessen wahren. Dafür wirst du doch sicher Verständnis haben, Hansi. Versteh mich nicht falsch. Geschäft ist eine Sache, Freundschaft eine andere. Beides sollte man fein säuberlich voneinander trennen, wie ich finde.«

»Freundschaft?«, echote Hansi und sagte anschließend sehr scharf: »Habe ich das richtig verstanden?«

»Das hast du!«

»Ja, wer hat dir denn gesagt, dass es so etwas überhaupt gibt?!«

Viktoria holte unterdessen ihren Golfschläger wieder aus der Tasche. Hansis letzte Bemerkung hatte sie offenbar sehr stark geärgert. Sie lief rot an und machte einen schnellen Schritt auf Hansi zu. Fast drohend sah sie dabei aus. Ihre Hände klammerten sich so stark um den Golfschläger, dass das Weiße an den Knöcheln hervortrat.

»Überleg dir bitte ganz genau, wie du mit mir sprichst, Hansi!«

»Ich bin kein unüberlegter Schwätzer, Viktoria.

So manchen Fehler mag ich ja haben – aber diesen net!«

»Für die Zukunft deiner Familie bin ich nicht ganz unwichtig, wie ich meine!«, drohte Viktoria nun ganz offen. Hansi war es lieber, wenn die wahren Gefühle wirklich ausgesprochen wurden.

Es hatte keinen Sinn, so zu tun, als würde Frieden herrschen und in Wahrheit brodelte es ständig unter der höflichen Oberfläche. Wenn er eins aus den letzten Jahren gelernt hatte, dann war es dies.

»Unterschätz mich nicht!«, sagte Viktoria.

Hansis Lächeln erlosch.

»Meine Familie solltest du allerdings auch nicht unterschätzen, Viktoria!«, gab er diese Warnung in aller Deutlichkeit zurück.

* * *

Festlich herausgeputzt war der Branderhof einige Tage später und viele Gäste waren gekommen und hatten sich fein gemacht. Auch wenn Irmgard Sandgruber erst gemeint hatte, sie möge ihren Geburtstag unter den bedrückenden Umständen, die derzeit in der Familie herrschten, gar nicht feiern, so hatte Hansi sie doch eines Besseren belehrt. In Katharina hatte Hansi dabei eine tatkräftige Unterstützerin gefunden.

Und so war es schließlich doch dazu gekommen, dass

der Geburtstag der Bäuerin vom Branderhof zünftig gefeiert wurde.

Hansi spielte auf der Ziehharmonika, begleitet von der Musikgruppe »Tiroler Echo«, und alle Gäste klatschten begeistert den Rhythmus mit.

Die harten Züge, die sich bereits in Irmgards Gesicht eingegraben hatten, lösten sich dadurch sogar auf und sie wirkte zum ersten Mal seit dem Tod von Franz senior etwas entspannter. Es war für sie natürlich seit jenem schrecklichen Tag, als ihr Mann wutentbrannt vom Tisch aufgesprungen und nicht mehr zurückgekehrt war, nicht mehr so, wie es einmal gewesen war. Aber es blieb ihr nichts anderes übrig, als von der Vergangenheit die besten Erinnerungen zu behalten und ansonsten voller Zuversicht in die Zukunft zu blicken. So hielt es Hansi selbst auch.

Er hatte seine Lederhose, eine schicke, traditionelle Taschenweste und ein weißes Hemd angezogen, als er der Mutter sein Ständchen brachte.

Auf einmal tauchte ein Gast auf, mit dem an diesem Tag wohl niemand gerechnet hatte.

Es war Regina Brunner, die Tochter des Bürgermeisters und jetzt die Tierärztin im Ort.

Alle sahen sie erstaunt an, als sie mit einem Blumenstrauß erschien, den sie der Irmgard übereichte.

»Alles Gute zum Geburtstag«, sagte sie freundlich und gleichzeitig etwas scheu.

Hansi hatte sie wohl im Auge und nach der ersten Verwunderung zeigte sich auch auf seinem Gesicht ein Lächeln. Ja, über diesen Gast freute er sich schon. Auch wenn er langsam ahnte, dass sein Aufenthalt in Schönbichl vielleicht noch Komplikationen nach sich zog, von denen er am Anfang gar nichts hatte ahnen können.

»Ja, danke!«, sagte Irmgard freudig überrascht und nahm Reginas Blumen entgegen. »Komm, setz dich zu mir!«

Das ließ sich Regina nicht zweimal sagen.

Irmgard hatte Regina schon immer sehr geschätzt und sich gewünscht, dass sie irgendwann einmal ihre Schwiegertochter werden möge.

Dass der Hansi in dieser Hinsicht mit seiner Pia derzeit ganz andere Pläne verfolgte, war natürlich sein gutes Recht, wie sie fand, und es gab nichts, was sie an Pia konkret auszusetzen hatte.

Aber zwischen ihr und Regina bestand einfach eine selbstverständliche Harmonie. Vielleicht, so hoffte sie, überdachte der Bub seine Entscheidung ja noch einmal.

Die Musiker spielten indessen das Lied »Zum Geburtstag alles Gute« und Irmgard strahlte nur so vor Freude, als dann wenig später auch noch »Hoch soll sie leben« erklang.

Hansi tat es richtig gut, seine Mutter so zu erleben.

Schließlich hatte sie in letzter Zeit wirklich nicht viel Grund zur Freude gehabt.

Die Musiker beendeten ihr Stück und der Applaus der Gäste wollte gar nicht enden. Da erhob Irmgard sich von ihrem Platz.

»Danke schön, Kinder!«, sagte sie – tief bewegt durch den Aufwand, der ihretwillen an diesem Tag getrieben wurde. »Das wäre doch alles nicht nötig gewesen! Aber eine größere Freude hättet ihr mir gar nicht machen können! Ich bin wirklich tief bewegt, das könnt ihr mir glauben …«

Sie nickte noch einmal den Gästen und den Musikern zu.

Auf diesen Augenblick hatte Paul gewartet. Der ewig hungrige Gehilfe vom Wildpark brachte mit leuchtenden Augen die Geburtstagstorte herbei, von der er eigentlich zu gern einmal genascht hätte. Aber da hatte er sich beherrschen müssen.

Schließlich war diese Torte nicht irgendein Apfel, den er aus dem Futtertrog fischte und für sich abzweigte. Die Wildtiere konnten sich schließlich nicht verbal darüber beschweren, dass ihnen etwas vorenthalten worden war …

Paul gab die Torte an Gottfried weiter und dieser reichte sie Irmgard.

»Alles Gute zum Geburtstag«, sagte Gottfried.

»Ich danke dir schön«, murmelte Irmgard Sandgruber mit belegter Stimme. Dass sie das Fest und all die Bekundungen von Anteilnahme und Zuneigung tief bewegt hatten, konnte niemand übersehen.

»Und jetzt einen speziellen Tusch!«, wandte sich Hansi mit großer Geste an die Musiker.

Der Tusch folgte.

Danach gab es erneut Applaus.

»Mama, ich hab noch eine Überraschung für dich«, sagte Hansi. »Aber du musst mitkommen.«

»Was kann das denn sein?«, fragte sie.

Hansi vollführte eine ausholende Bewegung mit seinem Arm. »Und ihr alle natürlich auch! Also, alle mitkommen!«

Die Musik spielte wieder auf und Hansi ging voran. Die anderen erhoben sich und folgten ihm. Sie zogen zum Wildpark hinauf. Sonja lief voran.

Schließlich erreichten sie das Gehege.

Dort stand eine Holzkiste bereit.

Hansi öffnete sie mit einer Stange. Beifall brandete unter den Gästen auf, als ein Känguru aus der Kiste sprang.

»Ja, so was!«, rief Irmgard begeistert und schlug die Hände über dem Kopf zusammen.

»Das hast du dir doch schon immer gewünscht, Mama«, sagte Hansi.

Irmgard seufzte und schaute dem Känguru zu, wie es über die Wiese hüpfte.

»Ja, freilich!«, sagte sie und gab Hansi einen Kuss. »Danke, Hansi! Damit hast du mir wirklich eine Riesenfreude gemacht!«

Hansi lächelte. »Schön, dass es dich freut, Mama!«

»Und jetzt gemma feiern!«, rief Katharina.

Dem wollte niemand ernsthaft widersprechen.

* * *

Einige Zeit war ins Land gegangen und der Hansi Sandgruber hatte ordentlich die Ärmel hochgekrempelt, um auf dem Branderhof und im Wildpark vielleicht doch noch alles zum Besten zu wenden. Leicht würde das nicht und Viktoria Perterer hatte ihm ja nun auch wirklich nicht viel Hoffnung gemacht.

Aber am besten war es wohl, immer eins nach dem anderen zu erledigen.

Jedenfalls hatte Hansi sich einiges einfallen lassen, um dem Wildpark mehr Einnahmen zuführen zu können. Das war durchaus nicht unbemerkt geblieben. So schneite eines Tages die ziemlich aufgebrachte Viktoria Perterer ins Gemeindeamt von Schönbichl, wo Bürgermeister Gernot Brunner gerade seinen Amtsgeschäften nachging. In einer Gemeinde wie Schönbichl war das eher ein Neben- und Ehrenamt.

Hinter dem Bürgermeister prangte ein großes Plakat mit der Aufschrift: »Gernot Brunner – für ein fortschrittliches Schönbichl!« Der Wahlkampf hatte praktisch schon begonnen.

Ja, man musste schon etwas tun, um die Wähler zu beeindrucken.

Letztlich ging es wohl immer darum, dass jeder die Taschen gefüllt hatte und seine Geschäfte machen konnte. Das war aber nur möglich, wenn die Wirtschaft florierte. »Mit der Zeit gehen, aber das Gute erhalten«, so lautete der Wahlspruch des Bürgermeisters, mit dem er auf Stimmenfang ging.

Viktoria Perterer warf Brunner ein Exemplar der Kitzbühler Alpenpost auf den Tisch.

»Kann mir das mal jemand erklären, Gernot?«, fragte sie spitz und deutete auf die Schlagzeile »Känguru Honeymoon in Schönbichl«. Sie verdrehte die Augen. »So ein Schwachsinn!«, entfuhr es ihr.

Der Brunner-Wirt sah sich das Foto an, das Hansi mit dem Känguru auf der Titelseite der Kitzbühler Alpenpost zeigte.

Ja, der ehemalige Skistar wusste schon, wie man gekonnt in die Kamera lächelte, musste der Brunner anerkennen. In diesem Punkt konnte er von Hansi noch etwas lernen. Wie man sich öffentlichkeitswirksam in Szene setzte, hatte er in seiner aktiven Skifahrerzeit gelernt.

Gernot Brunner tat so, als würde er von dem Känguru zum ersten Mal hören.

»Ja mei, was ist das denn? Ich finde das sehr romantisch: Känguru Honeymoon.«

»Romantisch!« Viktoria warf den Kopf in den Nacken.

»Ja sicher«, erwiderte Brunner, »genau das Richtige für unser fortschrittliches Schönbichl – das lockt Hochzeitsgäste her, so ähnlich wie in Las Vegas. Da fahren doch auch viele hin zum Heiraten.«

Viktoria atmete tief durch. Ein Seufzer, der deutlich machen sollte, wie sehr ihr Gegenüber sie nervte und langweilte.

Dieser Dorfbürgermeister war aber auch allzu beschränkt! Viktoria fragte sich, wieso die wahlberechtigten Bürger von Schönbichl das nicht längst gemerkt hatten.

»Gernot«, sagte sie tadelnd und in einem sehr scharfen Tonfall, »denk doch mal nach!«

»Ich habe nachgedacht«, erwiderte der Bürgermeister und hob etwas verständnislos die Augenbrauen.

»Aber nicht richtig!«, gab Viktoria zur Antwort. »Wenn wir nicht aufpassen, geht unser Projekt den Bach runter!«

Der Bürgermeister erhob sich von seinem Platz. Er runzelte die Stirn und kratzte sich am Kinn. Dann schüttelte er den Kopf. »Aber geh, Viktoria, das wirst du doch nicht glauben!«

»Wart's nur ab, mir schwant da Übles«, meinte Viktoria und verschränkte die Arme vor der Brust. Sie war wirklich sehr aufgebracht.

»Meinst wirklich, dass wegen den Känguru-Hupfern die Sandgruber das restliche Geld auftreiben?«

»Der Hansi ist ein schlauer Fuchs«, hielt Viktoria ihm entgegen. »Dem trau ich alles zu.«

»Na ja, auf den Kopf gefallen ist der nun net grad«, musste Brunner zugeben.

»Ganz im Gegensatz zu dir, Gernot!«, hätte Viktoria ihm gern entgegengeschleudert, aber sie konnte sich beherrschen – zumindest dann, wenn es zu ihrem Vorteil war. Und mochte dieser Bürgermeister auch noch so beschränkt sein, einstweilen brauchte sie ihn als Partner ihrer hochtrabenden Pläne.

»Ich denke, wir müssen dem Hansi rechtzeitig ein paar Prügel zwischen die Beine werfen, sonst wird am Ende nichts aus dem, was wir uns vorgenommen haben.«

Sie blickte sich um, dann ging sie zur Tür zurück und verschloss sie sorgfältig, nachdem sie kurz auf den Flur geschaut hatte, ob dort nicht jemand lauschte. Später ging sie erneut auf den Bürgermeister zu und sagte: »Gernot, hör zu, ich werde dir sagen, was wir tun.«

* * *

Zur gleichen Zeit konnte man rund um den Wildpark beobachten, wie sehr sich der Zulauf des Publikums inzwischen verstärkt hatte. Hansis Maßnahmen machten sich bezahlt. Insbesondere die Anschaffung von inzwischen mehreren Kängurus. Sie waren die Publikumslieblinge. Und inzwischen waren sie auch schon recht zutraulich geworden.

Eine richtige Schlange war vor dem Kassenhaus zu sehen und das nicht nur heute, sondern an beinahe jedem Tag, an dem das Wetter einigermaßen einladend war.

Paul hatte alle Hände voll zu tun, die Autos auf dem überfüllten Parkplatz einzuweisen. Es musste dringend ein weiterer Parkplatz hinzukommen, das stand jetzt schon fest.

Eine besondere Attraktion waren inzwischen auch die Adlervorführungen, bei denen erfahrene Falkner eindrucksvoll die Fähigkeiten dieser majestätischen Tiere demonstrierten, die sich ausschließlich mit Belohnungen und niemals durch Strafe erziehen ließen.

Insgesamt verbreitete sich der Ruf des Wildparks als Ausflugsattraktion für Jung und Alt. Das Wetter spielte in der Regel auch mit, sodass die Besucher nicht durch Regen oder kühle Temperaturen abgeschreckt wurden.

* * *

Unterdessen hatte Viktoria Perterer dem Bürgermeister einen Vorschlag für das weitere Vorgehen unterbreitet, den dieser geradezu ungeheuerlich fand.

»Nein, Viktoria, bei aller Freundschaft, aber bei so einer hirnrissigen Idee mache ich nicht mit!«, sagte Brunner entschieden. Eigentlich war er selbst nicht unbedingt mit allzu vielen Skrupeln behaftet, aber was Viktoria da von ihm verlangte, das ging einfach zu weit.

Irgendwo gibt es eine Grenze, dachte Brunner, und die schien ihm jetzt erreicht zu sein.

»Aber Gernot, denk an deine Wähler und denk daran, was geschieht, wenn unser Projekt platzt!«

»Na, das wäre eine gewaltige Katastrophe!«, erkannte Gernot Brunner sofort. Auch seine eigene politische Zukunft hing in gewisser Weise vom Gelingen der Projekte des Büros Perterer ab.

»Na siehst du, Gernot!«

»Was glaubst du, woran ich die ganze Zeit denke! Nur daran! Aber für ein so dreckiges Spiel bin ich trotzdem nicht zu haben.«

Brunner ging zum Fenster und schaute hinaus. Manchmal musste man sich entscheiden und der Bürgermeister fragte sich in diesem Augenblick, ob er die richtige Entscheidung getroffen hatte.

»Ist das dein letztes Wort?«, fragte Viktoria.

»Ja«, erklärte er entschieden.

»Gut. Wie du willst. Aber für das, was jetzt geschieht, trägst du die Verantwortung.«

* * *

Am Abend saß Hansi bei Irmgard in der Stube und zählte das Geld aus der Tageskasse.

Es war schon recht beachtlich, was da zusammengekommen war, und ganz gewiss hatten sich die Einnahmen in letzter Zeit erheblich gesteigert.

Unter normalen Umständen wäre das ein Grund zu großer Freude gewesen, aber natürlich schwebte immer noch das Damoklesschwert der nicht eingelösten Schuld über ihnen. Viktoria Perterer bestand darauf, dass der Rest der noch ausstehenden Summe pünktlich bezahlt wurde. Und ob bis zum gesetzten Stichtag genug zusammen war, stand noch in den Sternen.

Paul und Ernstl kamen herein. Ernstl schob den Paul etwas vor sich her.

»Der Pauli und ich hätten auch was zum Abliefern«, eröffnete Ernstl. »Gell, Pauli?«

Paul verdrehte die Augen. Nur ungern gab er sein Geld aus dem Hut. Er hatte es als Trinkgeld für seine Parkplatzwächterdienste erhalten.

»Hier, bittschön«, sagte er schließlich und legte die Scheine und Münzen auf den Tisch.

»Ah, das ist gut«, sagte Hansi. »Danke vielmals, aber ein bisserl was behaltet für euer Bier, gell?«

Hansi gab ihnen vom Trinkgeld wieder einen Teil zurück. Irmgard stand auf und holte die Schnapsstamperl aus dem Schrank. Sie füllte ein und gab jedem ein Glas.

»Prost«, sagte sie. »Brav wart ihr!« Und bevor sie dann das Stamperl zum Mund führte, sagte sie noch: »G'sund bleiben!«

Paul und Ernstl hoben die Gläser.

»Prost!«

»Genau!«, stimmte Hansi zu und trank ebenfalls aus.

»Prost, Hansi!«, sagte Irmgard und wandte sich damit noch einmal an ihren Jüngsten, denjenigen von ihren Söhnen, den sie schon verloren geglaubt hatte und der nun zurückgekehrt war, um das Blatt noch einmal zu wenden.

Ernstl und Paul stellten ihre Gläser ab und verabschiedeten sich. Irmgard setzte sich wieder zu Hansi.

»So viele Besucher haben wir schon sehr lange nicht mehr gehabt.«

»Ja, das ist wahr. Aber ich glaube trotzdem, dass es zuwenig sein werden, um die Schulden zurückzubezahlen.«

Irmgard seufzte. »Geh, Hansi, wir tun, was wir können. Mehr ist halt nicht drin.«

Hansi nickte schwer. »Ja, und im Endeffekt wird's wahrscheinlich nichts geholfen haben, dass ich zum Hof zurückgekommen bin und dass ich mein Schatzerl allein gelassen hab.«

Oft hatte er in den vergangenen Tagen, aus denen inzwischen schon Wochen geworden waren, an Pia gedacht. Natürlich hatten sie regelmäßig telefoniert, aber viel Zeit dazu hatten ihm die Pflichten auf dem Hof nicht gelassen, schließlich musste einiges umgekrempelt werden und Hansi war von morgens früh bis abends spät im Einsatz. Er hatte sehr hart gearbeitet und das machte sich nun langsam bemerkbar. Er beugte sich nieder und kraulte Jimmy, der zu seinen Füßen lag. Bei einem seiner immer seltener gewordenen Besuche in Wien hatte er das Tier zum Branderhof mitgenommen. Pia hatte ihn darum gebeten, da es für sie sehr schwierig war, sich in der Großstadt ganz allein um das Tier zu kümmern. Und auf dem Branderhof gab es da ja unter anderem die kleine Sonja, die liebend gern dabei einsprang.

»Gell, Jimmy, ganz schön anstrengend ist es und du vermisst die Pia sicher auch«, sagte Hansi zu dem Welpen, der jeden Tag ein bisschen an Gewicht und Größe zulegte.

Jimmy antwortete mit einem Winseln.

»Vielleicht solltest zwischendurch auch mal ein bisserl ausspannen. Ein paar Stunden in den Bergen wandern, klare Luft genießen. Früher hast du das sehr gerne gemacht«, sagte Irmgard.

Hansi sah Irmgard erstaunt an. »Ja, ich fürchte nur, dass wir uns das im Moment nicht leisten können.«

»Doch, das muss immer drin sein, Hansi. Es geht doch net, dass du hier in den Bergen wohnst und selbst von den Bergen nichts hast.«

»Ja, da hast allerdings recht«, gab Hansi zu. »Weißt was, gleich morgen werd ich das machen. Vorausgesetzt natürlich, das Wetter spielt mit.«

»Das Wetter wird schon mitspielen«, war Irmgard überzeugt.

Am Abend rief Hansi in »Pias Downhill« an, aber dort herrschte so ein Trubel, dass kein richtiges Gespräch möglich war. »Hansi, wann kommst denn zurück?«, hörte er Pia fragen.

»Es wird wohl noch ein bisschen dauern, denke ich. Und manches gestaltet sich auch schwieriger, als ich gedacht habe.«

Schließlich beendete Pia das Gespräch mit dem Hinweis auf Kundschaft, die ungeduldig darauf wartete, Getränke serviert zu bekommen.

Eine Weile lag Hansi auf dem Bett und dachte nach. An Einschlafen war ohnehin nicht zu denken. Zu viel ging ihm durch den Kopf.

Zu viel war in seinem Leben im Moment einfach noch ungeklärt. Er spürte sehr genau, dass er vor einem Umbruch stand. Aber was am Ende dabei herauskommen würde, das war ihm selbst noch nicht so recht klar.

Vielleicht hat die Mutter wirklich recht, ging es ihm durch den Kopf. Ich muss in der Tat zusehen, dass ich wieder klare Gedanken bekomme. Und dazu ist ein Ausflug in die Berge vielleicht wirklich das Allerbeste.

* * *

Am nächsten Tag nahm Hansi sich am späten Nachmittag ein paar Stunden frei. Ernstl und Paul versicherten ihm, dass sie die Arbeit im Wildpark auch alleine bewältigt bekämen.

»Das ist gar kein Problem!«, behauptete Paul.

»Du traust uns wohl nix zu, Hansi«, beschwerte sich Ernstl.

»Doch, doch, gewiss«, erwiderte Hansi.

»Na, dann ist doch alles in Ordnung!«

»Ja, gewiss.«

Eine halbe Stunde später ging Hansi mit Jimmy auf dem Arm und einem Rucksack am Wildbach entlang und erreichte schließlich die Brücke. Auf ihr blieb er stehen und schaute ins Wasser. Das Plätschern des Baches war alles, was er in diesem Moment hörte. So viele Gedanken und Fragen rasten ihm dabei durch den Kopf. Da waren nicht nur die Probleme, die der Hof aufwarf, und die Frage, wie nun eigentlich die Schulden abzutragen wären. Immer mehr schob sich da auch noch ein anderes Problem in den Vordergrund. Pia hatte ihm eindeutig zu verstehen gegeben, dass das Leben in einem »Kuhkaff« wie Schönbichl nichts für sie sei, und wenn er ganz gerecht mit sich und den anderen war, dann konnte er eigentlich auch nicht von ihr erwarten, dass sie seinetwegen ihr Leben vollkommen umkrempelte, und genau genommen hatte er ihr ja auch Versprechungen gemacht.

Und ein besonders wichtiges Versprechen war noch gar nicht so lange her: der Verlobungsantrag!

»Muss das Leben so kompliziert sein?«, fragte er sich laut.

Aber der Klang seiner Stimme ging im Rauschen des Baches unter. Der Bernhardinerwelpe auf seinem Arm wurde unruhig. Er wollte laufen, das war einfach seine Natur.

Hansi verstand ihn und gab ihm nach. Hinauf ging es daraufhin zu den Almen über Schönbichl und die Zeit verging dabei wie im Flug.

Zwischendurch trank Jimmy an einem kleinen Bergbach, der ins Tal strömte, und Hansi setzte sich ins Gras und aß etwas von seinem mitgebrachten Proviant, den die Mutter ihm eingepackt hatte.

Ja, wirklich schön war es hier in den Bergen. Das wurde ihm jetzt erst wieder so richtig bewusst. Hansi genoss den weiten Panoramablick von hier oben. So vieles, was die Menschen da unten im Tal bedrückte, wirkte von hier oben klein und unbedeutend. Das war der Vorteil beim Blick von den Bergen. Man sah nur noch das, was wirklich wichtig war und herausragte. Und im Augenblick war das der Kirchturm von Schönbichl.

Weiter ging es dann hinauf. Jimmy sprang in Wiesen herum und schien zunächst unermüdlich zu sein, bis auch er schließlich ruhiger und offenbar müder wurde. Sie machten an einem idyllischen Plätzchen Rast, von wo aus man einen besonders schönen Blick auf die Alpen hatte.

Das Farbenspiel der Sonne an den steilen, felsigen und zum Teil schneebedeckten Hängen war einmalig, besonders dann, als die Sonne langsam sank und milchig wurde. Ja, wenn Hansi ehrlich war, dann hatte er dies all die Jahre über, die er in der Fremde verbracht hatte, vermisst.

Aber vielleicht muss das so sein, dachte er, vielleicht muss man erst fortgehen, um das schätzen zu können, was man hat.

Hansi legte sich auf den Rücken und schaute in den Himmel, wo sich hohe weiße Wolkengebirge gebildet hatten. Jimmy kam zu ihm, schmiegte sich an ihn, und er nahm ihn auf seinen Bauch.

»Wie ist das, Jimmy, näher kannst dem Himmel gewiss kaum noch sein«, meinte Hansi.

* * *

Schon eine ganze Weile zuckten immer wieder Blitze über den düster gewordenen Himmel. Aber davon hatte Hansi nichts gemerkt.

Er war auf der Wiese eingeschlafen, und obwohl Jimmy inzwischen laut winselte, da seine tierischen Instinkte das drohende Unheil spürten, war er einfach nicht wach zu kriegen gewesen. Erst ein besonders heftiger dunkler Donner ließ Hansi hochschrecken. Er blickte zum Himmel und sah natürlich sofort, was los war. Düstere Wolkengebirge hatten sich aufgeschichtet und verdeckten die Berggipfel. Immer wieder blitzte es dort. Dumpfes Donnergrollen war zu hören.

»Oh, oh, Jimmy«, meinte Hansi. »Jetzt, glaube ich, müssen wir gehen. Komm!«

Hansi packte schnell alle seine Sachen zusammen. Er sah kurz auf seine Armbanduhr. Es war schon spät geworden. Schließlich brauchte er auch für den Abstieg noch eine ganze Weile.

Wahrscheinlich wird es längst dunkel sein, bis ich auf dem Branderhof ankomme, und nass werde ich wohl obendrein noch, dachte er.

Während des Abstiegs verschlechterte sich das Wetter zusehends. Die ersten Tropfen fielen und Blitz und Donner folgten in immer dichteren Abständen aufeinander. In den Bergen war das für einen einsamen Wanderer nicht ganz ungefährlich. Schon so mancher blauäugige Tourist, der die Macht der Natur nicht ernst genommen hatte, hatte für seine Ignoranz bitter büßen müssen.

Es wurde jetzt rasch dunkel. Aber aufgrund der düsteren Wolkendecke war von der untergehenden Sonne ohnehin nichts mehr zu sehen. Schließlich setzte strömender Regen ein.

Im Nu war Hansi bis auf die Knochen durchnässt. Für eine gute Brotzeit hatte er vorgesorgt und selbst Verbandszeug hatte er auf seine Bergtour mitgenommen, aber an schlechtes Wetter war noch nicht zu denken gewesen, als er aufgebrochen war.

Endlich konnten sie die offenen Almen verlassen und erreichten den bewaldeten Gürtel, der sich daran anschloss. Die Baumwipfel milderten den Regen etwas ab. Ja, hier kannte der Hansi jeden Bach, jeden Strauch und jeden Stein. Als junger Bub hatte er hier gespielt und so viel hatte sich hier in all den Jahren eigentlich nicht geändert – wenn man einmal davon absah, dass die Bäume alle ein Stück länger geworden waren, während an anderen Stellen Rodungen zur Entstehung neuer Lichtungen geführt hatten.

Hansi entschloss sich, eine Abkürzung zu nehmen. Er lief quer durch den Wald und Jimmy folgte ihm. Der aufkommende Wind peitschte ihm den Regen ins Gesicht. Dann endlich erreichten sie eine Straße.

Hansi atmete tief durch.

Hier kannte er sich auch aus und daher wusste er, dass er noch ein ganzes Stück zu laufen hatte bis zum Branderhof. Ach, ich hätte mir eine kürzere Tour aussuchen sollen, dachte er, aber wer hätte auch damit rechnen können, dass das Wetter sich so rasch wandelte.

Du bist das wohl nicht mehr gewöhnt, meldete sich eine kritische Gedankenstimme in seinem Hinterkopf, denn eigentlich weißt du – wie jeder, der in den Bergen zu Hause ist –, wie rasch das Wetter hier umschlagen kann.

Es war jetzt sehr dunkel geworden, und da weder der Mond schien, noch die Sterne in dem bewölkten Himmel zu sehen waren, war die Straße die einzige Orientierung. Eine Beleuchtung gab es hier natürlich nicht. Weit in der Ferne sah Hansi ein paar Lichter aufleuchten. Vermutlich handelte es sich um die erleuchteten Fenster hiesiger Bergbauernhöfe. Eine ganze Weile folgte Hansi einfach der Straße, dann blieb er plötzlich stehen. Er horchte und auch Jimmy war auf einmal ganz aufmerksam. Da war irgendetwas. Ein Geräusch, das aus dem Tal kam. Die Tatsache, dass auch Jimmy das Geräusch bemerkt hatte, zeigte Hansi, dass er sich keineswegs etwas einbildete, denn der Gehörsinn eines Hundes war um ein Vielfaches empfindlicher als der eines Menschen. »Na, was sagst dazu, Jimmy?«, fragte Hansi laut und der Hund winselte und wedelte mit dem Schwanz. »Scheint ja so, als hätten wir Glück im Unglück, was?«

Scheinwerfer leuchteten auf. Hansi setzte den Hund am Straßenrand ab, stellte sich auf die Fahrbahn und winkte. Er ging davon aus, dass der Fahrer ihn sah und anhielt, um ihn mitzunehmen. Der Motor des Wagens heulte auf, als es den steilen Hang hinaufging. Es musste sich um einen Landrover oder ein anderes Geländefahrzeug handeln.

Der Fahrer gab noch einmal Gas. Der Wagen beschleunigte und im letzten Moment warf sich Hansi zur Seite. Er rollte sich geschickt auf dem Boden ab und landete schließlich im Gras der Böschung. Mit quietschenden Reifen blieb das Fahrzeug stehen.

Jimmy bellte. Die Tür des Geländewagens öffnete sich. Jemand stieg aus. Hansi rappelte sich auf und erkannte, dass es Regina war. »Hansi!«, stieß sie hervor. »Du, ich hab dich nicht gesehen!«

»Ist ja glücklicherweise nichts passiert«, sagte er.

»Komm zu mir ins Auto, los! Du bist ja schon ganz durchnässt.«

»Das lass ich mir natürlich nicht zweimal sagen.«

Hansi nahm Jimmy auf den Arm, umrundete den Wagen und stieg auf der Beifahrerseite ein.

»Dich schickt der Himmel, Regina«, sagte er.

Ein verlegenes Lächeln spielte um Reginas Lippen. Sie wirkte ihm gegenüber etwas befangen und Hansi bemerkte das durchaus. Eine Weile herrschte Schweigen, während Regina schließlich in die Wildparkstraße einbog, die direkt zum Branderhof führte.

»Abgesehen davon, dass du mich fast zusammengefahren hast, hab ich noch Glück gehabt, dass du unterwegs warst«, sagte Hansi und brach damit das Schweigen. »Wohin warst du denn unterwegs, Regina?«

»Ich war oben bei den Haflingern«, antwortete Regina.

In diesem Augenblick erreichten sie den Branderhof. Regina hielt den Wagen an. »Ah ja«, sagte Hansi, »bist du immer noch eine Pferdenärrin wie früher?«

»Ja sicher«, lautete Reginas Antwort. »Ich überleg sogar, ob ich ein Angebot annehmen soll, auf ein Gestüt nach Deutschland zu gehen.«

Jimmy meldete sich winselnd auf dem Rücksitz.

»Ach ja? Du in Deutschland?«, fragte Hansi.

»Ja, warum denn nicht?«, erwiderte Regina.

Hansi hob die Schultern. »Ich meine, ganz ohne Berge, das ist doch wie der Himmel ohne ...« Er sprach nicht weiter.

»Die Sterne nehme ich mir mit«, sagte Regina schließlich.

Plötzlich fiel ein heller Schein durch die Frontscheibe: Ein Traktor näherte sich Reginas Wagen. Ernstl, der bis dahin auf dem Radschutz gesessen hatte, sprang zu Boden. Er gestikulierte wild und kam an die Beifahrertür. Hansi ließ die Scheibe herunter.

»Im Stall hat der Blitz eingeschlagen!«, rief Ernstl.

»Was? Red keinen Schmarrn!«, erwiderte Hansi.

»Ja wenn ich's doch sag!«

Augenblicklich öffneten Hansi und Regina die Wagentüren und sprangen ins Freie. Der Regen pladderte ihnen ins Gesicht. Das fehlte jetzt noch – ein Blitzeinschlag!

»Die Feuerwehr haben wir schon alarmiert!«, rief Paul vom Traktor herunter.

Hansi setzte zu einem Lauf an. Er umrundete dabei das Hauptgebäude des Branderhofs. Die anderen folgten ihm.

Wenig später erreichten sie den Pferdestall. Dichter Qualm drängte aus dem Tor heraus, Flammen loderten hell aus dem Dach. Sie wurden rasch größer und fraßen gierig das ausgetrocknete Holz. Schließlich lag eine längere Schönwetterperiode hinter ihnen, in der es so gut wie keinen Niederschlag gegeben hatte.

Inzwischen hatte der Regen etwas nachgelassen. Hier und da zuckten noch Blitze in der Nacht und ein fernes

Donnergrollen erinnerte daran, dass dieses Unwetter noch nicht vorbei war.

»Die Pferde!«, rief Regina. »Mein Gott, die Pferde!«

Das verzweifelte Wiehern der Tiere drang durch das Prasseln des Feuers. Holzplatten barsten. Wie angewurzelt standen sie einen Augenblick lang vor dem Stall. Die Hitze war bereits in einigen Metern Entfernung spürbar. Hansi atmete tief durch. Was sollte er tun? Kurz entschlossen sagte er: »Ich hol sie raus.«

Inzwischen kamen auch Katharina und Irmgard aus dem Haupthaus angelaufen.

Hansi ging durchs Eingangstor des Pferdestalls. Im nächsten Augenblick war er im dichten Rauch verschwunden.

»Der Hansi ist da drin!«, rief Regina Irmgard und Katharina entgegen.

Hansi kämpfte sich derweil durch das Inferno aus Rauch und Flammen. Eine wahrhaft mörderische Hitze herrschte hier und der jüngste Sandgruber-Sohn hatte das Gefühl, als ob ihm die Haare vom Kopf gesengt würden. Er konnte kaum noch atmen, der giftige Rauch biss in den Augen und in der Lunge. Die Sicht war schlecht und er musste sich mehr oder weniger tastend voranbewegen. Aber er kannte den Stall, wusste, wo sich die einzelnen Boxen befanden. Er fand eines der verzweifelt wiehernden Pferde, band es los und führte es aus der Box. Dann gab er ihm einen Klaps auf den Hintern und wandte sich dem zweiten Pferd zu, mit dem er ebenso verfuhr. Hustend und am Ende seiner Kräfte folgte er den Pferden. Er wusste, dass er jetzt sehr schnell wieder ins Freie gelangen musste, um nicht ohnmächtig zu werden. Doch das Meckern einer Ziege ließ ihn aufhorchen. Er blieb stehen. Nein, das Tier konnte er doch nicht einfach so verbrennen lassen. Also wandte er sich noch einmal in jene Richtung, aus der die Flammen bereits hell aufloderten.

Regina war außer sich vor Verzweiflung. Sie beschwor Ernstl und Paul: »So helft ihm doch, er kommt doch um da drinnen!«

Aber was hätten die beiden Gehilfen jetzt noch tun können, ohne sich selbst zu gefährden?

»Da können wir nichts machen«, entschied Ernstl. »Es ist einfach zu heiß! Schließlich haben wir ja keine Feuerwehrausrüstung.«

Paul unternahm einen kleinen Vorstoß, musste aber aufgrund der Hitze wieder zurückweichen.

Kurz entschlossen wollte Regina nun selbst in den Stall rennen, aber sie schaffte nur ein paar Schritte. Ernstl und Paul hielten sie fest.

»Geh, jetzt versuch doch nicht so einen Schmarrn!«, schalt Ernstl sie. »Oder bist lebensmüde?«

»Aber der Hansi!«

Reginas Antwort ging in dem Krach des Martinshorns unter, mit dem die Feuerwehr auf den Branderhof brauste. Die Einsatzwagen nahmen den Weg um das Hauptgebäude herum und erreichten wenig später den Ort des Geschehens. Gernot Brunner, der nicht nur der Dorfwirt und Bürgermeister war, sondern auch noch Hauptmann der freiwilligen Feuerwehr, sprang aus der Fahrerkabine des Einsatzwagens. Auch die anderen Feuerwehrleute wurden sofort aktiv und begannen damit, die Schläuche auszurollen. Jeder Augenblick zählte. Schließlich war ja auch durchaus die Gefahr gegeben, dass der Brand auf das Hauptgebäude übergriff.

Regina konnte sich einfach nicht beruhigen.

»Hansi!«, rief sie. »Hansi!«

Sie begann zu schluchzen.

Auch Irmgard versuchte die Tierärztin zurückzuhalten, denn es war einfach gegen jede Vernunft, bei diesem Rauch und diesen Flammen in den Stall zu laufen.

»Regina!«, rief sie.

»Nein!«, schrie Regina und schluchzte erneut, doch da tauchte eine Gestalt aus dem Rauch auf.

Es war Hansi mit einer Ziege im Arm.

Er stürmte aus dem dichten Qualm heraus und versuchte verzweifelt, wieder zu Atem zu kommen. Ernstl nahm ihm die Ziege ab. Hansi brach vor Erschöpfung zusammen, sank auf die Knie. Er keuchte, hustete und rang nach Luft. Regina war sofort bei ihm.

»Hansi!«, rief sie. »Hansi, mein Gott, ich bin ja so froh!«

Die Mannschaft von Feuerwehrhauptmann Brunner war inzwischen bereit zum Löschen. Befehle und Meldungen wurden durch die Nacht geschrien.

»Wasser marsch!«, rief Brunner in seiner Eigenschaft als Hauptmann der Feuerwehr. Daraufhin fing die Feuerwehr an, ihr Löschwasser auf den brennenden Stall zu spritzen.

»Geht's dir gut, Hansi?«, fragte Regina.

Aber Hansi war noch gar nicht wieder in der Lage, überhaupt etwas zu sagen. Er hustete noch immer erbärmlich.

»Bringen wir ihn noch ein wenig weiter von dem Brandherd weg«, riet Ernstl, »sonst wird er das gemeine Kratzen im Hals ja nimmer los.«

Als sie sich dann noch etwas weiter von dem brennenden Stall entfernt hatten, kam auch Hansi endlich wieder zu Atem. »Das ist grad noch einmal gut gegangen«, murmelte er. Ihm war sehr wohl bewusst, welches Risiko er eingegangen war.

»Mei, der Herrgott hat halt seine Hand über ihn gehalten«, erklärte sich Irmgard das, was geschehen war – und dem mochte in diesem Moment niemand widersprechen.

Erst am nächsten Morgen wurde das volle Ausmaß der Zerstörung deutlich, die der Brand verursacht hatte. Die angerußten Grundmauern standen noch, aber der Dachstuhl war komplett abgebrannt.

Paul und Ernstl hatten alle Hände voll damit zu tun, Schutt und Asche zu beseitigen. Hansi ging es den Umständen entsprechend wieder recht gut. Von seiner riskanten Rettungsaktion am Vorabend hatte er sich alles in allem ganz gut erholt und – wie es schien – würden Gott sei Dank auch keine dauerhaften Folgen davon zurückbleiben.

Gottfried klopfte Hansi anerkennend auf die Schulter.

»Das war schon sehr mutig gestern«, sagte er. Dann wandte er sich an den Brunner und fügte hinzu: »Na ja, aber ein paar Sekunden länger, und er hätte es wohl nicht mehr geschafft.«

»Ja, ja«, sagte der Brunner.

»Aber bei dir müssen wir uns auch bedanken, Gernot«, fuhr Gottfried fort. Gernot Brunner zuckte mit den Schultern. »Oh, keine Ursache. Wir haben eh schon ewig lang nichts mehr zum Löschen gehabt hier in der Gegend. Da besteht schon ein bisserl die Gefahr, dass die Truppe einrostet.«

»Dafür hat doch alles wie am Schnürchen geklappt«, fand Hansi.

»Na ja, ein paar Punkte gibt's schon noch zu verbessern, aber im Grunde bin ich zufrieden mit den Männern«, erwiderte Brunner. Er blickte auf die Uhr. »Ja, also, ich muss eigentlich auch schon wieder weiter. Ihr wisst ja, der Wahlkampf ruft.«

Hansi lächelte verschmitzt. »Ja, dann folge also der Stimme des Volkes, wie man so schön sagt!«

Und Gottfried fügte hinzu: »Unsere Stimmen sind dir auf alle Fälle sicher.«

Das immerhin schien den Brunner zu freuen.

»Das ist gut«, meinte er und schien auf einmal etwas verlegen zu sein. Keiner seiner beiden Gesprächspartner wusste das zunächst richtig zu deuten. Weder Hansi noch Gottfried konnten sich einen Reim darauf machen, warum der Brunner so herumdruckste. »Dann sind wir ja quitt«, sagte er schließlich. Das schien ihm sehr wichtig zu sein.

Gernot Brunner ging zu seinem Wagen und stieg ein.

In diesem Augenblick kam Sonja hinter dem Stall hervor. Sie sang vor sich hin: »Lala-lala, Feuer aus, Feuer aus.« In der Hand hielt sie einen Benzinkanister. Das kam Hansi schon sehr merkwürdig vor. Wo mochte sie den nur herhaben?

»Ja, Sonja, was hast du denn da für eine tolle Ausrüstung?«, wandte sich Hansi an das Mädchen.

Sie trug nämlich eine Gasmaske der Feuerwehr. Vielleicht hatte sie der Franz noch im Haus zurückgelassen, der ja schließlich auch lange Jahre der Truppe angehört hatte.

»Mit Atemschutzgerät«, sagte Sonja.

»Ja, bärig«, meinte Hansi.

Gottfried trat inzwischen näher und inspizierte den

Benzinkanister, den das Mädchen ihm bereitwillig gab. »Wo hast du denn den Kanister her?«

»Den hab ich hinterm Stall gefunden«, antwortete Sonja.

Gottfried strich mit dem Finger über den Kanister und roch dann an der Kuppe. »Den Kanister brauchen wir vielleicht noch«, sagte Gottfried an Sonja gewandt. »Und zwar als Beweismittel!«

»Sagst mir gleich mal genau, wo du ihn gefunden hast?«, fragte Hansi, der kräftig hustete.

Sonja war sehr verständig und kooperativ.

»Ja, das mach ich«, versprach sie.

Sie ging zum Haus und war ganz in ihr Spiel vertieft. Dabei sang sie weiter vor sich hin. Gottfried hielt unterdessen Hansi die Fingerkuppe unter die Nase. »Riechst das auch?«

»Benzin«, stellte Hansi fest.

»Ganz genau.«

»Ja, was willst denn damit sagen?«

Gottfrieds Augenbrauen zogen sich zusammen.

»Und wenn's kein Blitz war, Hansi?«, hielt er dem Neffen vor. »Es sind ja auch durchaus andere Brandursachen denkbar.«

»Nehmen wir erst mal Paul und Ernstl ins Gebet«, sagte Hansi. »Wir müssen ausschließen, dass vielleicht einer von denen ihn aus Versehen dort hat liegen lassen.«

»Hinter dem Stall?« Gottfried schüttelte den Kopf. »Wieso denn? Die Fahrzeuge sind alle auf der anderen Seite vom Hof. Selbst wenn da mal irgendwas nachzufüllen gewesen sein sollte. Es gibt einfach keinen Grund dafür, dass sie dort einen Kanister hinterlassen haben.«

»Trotzdem«, sagte Hansi. »Ich möchte gern sicher sein.«

»Aber wenn wir ein Versehen der beiden ausgeschlossen haben, dann müssen wir die Sache melden«, stellte Gottfried klar.

»Gewiss«, meinte Hansi, »nur möchte ich mich auch nicht blamieren, indem ich vorschnell einen Verdacht in die Welt setze.«

»Ist schon klar«, erwiderte Gottfried. »Aber wir müssen der Sache auf den Grund gehen, Hansi!«

»Schon klar, Gottfried!«

»Und wenn du mich fragst, dann gibt es eigentlich nur einen, beziehungsweise eine, in deren Interesse es wäre, wenn hier auf dem Hof ein bisserl Unordnung herrscht!«

* * *

Ernstl und Paul schworen Stein und Bein, dass keiner von ihnen jemals irgendwo einen Benzinkanister, und mochte er auch leer sein, hatte herumliegen lassen.

Hansi glaubte ihnen, denn Nachlässigkeit konnte man ihnen nun wirklich nicht vorwerfen, auch wenn die beiden zweifellos ihre ganz persönlichen Eigenheiten hatten.

In diesem Fall hätte der alte Sandgruber sie auch gar nicht eingestellt, denn die Versorgung von Tieren erforderte große Zuverlässigkeit. Und genau das war eigentlich eine der Hauptcharaktereigenschaften der beiden.

So nahmen sie erneut Kontakt mit Feuerwehrhauptmann Gernot Brunner auf. Der war allerdings bis in den Nachmittag hinein auf Wahlkampftour, ging von Haus zu Haus, verteilte Handzettel, schüttelte Hände und erzählte den Kindern Witze, während er den Erwachsenen sein fortschrittliches Schönbichl nahezubringen versuchte.

Erst am späten Nachmittag war er wieder in seinem Gasthof anzutreffen.

Dort verabredeten sich Hansi und Gottfried mit ihm. Worum es genau ging, sagten sie ihm am Telefon natürlich nicht. Damit wollten sie ihn schon gerne direkt konfrontieren.

So zeigten sie ihm den Benzinkanister und erklärten ihm, dass nun doch eine Brandstiftung sehr wahrscheinlich sei.

»Die Sache ist in meinen Augen ziemlich eindeutig«, sagte Gottfried. »Da hat jemand das Benzin als Brand-

beschleuniger benutzt und den Stall ganz gezielt angezündet.«

»Möglich ist das schon«, sagte der Brunner. Er wusste
natürlich genau, dass er dem Gottfried nichts vorma-
chen konnte. Der war schließlich selbst jahrelang Mitglied der freiwilligen Feuerwehr gewesen, ehe er sein
Engagement in dieser Richtung aus zeitlichen Gründen
etwas hatte einschränken müssen. Den nötigen Sach-
verstand besaß Gottfried jedenfalls.

Gernot Brunner hingegen schien sich in seiner
Haut irgendwie nicht wohl zu fühlen. Das Gespräch
mit Viktoria Perterer lag ihm plötzlich schwer im
Magen.

»Von deinen Feuerwehrleuten kann das keiner gewesen sein?«, fragte Hansi.

»Was? Wie meinst du denn das?«, wand sich der
Brunner.

»Na ja, man hört doch immer wieder, dass Feuerwehrleute einen Brand legen, damit sie dann anschließend den großen Helden spielen können und als selbst-
lose Retter in der Zeitung stehen. Ich will keinen persönlich verdächtigen, aber ausgeschlossen ist das doch
nicht!«

Brunner stemmte die Arme in die Hüften. »Also, du
willst doch nicht etwa behaupten, dass einer von meinen Männern ...?«

»Behaupten will ich das net«, sagte Hansi.

»Hansi, das nimmst du zurück«, schimpfte der Brunner. »Bei allem Verständnis für deine Situation und die schwierige Lage bei euch auf dem Branderhof, die dir sicherlich einiges an Stress verursacht! Angefangen vom Tod deines Vaters bis zu diesem Unglücksfall. Aber das geht jetzt zu weit.«

»Ja, das ist ja gerade die Frage«, sagte Gottfried, »ob das wirklich ein Unglücksfall war. Etwas, das man hinnehmen muss wie zum Beispiel einen Blitzschlag, oder eben doch bewusste Brandstiftung.«

Brunners Gesicht lief rot an. »Also, das haben meine Männer nicht verdient und ihr solltet euch was schämen, so über sie zu reden! Sie opfern schließlich ihre Freizeit für die Einsätze und die Übungen und manchmal riskieren sie sogar ihr Leben!«

Gottfried versuchte das Temperament des Brunnerwirts zu zügeln.

»Jetzt reg dich doch nicht so auf! Das war doch nur eine Spekulation, verstehst?«

»Ja, ich verstehe sehr gut!«, erwiderte der Brunner. »Spekulation! Durch solche Spekulationen könnte ich mein Bürgermeisteramt verlieren! Und ihr vergesst eins: Auch meine Männer waren da droben beim Stall in Lebensgefahr!«

»Das weiß ich doch, Gernot«, sagte Hansi. »Aber bitte versteh mich auch. Ich versuche eine Erklärung zu finden.«

Dem Brunner bebten die Nasenflügel. »Diese Form von Erklärungen, die kannst du für dich behalten. Weißt das wohl? Sonst könnte es sein, dass wir das nächste Mal nicht so schnell zur Stelle sind!«

* * *

Hansi und Gottfried verließen wenig später den Gasthof Brunner und kehrten zu ihrem Wagen zurück, den sie auf dem Parkplatz davor abgestellt hatten.

»Was hältst du davon, wenn wir einen Sachverständigen hinzuziehen?«, meinte Gottfried.

Hansi war dagegen und antwortete nur mit einem knappen »Nein«.

»Wieso denn nicht?«

»Wenn die Mama mitkriegt, dass jemand absichtlich Feuer gelegt hat – die stirbt doch vor Angst. Und das lässt sich dann einfach nicht mehr vermeiden. Lass uns doch überdenken, wer noch mit der Sache zu tun gehabt haben könnte.«

»Na gut«, gab Gottfried nach, obwohl es ihm eigentlich lieber gewesen wäre, die Sache rückhaltlos aufklären zu lassen. Sie stiegen in ihren Wagen. Gottfried startete den Motor, setzte zurück und fuhr los. Gerade sahen sie noch einen noblen Oldtimer auf den Parkplatz fahren, direkt vor den Gasthof. Hansi drehte sich kurz um. Aufgrund seiner Vorliebe für alte Fahrzeuge interessierte er sich für den Wagen. Und mit ein wenig Wehmut dachte er an sein ehemaliges Cabrio, mit dem nun der Künstleragent Harry durch die Wiener Altstadt fuhr.

»Was verrenkst dir den Hals?«, fragte Gottfried.

»Na schau einmal, dieser schöne Wagen.«

»Hat ein deutsches Kennzeichen«, stellte Gottfried fest.

Sie bekamen gerade noch mit, wie die Tür des Oldtimers geöffnet wurde. Frau Brunner kam mit einem Schirm herbei, um den ankommenden Gast zu begrüßen.

»Grüß Gott, Herr Blankenburg!«

Herr Blankenburg, ein deutscher Gestütsbesitzer, nobel gekleidet und mit guten Umgangsformen, nickte Frau Brunner freundlich zu. »Ich grüße Sie, Frau Brunner. Meine Verehrung.«

Blankenburg überreichte Frau Brunner einen großen Blumenstrauß.

»Aber das wäre doch nicht nötig gewesen, Herr Blankenburg!«

»Sagen Sie das nicht, gnädige Frau. Schließlich will ich doch meine Anerkennung zum Ausdruck bringen für das, was Sie für Ihre Gäste tun!«

»Vielen Dank. Schön, dass Sie zu uns kommen.«

Herr Blankenburg lächelte. »Ich bin geflogen«, erklärte er.

»Na ja.« Frau Brunner wirkte etwas verlegen. »Ihr Zimmer ist jedenfalls schon bereit.«

»Danke sehr.«

»Und Regina wird sich sehr freuen.«

* * *

Es war bereits dunkel, als sich Franz Sandgruber junior und Viktoria Perterer im Restaurant »Hochkitzbühel« trafen. Franz hatte extra seinen besten Anzug herausgeholt und rückte noch einmal die Krawatte zurecht. Aber auch Viktoria hatte sich ganz schön herausgeputzt. Sie trug ein edles Kleid und einiges an Schmuck.

Der Champagner sprudelte in den Gläsern. Franz nickte ihr zu. »Danke für die Einladung.«

»Auf gute Geschäfte!«, sagte Viktoria und hob das Glas.

Franz grinste. »Auf die ›Mountain Seaworld‹!« Beide tranken etwas von ihrem Champagner.

Ein Blumenverkäufer hatte in diesem Moment das Restaurant betreten. Mit einer großspurigen Geste und einem Fingerschnippen holte Franz ihn her. Er machte eine ausholende Handbewegung.

»Was kosten denn die?«, fragte er.

» Fünfunddreißig Schilling das Stück.«

»Dann nehme ich den ganzen Strauß«, sagte er angeberisch.

Als Franz das Geld aus der Brieftasche holte, blickte Viktoria peinlich berührt zur Seite. Was er auch mit diesem übertriebenen Auftritt zu erreichen versuchte, bei Viktoria Perterer konnte er dafür wohl nur Verachtung ernten. Sie mochte es nicht, wenn man ihr nachlief oder zu schmeicheln versuchte – darauf reagierte sie allergisch. Aber im Augenblick hatten sie beide gemeinsame Interessen und das war alles, worauf es nun ankam. Franz gab unterdessen dem Blumenverkäufer ein paar Scheine und sagte: »Passt schon.« Er übernahm die Rosen und stellte sie neben Viktoria.

»Danke«, sagte der Blumenverkäufer.

»Der Rest ist für Sie«, sagte Franz.

Dann deutete er auf die Blumen. »Das ist für Sie, Viktoria.«

»Franz, du kannst ruhig ›du‹ zu mir sagen«, hauchte Viktoria.

Er fühlte sich geschmeichelt. Dass eine so bedeutende Geschäftsfrau wie Viktoria Perterer ihm das Du anbot, fand er schon außergewöhnlich, zumal sie vorher eigentlich nicht viel miteinander zu tun gehabt hatten.

Ihm wurde etwas warm und so lockerte er den ersten Knopf seiner Krawatte.

»Sie sind ... also du bist ... nicht nur ein toller Geschäftsmann, also, wie soll ich sagen ... Geschäftsfrau natürlich ...«

»Ist schon klar«, nickte Viktoria.

»... sondern auch eine Superfrau.«

Viktoria hob die Augenbrauen. »Wirklich, ist das so?«

»Ja, und jetzt tät mich noch etwas interessieren, und zwar: Wie bist du eigentlich auf mich gekommen?«

Viktoria lächelte. In ihren Augen glitzerte es dabei kalt, aber das entging Franz. Es schmeichelte einfach zu sehr seiner Eitelkeit, dass diese so weltmännisch wirkende Frau sich für ihn zu interessieren schien. Sein gesunder Menschenverstand schien in diesem Moment vollkommen auszusetzen.

Viktoria sagte mit verführerisch klingender, gehauchter Stimme: »Weil ich schon immer gern mit Männern kooperiert habe, die sich was trauen – wenn du verstehst, was ich meine. Mit richtigen Männern, die etwas wagen.«

»Verstehe«, sagte Franz, »wer nicht wagt, der nicht gewinnt.« Franz fühlte sich offenbar gebauchpinselt, dass Viktoria ihn für genau so einen Mann hielt.

»Eben«, sagte Viktoria, »und gerade das macht den kleinen Unterschied zwischen Erfolg und Misserfolg aus.«

Unterdessen hatte Viktoria ihre Hand auf die seine gelegt. Er fühlte diese warme, weiche Berührung. Franz registrierte die goldene Uhr an ihrem Handgelenk.

»Schöne Uhr«, sagte er, vielleicht mehr aus Verlegenheit.

Viktoria blickte auf ihre Uhr und lächelte Franz an: »Ja, und ich denke, wir haben noch viel zu besprechen, Franz.«

»Ja, das könnte ich mir auch denken«, murmelte der älteste Sandgruber-Sohn, in dessen Gesicht sich in diesem Moment ein grimmiger Zug zeigte.

* * *

Hansis Cabrio stand vor dem Lokal »Pias Downhill«. An sich war dieser Anblick nichts Besonderes. Nur hatte der Wagen ja inzwischen den Besitzer gewechselt und gehörte nun dem Künstleragenten Harry. Im feinen Jackett, das Haar zurückgekämmt und mit reichlich aufdringlichem Aftershave saß Harry an der Bar von »Pias Downhill«.

Dass Pia schon eine ganze Weile den Laden alleine schmiss, war ihm aufgefallen – genauso wie Pias Schönheit, die genau seinem Geschmack entsprach.

»Gibst mir noch ein Glasel, Pia?«, fragte Harry.

»Ja, natürlich«, sagte sie und schenkte ihm nach.

»Der Hansi, der ist ja nun schon eine ganze Weile weg«, stellte er fest.

Pia verdrehte die Augen, denn sie wusste genau, was nun kommen würde. Harry hatte sich in letzter Zeit darauf spezialisiert, in ihrer Wunde herumzubohren. Vielleicht wollte er auch selber bei ihr landen, da war sich Pia noch nicht hundertprozentig sicher. Jedenfalls fühlte sie sich durch die Fragerei genervt.

»Tja, Harry, es ist halt, wie es ist«, sagte sie.

»Der Hansi scheint sich ja sehr wohl zu fühlen in Tirol.«

Pia seufzte. »Gewisse Probleme lassen sich nicht über Nacht lösen, verstehst du?«

»Andere schon«, sagte Harry.

»Was willst du damit sagen, Harry?«, fragte Pia.

Harry lächelte breit. »Solltest du dich einmal einsam fühlen, dann lass es mich wissen, Pia.«

»Wir lassen's dich wissen«, sagte plötzlich eine Stimme aus dem Hintergrund. Unbemerkt von beiden war Hansi aufgetaucht – offenbar aus Tirol zurückgekehrt. Pia und Harry drehten sich überrascht um.

»Hansi!«, stieß Pia hervor. Sie fiel ihm um den Hals und Harry wirkte dabei wie ein begossener Pudel. »Shit«, sagte er.

»Hansi, es ist schön, dass du da bist«, sagte Pia.

»Ja, wie ich gehört habe, habt ihr von mir gesprochen.«

»Geh, Hansi, was der Harry halt so daherred.«

Harry trank sein Glas aus und stellte es wieder auf den Tresen. »Wie auch immer. Es ist schon spät und morgen ist wieder ein anstrengender Tag im Business.«

Hansi grinste breit. »Dann lass dich nicht aufhalten.«

* * *

Am nächsten Morgen servierte Hansi Pia das Frühstück ans Bett. Ein bisschen war natürlich auch das schlechte Gewissen dafür verantwortlich. Er hatte das Gefühl, etwas gutmachen zu müssen, denn schließlich hatte er Pia in letzter Zeit ziemlich vernachlässigt.

Pia lag auf der Couch. Sie hatte eine weiße Gesichtsmaske aufgelegt, irgendeine Creme, dazu ein paar Gurken. Es sah recht lustig aus.

Sie las in einem Hochzeitsbuch.

Hansi stellte das Frühstück auf den niedrigen Tisch und schaute auf den Einband ihres Buches.

»Sag einmal, Schatzi, glaubst net, dass du ein bisserl übertreibst? Acht Monate haben wir noch bis zum Mai, wenn wir heiraten wollen.«

Aber in diesem Punkt war Pia grundsätzlich anderer Auffassung.

»Ein perfekter Hochzeitstag will frühzeitig vorbereitet sein.«

»Ah ja?«, erwiderte Hansi.

»Mein Gott, mir wird ganz übel, wenn ich das alles hier lese«, sagte sie. »Hör zu: ›Während der letzten sieben Tage beauty case und Brauttäschchen prüfen, ob Sie alle Kosmetika, Ersatzstrumpfhosen etc. vorrätig haben.‹«

Pia stand auf, legte die Gurken ab und nahm sich eine

Tischdecke aus dem Schrank, die sie zu einem Schleier umfunktionierte. Damit wirkte sie wie eine Vogelscheuche. Mit ihrer weißen Maske und dem Tischdeckenschleier blickte sie Hansi an.

»Und, was sagst du?«

Aber Hansi hatte gar nicht zugehört. Er schaute völlig abwesend aus dem Fenster hinaus, zur Votivkirche.

»Hansi?«, fragte Pia.

Ein Ruck ging durch ihn. »Entschuldige, Pia.«

»Hansi – ich red mit dir.«

»Ja, aber ich hab im Moment andere Sorgen. Wenn ich daran denke, dass da draußen vielleicht jemand herumläuft, der unseren Stall angezündet hat, lässt mir das einfach keine Ruhe.«

Am Vorabend hatten sie noch lange über das Feuer auf dem Branderhof gesprochen. Hansi hatte Pia die Spekulationen geschildert, wie sie jetzt ins Kraut schossen, wobei sie sich nur mäßig interessiert gezeigt hatte.

»Vielleicht war es ja keine Brandstiftung«, sagte Pia.

»Ja«, sagte er, »ich hoffe nur, dass wir beim Blumenkorso in Kirchberg mehr Glück haben. Wär natürlich für den Wildpark eine tolle Werbung.«

Pia ging auf ihn zu. »Hansi, immer nur der Wildpark, der Wildpark, der Wildpark, jetzt geht es einmal um uns. Jetzt bist du hier in Wien.«

»Wie ein Gespenst siehst aus mit der Maske«, sagte Harry und lächelte dabei.

Sie stemmte die Arme in die Hüften. »Ein bisschen romantischer warst aber auch schon mal mir gegenüber. Besonders charmant ist das nicht gerade.«

Hansi lächelte. »Ich weiß ja, was darunter ist«, sagte er.

* * *

Die Vorbereitungen für den Blumenkorso in Kirchberg liefen auf Hochtouren. Unter der Regie von Katharina bastelten Sonja, Ernstl und Paul an einem riesigen Steinbock aus Blumen.

»Ich hoffe, dass wir auch genug Nelken haben«, rief Katharina, als sie sich ihr Werk ansah.

»Aber schön wird's!«, stieß Sonja hervor. »Richtig schön!«

Zwischendurch gönnte sich der Paul einen Schluck Bier.

»Das macht Durst«, meinte er in Ernstls Richtung, dem schon wieder eine spöttische Bemerkung auf der Zunge lang. Aber als er Hans und Regina beim Hängebauchschweingehege sah, stand ihm auf einmal nicht mehr der Sinn danach, sich über Pauls ungezügelten Bierdurst lustig zu machen. Stattdessen gab es etwas anders, worüber sich tratschen ließ.

»He, schaut euch das doch einmal an!«, meinte Ernstl.

»Will der Hansi denn net bald heiraten oder hat sich vor kurzem verlobt?«, fragte Paul.

»Geh, für den nächsten Mai ist die Hochzeit geplant!«, mischte sich Katharina ein, die mitbekommen hatte, worüber sich die beiden Männer unterhielten.

Paul lachte. »Also für mich schaut das da vorn so aus, als ob der Hansi seine letzten Tage als Junggeselle noch einmal richtig genießen möchte! Verdenken kann man ihm's ja net!«

Ernstl stimmte dem lauthals zu und meinte: »Also, wenn'st mich fragst, sind die zwei das perfekte Paar! Oder find'st net, Pauli?«

»Doch, doch ...«

Unterdessen nahm Hansi eines der Hängebauchschweine und hielt es für Regina fest, damit sie dem Tier eine Spritze verabreichen konnte.

Sie lächelte verträumt. »Steht dir gut, so was Kleines, Hansi!«, sagte sie.

»Glaubst du?«, fragte Hansi zurück. »Das würd uns beiden gut stehen.«

Das war schon mehr als nur eine Andeutung. Schon die ganze Zeit über hatte Hansi eine seltsame Befangenheit gespürt. Dass da noch etwas von den alten Gefühlen war, war nicht zu verleugnen. Und das galt ebenso für ihn wie für sie.

Aber man konnte und sollte die Zeit nicht einfach zurückdrehen, fand er. Auch wenn da immer noch ein

Platz in seinem Herzen für Regina war – es war eben doch nicht mehr der herausgehobene Platz, den sie sich erträumte.

Nicht zum ersten Mal dachte Hansi daher darüber nach, wie er dies Regina schonend beibringen konnte, ohne ihre Gefühle zu verletzen.

Wahrscheinlich ist das gar nicht möglich!, ging es Hansi durch den Kopf. Und vielleicht ist es am wenigsten schmerzhaft für alle Beteiligten, wenn ich ein für alle Mal für klare Fronten sorge!

Also sagte er: »Regina, ich wollte dir nur sagen: Wie du da ins Feuer rennen wolltest, um mir zu helfen ...«

»Ja?«

»Ich weiß net, wie ich dir das je danken soll.«

Regina schluckte und sah ihn an, während Hansi das Hängebauchschwein losließ. Quiekend stob das Tier davon, froh darüber, dass es die Spritze hinter sich hatte.

»Das würde ich immer wieder tun«, flüsterte sie.

Sie näherte sich etwas.

Hansi atmete tief durch.

»Trotzdem bitte ich dich: Spiel nicht zu viel mit dem Feuer. Ich will nicht, dass gerade du diejenige bist, die sich dabei letztlich die Finger verbrennt!«

Reginas Züge spiegelten ihre Enttäuschung wider. Ein dicker Kloß saß ihr im Hals und sie war einen Augenblick lang nicht in der Lage, auch nur ein Wort herauszubringen. Sie hatte sich, wie sie sich eingestehen musste, Hoffnungen im Hinblick auf Hansis Rückkehr gemacht. Hoffungen, die sich nun zu zerschlagen schienen.

»Wir müssen noch zu den Kängurus«, sagte sie schließlich mit belegter Stimme.

»Verstehst mich net falsch, Regina, ja?«

Sie schüttelte den Kopf. »Nein, das verstehe ich schon nicht falsch.«

* * *

Der Gestütsbesitzer Karl-Friedrich Blankenburg speiste auf der Terrasse des Gasthofs Brunner und wandte sich mit zufriedenem Gesicht an die Wirtin.

»Also, Frau Brunner, ich muss schon sagen! Das schmeckt ja alles ganz ausgezeichnet!«

»Es freut mich sehr, dass es Ihnen mundet, Herr Blankenburg«, gab die Wirtin fast schon etwas verlegen zurück.

Sie ging zum Stammtisch, wo gerade ihr Mann einigen Dörflern eine weitere Runde servierte. Franz Sandgruber junior war darunter. Die anderen hießen Fritz, Peter und Vinzenz. Die Bierkrüge wurden gehoben und es wurde angestoßen.

»So lasst's euch schmecken«, sagte der Brunner-Wirt. »Und wenn ihr was braucht, dann ruft mich!«

»Ja, danke schön!«, rief der Fritz.

»Auf den edlen Spender!«, rief Vinzenz und wandte sich dabei an Franz Sandgruber junior, der heute die Spendierhosen anhatte.

Franz hob die Maß und sagte mit einem feierlichen Unterton: »Auf meinen Vater, der sich immer dafür eingesetzt hat, dass es euch allen hier in Schönbichl gut geht!«

Die Männer tranken einen kräftigen Schluck.

Der Vinzenz setzte als Erster sein Glas ab und wischte sich mit dem Ärmel seines Hemdes den Mund ab. Schließlich wollte er nicht, dass ihm der Bierschaum im Bart hängen blieb. Er musterte Franz und verengte dabei die Augen. Dann sagte er: »Dir wär's sicher lieber gewesen, er hätte auch ein bisserl auf dich geschaut, net wahr?«

»Na, wart's mal ab!«, polterte Franz, nachdem er die ganze Maß in einem einzigen Zug geleert hatte. »Ich komm schon zu meinem Recht!«

Die anderen prosteten Franz zu.

In diesem Augenblick trafen Hansi und Regina mit dem Wagen auf dem Parkplatz ein. Das war für die Schandmäuler, die der Franz am Stammtisch um sich geschart hatte, natürlich ein gefundenes Fressen.

»Oha«, ließ sich der Vinzenz vernehmen. »Da kommt ja der neue Chef vom Branderhof, oder würdet ihr mir net zustimmen?«

Die Männer grinsten. »Klar, das sieht doch ein Blinder, dass da was neu auflodert zwischen den beiden!«, glaubte auch der Peter. »Ich hab's ja immer gesagt, die Regina kommt einfach net vom Hansi los. Und so isses ja jetzt auch wohl gekommen!«

»Warten wir ab, was weiter mit dem Hans und der Frau Doktor geschieht«, grinste Franz.

Die beiden kamen zum Gasthaus.

Karl-Friedrich bemerkte Regina und ihren Begleiter sofort. Aber er schien nicht mit ihr sprechen zu wollen. Jedenfalls verbarg er sich augenblicklich hinter seiner Zeitung.

Regina und Hansi kamen am Stammtisch vorbei.

»Griaßt euch!«, sagte Regina, an die Anwesenden gerichtet. Ihr wurde dafür kurz zugeprostet.

Die Männer erwiderten etwas launig den Gruß.

»Grüß Gott, Frau Doktor«, sprach der Vinzenz sie daraufhin mit betonter Freundlichkeit an. »Na, wie schaut's denn aus? Krieg ich auch mal einen Untersuchungstermin bei dir?«

Die Stammtischbesucher brüllten vor Lachen.

Nur der Brunner-Wirt hinter seiner Theke schaute etwas verkniffen drein.

»Was fehlt dir denn?«, fragte Regina ziemlich spitz. Sie überwand ihre Schüchternheit, warf kokett die Haare in den Nacken.

Vinzenz lachte anzüglich und auf eine Weise, die

sowohl Hansi als auch der Tochter des Bürgermeisters zutiefst missfiel.

»Ja, ich weiß nicht«, sagte Vinzenz, wobei er Regina mit einem abschätzigen Blick betrachtete. »Es juckt mich manchmal zwischen den Haxen, wenn ich dich sehe.«

»Aha«, erwiderte Regina genervt.

Vinzenz hob die Augenbrauen. »Was könnt das denn wohl sein?«

»Probier's doch mal mit Waschen! Wie wär das denn?«

Die anderen am Tisch lachten herzhaft. Regina wandte sich derweil um und ging.

»Auf den Mund gefallen ist sie net!«, meinte Franz Sandgruber schließlich anerkennend und nahm daraufhin erst einmal einen tiefen Schluck.

»Aber es wird Zeit, dass der mal wieder einer zeigt, wo der Bartl den Most holt!«, meinte Vinzenz.

Wieder brandete Gelächter in der Gruppe am Stammtisch auf. Doch nun trat Hansi an den Tisch. Das Gelächter verstummte augenblicklich. Brunner, der etwas abseits stand, beobachtete das Geschehen mit gemischten Gefühlen. Er hatte als Wirt einen sechsten Sinn für heraufdämmernde Wirtshausstreitereien und so etwas konnte er jetzt nun wirklich am wenigsten gebrauchen! Gerade zu Wahlkampfzeiten. Er wagte sich die Schlagzeilen in der örtlichen Zeitung gar nicht erst vorzustellen. Für die Opposition wäre das natürlich ein gefundenes Fressen. Wie konnte jemand, der schon sein Wirtshaus nicht im Griff hatte, ein ganzes Dorf nach vorne und Schönbichl den Fortschritt bringen?

Hansi verschränkte die Arme und sagte: »Ich will mich ja nicht in eure geistreiche Diskussion einmischen. Aber was Regina in ihrem Job leistet, Vinzenz, dagegen ist so einer mit einem Spatzenhirn wie du das reinste Waschweib!«

»Oha, habt's den gehört?«, rief Vinzenz empört.

Einer der anderen stand auf, aber Hansi drückte ihn zurück auf den Stuhl.

»Bleib du sitzen.«

Dem Vinzenz wurde es nun zu bunt. Was bildete sich Hansi Sandgruber eigentlich ein, hier in dieser unverschämten Art und Weise aufzutreten?

»Da spielt sich wohl einer als Gentleman auf, was?«, rief er spöttisch. »Möchtest du dich vielleicht auch noch duellieren wegen der Frau Doktor?«

Vinzenz erhob sich mit geballten Fäusten.

Aber bevor aus dem Streit eine handfeste Auseinandersetzung werden konnte, packte Franz ihn am Schlafittchen und riss ihn zurück auf den Stuhl.

»Greif meinen Bruder net an, hast g'hört?«

»Ja, was soll denn das?«

»Sonst kriegst es mit mir zu tun!«

Hansi fuhr dazwischen. »Danke, aber ich weiß mir selbst zu helfen«, wandte er sich entschieden an Franz.

Die beiden Sandgruber-Söhne wechselten einen längeren Blick miteinander.

»Wirklich?«, fragte Franz mit leisem Spott in der Stimme.

»Worauf du dich verlassen kannst!«

»Na, dann ist ja alles bestens, Hansi, oder?«

* * *

Regina setzte sich an einen der freien Tische im Gasthaus Brunner. Draußen, am Stammtisch auf der Terrasse, lachten Franz und seine Freunde wieder über irgendeinen ihrer faden Witze.

Aber das war es nicht, was Regina im Moment so traurig machte. In sich zusammengesunken saß sie da, als sich ihre Mutter zu ihr gesellte.

»Was hast du denn, Regina?«, fragte sie.

»Ah, das ist nicht so wichtig.«

»Doch, wenn du ein Gesicht wie drei Tage Regenwetter machst, dann ist das schon etwas Ernstes«, widersprach Frau Brunner.

Ihr Mann trat jetzt ebenfalls hinzu.

Auch sein Gesicht wirkte sehr ernst.

»Also, Regina, ich möchte mich ja ungern in deine Privatangelegenheiten einmischen, aber dass du damit mich und meine ganze Familie lächerlich machst ...«

»Womit bitteschön mache ich euch denn lächerlich?«,

fragte Regina etwas harscher zurück, als sie beabsichtigt hatte.

»Immerhin hat dich der Hansi schon einmal sitzen lassen.«

»Geh, Vater, jetzt brauchst doch net die Vergangenheit aufrühren!«, wehrte Regina ab.

»Und dass er nächstes Jahr heiratet, das hast wohl ganz vergessen«, hielt Gernot Brunner seiner Tochter entgegen.

»Na, das net, aber …«

»Verdrängt hast es wahrscheinlich. So schaut das jedenfalls für mich aus.«

Irgendein Gast rief unterdessen nach der Bedienung. »Herr Wirt, ich habe einen Durst!«, rief er und hielt seine leere Maß empor.

»Ja, einen Moment«, sagte der Brunner.

»Aber dass der Moment net zu lang dauert, sonst bin ich verdurstet!«

Brunner seufzte.

»Danke für deine Belehrungen, Vater. Aber du irrst dich. Ich will nichts mehr von Hansi wissen«, sagte Regina.

Der Bürgermeister bedachte seine Tochter mit einem skeptischen Blick. Er traute dem Braten nicht. Als der ungeduldige Gast sich daraufhin noch einmal zu Wort meldete, drehte er sich um und ging zu ihm. »Ja doch, ich bin schließlich kein Rennpferd!«, murmelte er.

Der Gast war offensichtlich ein Auswärtiger, denn in Schönbichl kannte Brunner seine Wähler allesamt von Angesicht. Und so war es zumindest politisch vertretbar, wenn er den durstigen Zecher ein paar Augenblicke länger auf sein Bier warten ließ.

»Das trifft sich dann ja ausgezeichnet, dass der Karl-Friedrich schon da ist«, sagte derweil Frau Brunner.

Regina reagierte überrascht.

»Karl-Friedrich?«

»Ja, hast ihn denn noch nicht gesehen?«

»Nein.«

»Er sitzt draußen.«

Regina erhob sich, trat ans Fenster und bemerkte den Gestütsbesitzer an einem der Tische, die der Brunner-Wirt im Freien aufgestellt hatte.

»Der kommt mir gerade recht«, stieß die junge Tierärztin hervor.

* * *

Alles hatte in der Nachbargemeinde Kirchberg auf den Blumenkorso zu gefiebert und nun war es endlich so weit. Der Ort hatte sich so herausgeputzt, dass man in Schönbichl schon regelrecht neidisch darauf werden konnte.

Unter dem begeisterten Applaus zahlreicher Zuschauer marschierte eine Musikkapelle über den Festplatz. Im Anschluss daran bahnte sich die Kolonne mit den wunderschönen Blumenexponaten ihren Weg durch den Ortskern. Es ging im Schritttempo voran, sodass das Publikum sich die Exponate ausführlich und in Ruhe anschauen konnte

Ein Moderator trat auf einer blumenumkränzten Bühne auf. »Ganz herzlich möchte ich mich bei den Mitgliedern des Trachtenvereins Kirchberg bedanken, meine Damen und Herren«, sagte der Moderator in sein Mikrofon hinein. »Ich bitte um einen Applaus für die Trachtenvereinsjugend, die heuer das Blumenstreuen übernommen hat!«

Beifall brandete auf.

Auch die einzelnen Wagen mit den Blumenexponaten wurden jeweils benannt und mit reichlich Beifall bedacht. Schließlich steckte hinter all der farbenfrohen Pracht sehr viel Arbeit.

Besonders viel Beifall bekam der Wagen des Wildparks Schönbichl, den der herrliche Steinbock aus Blumen zierte. Hansi, Katharina und Sonja winkten den Leuten freundlich zu. Natürlich waren sie alle in traditioneller Tracht gekleidet. Paul und Ernstl waren auch mit auf dem Wagen und präsentierten ein Blumengesteck in Form eines Steinadlers.

»Und nun kommt der Hansi Sandgruber mit seinem Steinbock«, kommentierte der Moderator. »Der Hansi vom Wildpark Schönbichl verdient einen herzlichen

Applaus, meine Damen und Herren! Ein wunderbares Bild gibt das ab ...«

Hansi winkte der Menge freundlich zu.

Plötzlich versteinerte sein Blick und ein Stich fuhr ihm förmlich ins Herz. Er bemerkte Regina Brunner zusammen mit einem gepflegt wirkenden Mann im grauen Anzug, bei dem es sich um niemand anderen als den Gestütsbesitzer Karl Friedrich Blankenberg handelte. Die beiden fuhren in einem Pferdegespann.

Geh, Hansi, werd net narrisch!, meldete sich eine kritische Stimme in seinem Hinterkopf. Hätt'st das Madl halt net so vor den Kopf stoßen sollen! Aber was beklagst du dich – du hast doch eh anders geplant.

* * *

Später gab es dann die im Rahmen des Kirchberger Blumenkorsos stattfindende Siegerehrung. Eine Jury prämierte die schönsten Exponate. Jetzt wurde erst einmal eine Vorauswahl getroffen.

Auch der Blumensteinbock des Wildparks Schönbichl war dabei. Katharina und Sonja freuten sich sehr und auch die beiden Gehilfen Paul und Ernstl waren ganz aus dem Häuschen.

Nur der Hansi wirkte sehr nachdenklich. Sein Jubel blieb eher verhalten.

Der Moderator wandte sich an die begeisterten Zuschauer. Im Hintergrund hatte die strenge Jury über die Vergabe der Preise entschieden, was ihr in diesem Jahr besonders schwergefallen war, denn die Konkurrenz war sehr groß gewesen.

»Und nun, meine Damen und Herren, Freunde und Teilnehmer«, nahm der Moderator den lockeren Plauderton wieder auf, in dem er durch die Veranstaltung führte, »und nun kommen wir zum Höhepunkt des heutigen Kirchberger Blumenkorsos. Die Jury hat es sich selbstverständlich nicht leicht gemacht und die vorhandenen Exponate unter strengen Qualitätskriterien beurteilt. Und nun möchte ich Ihnen den heutigen Sieger präsentieren. Das Votum unserer Jury war in diesem Punkt von, ich muss schon sagen, sehr seltener Einmütigkeit. Sie hat den verdienten Sieger erkoren, und das ist …«, die Stimme des Moderators drohte sich fast zu überschlagen,»…das ist der Blumensteinbock der Familie Sandgruber vom Wildpark Schönbichl!«

Jubel und Beifall brandeten auf.

Katharina forderte Hansi auf, den Pokal entgegenzunehmen.

»Hansi! Du bist dran!«, stieß sie ihren Bruder in die Rippen.

Aber der Hansi wollte nicht. Er schien im Moment dafür einfach nicht in der Stimmung zu sein. »Nein, geh du für mich«, sagte er an Katharina gewandt.

»Ach, geh! Das ist doch net dein Ernst!«

»Doch, doch ...«

Der Moderator blickte sich bereits suchend um. »Kommt denn kein Vertreter des Wildparks hier zu mir her?«

Sonja hüpfte von der Zugmaschine, die den Wagen des Wildparks durch Kirchberg gezogen hatte, und ging zum Moderator.

»Ja, wer bist denn du?«

»Die Sonja Sandgruber bin ich.«

»Ja, die Sonja ist jetzt hier bei mir. Liebe Sonja, das war Spitze von euch. Hast mich g'hört?«

»Ja.«

»Ich gratuliere dir und deiner ganzen Familie zum Siegerpreis mit deinem Steinbockl vom diesjährigen Blumenkorso in Kirchberg!«

Ein Jurymitglied stand auf. Es war ein beleibter Herr mit grauen Haaren und freundlichem Gesicht, dessen Trachtenweste gewiss eine Sonderanfertigung war. Er überreichte der strahlenden Sonja den Siegerpokal.

Erneut kam Beifall auf, als Sonja den Pokal emporreckte und schließlich von der Bühne ging.

»Habe ich das gut gemacht, Mama?«, fragte sie, als sie bei den anderen Sandgrubers anlangte.

»Ja, sicher hast du das«, erwiderte Katharina.

»Und was meinst du, Hansi?«

»Ich?«, fragte Hansi, während ein Ruck seinen Körper durchfuhr. Er hatte offensichtlich an etwas ganz anderes gedacht.

»Was ist los?«, fragte Sonja. »Träumst du?«

Hansi lächelte verhalten.

»Ja, so kann man das auch nennen.«

»Dein Onkel ist im Moment ein bisserl grüblerisch gestimmt«, lautete Katharinas Kommentar. Und damit traf sie den Nagel auf den Kopf.

* * *

Später spielte eine zünftige Musikgruppe zum Tanz auf. Alle waren in bester Stimmung und das Bier floss in Strömen. Auf der Tanzfläche drehten sich die Paare im Kreis.

Katharina tanzte mit Ernstl.

Dabei beobachtete sie, wie Hansi nachdenklich abseits stand und fast wie ein Fremdkörper in all dem Trubel wirkte.

»Ernstl, ich muss einmal zum Hansi und schauen, was mit ihm ist«, sagte Katharina und löste sich von ihrem Tanzpartner.

Wenig später hatte sie ihren Bruder erreicht.

»Geh, Hansi, welche Laus ist dir denn über die Leber gelaufen?«, fragte sie.

»Gar keine«, erwiderte er.

»Dann wird's aber Zeit, dass du mich zum Tanz auf-forderst, findest du nicht?«

Katharina wartete Hansis Antwort gar nicht ab. Sie zog ihn einfach mit sich auf die Tanzfläche. Mit ihrem Temperament ließ sie ihm gar keine andere Wahl, als sich schließlich auch am Tanz zu freuen und mitzu-machen. Der eingängige Rhythmus der Musik tat ein Übriges.

Dann fischte Ernstl allerdings dem Hansi die Katha-rina weg und bei der nächsten Drehung hatte er plötz-lich Regina im Arm.

Sie sahen sich an und es dauerte eine Weile, bis sie schließlich das Schweigen brachen.

»Ich gratuliere dir zum ersten Preis, Hansi«, sagte sie.

»Ich gratuliere dir«, erwiderte Hansi mit einem etwas galligen Unterton. Reginas Stirn umwölkte sich leicht.

»Wozu, wenn ich fragen darf?«

»Na ja, so schlecht sieht der nicht aus, mit dem ich dich vorhin gesehen hab.«

Regina lachte. »Ha! Außerdem besitzt er ein wunder-bares Gestüt in Deutschland.«

»Das trifft sich ja wirklich hervorragend für dich!«

»Er hat einen Traumbesitz am Meer.«

Hansi hob die Augenbrauen. »Ah, ja?«

Regina riss den Hansi richtig mit und Hansi ließ sich darauf ein. Zumindest auf dem Tanzboden harmonierten die beiden so hervorragend miteinander, dass dies auch den anderen Tänzern nicht verborgen blieb. Mehr und mehr Leute schauten ihnen zu und vergaßen dabei, selbst zu tanzen.

Schließlich war das Lied zu Ende und die beiden ernteten von allen einen tosenden Applaus.

Ja, so hatte man an diesem Tag noch keinen tanzen sehen!

Als Hansi und Regina die Tanzfläche verließen, wartete dort bereits der Gestütsbesitzer, in dessen Begleitung Hansi Regina zuvor gesehen hatte.

»Bravo!«, sagte dieser, wiederholte diesen Ausruf noch dreimal, während er begeistert in die Hände klatschte. »Ein toller Hüftschwung! Da erkennt man gleich die Geschmeidigkeit des ehemaligen Skistars!«

Regina stellte sie einander vor.

»Karl Friedrich Blankenburg – Hansi Sandgruber!«

Blankenburg schüttelte Hansi die Hand. Er hatte einen Griff wie ein Schraubstock. Damit wollte er wohl gleich jedem zeigen, wer der Platzhirsch war. Sein Lächeln hatte etwas Raubtierhaftes. Seine Zähne blitzten weiß. »Freut mich«, sagte er.

»Mich ebenfalls«, erwiderte Hansi mit deutlicher Zurückhaltung.

»Darf ich Sie auf ein Glas Wein einladen? Ich möchte Sie gerne näher kennenlernen …«

»Also ehrlich gesagt …«

»Und ich hätte natürlich gerne ein Autogramm vom großen Kufengott Hansi Sandgruber. Meine Mutter sammelt eifrig Autogramme, und wenn ich ihr erzähle, dass ich Ihnen die Hand geschüttelt habe, aber ohne Autogramm nach Hause komme, dann kann ich aber was erleben!«

Hansi suchte nach einer mehr oder weniger eleganten Möglichkeit, den Kontakt erst einmal abzubrechen. Er hatte nun wirklich andere Sorgen, als sich mit jemandem wie Karl-Friedrich Blankenburg an einen Tisch zu setzen.

»Das ist ja ganz nett, aber ich glaube, die Zeit ist vorbei, wo man mich gekannt hat«, sagte Hansi.

»Aber ich bitte Sie, Hansi – wenn ich Sie so nennen darf. Das stimmt doch nicht!«

Hansi wandte sich nun endgültig ab. Er hielt es in Blankenburgs Gegenwart einfach nicht mehr aus.

»Entschuldigen Sie mich bitte, aber ich muss jetzt tanzen!«

»Aber das können Sie doch gleich noch! So warten Sie doch!«

Hansi hatte sich bereits einige Schritte entfernt, als Karl Friedrich Blankenburg eine Autogrammkarte und einen Kugelschreiber hervorkramte, ihm nacheilte und Hansi beides unter die Nase hielt.

»Ich habe hier zufällig etwas in Reginas Zimmer gefunden, wenn Sie das bitte unterschreiben würden …«

»Das ist ja ein ganz altes Foto!«, erwiderte Hansi.

»Ja und?«

Hansi gab schließlich nach, was blieb ihm auch anderes übrig. »Und für wen soll ich schreiben?«, fragte er. Erinnerungen an die alten Zeiten kamen derweil in ihm auf, als manchmal Hunderte von Autogrammjägern sich den Namen HANSI SANDGRUBER auf Autogrammkarten und Gipsbeine hatten kritzeln lassen. Lange, lange war es her. Und nicht alles war seitdem für Hansi so gelaufen, wie er es sich gewünscht hatte.

Blankenburg machte einen Buckel, damit Hansi unterschreiben konnte. Während Hansi mit gewohntem Schwung sein Autogramm gab, beobachtete ihn Regina. Sie wechselten einen längeren Blick.

Schließlich gab Hansi Blankenburg die Karte zurück.

»Bitte schön!«, sagte er.

»Danke«, erwiderte Blankenburg. »Darüber wird sich meine Mutter bestimmt sehr freuen.«

»Grüßen Sie die Dame schön von mir …«

»Das werde ich ihr auf jeden Fall ausrichten. Wenn ich jetzt noch ein Foto von Ihnen haben könnte …«

Hansi wirkte inzwischen sichtlich genervt. Er musste sich Mühe geben, die Fassung zu wahren. »Wenn es unbedingt sein muss!«

»Muss sein. Am besten mit dem Steinbock als Hintergrundmotiv. Wenn Sie mal eben die Freundlichkeit hätten, sich davorzustellen, Hansi!«

Hansi gehorchte widerwillig und stellte sich vor das prämierte Exponat.

»Ist es so recht?«

»Alles bestens«, nickte Blankenburg.

Hansi schnappte nach Regina und zog sie neben sich. Blankenburg schaute durch den Sucher seiner Kamera und gab ein paar Anweisungen.

»Etwas näher zusammen und etwas freundlicher, wenn's geht!«

Hansi und Regina wirkten etwas verunsichert, bemühten sich aber um einen hinreichend freudigen und damit fototauglichen Gesichtsausdruck. Blankenburg drückte auf den Auslöser seiner Kamera.

»Wunderbar!«, rief er. »Sie müssen uns unbedingt in Deutschland besuchen, Hansi! Wir würden uns sehr freuen, nicht wahr, Regina?«

Sie nickte verhalten und wich seinem fragenden Blick aus. »Ja, wir würden uns freuen«, behauptete sie.

»Und jetzt wollen wir Sie nicht länger aufhalten, Hansi«, kündigte Blankenburg an.

»Danke für den Tanz, Hansi«, wandte sich Regina abschließend noch einmal an ihn.

* * *

Die Axt sauste zum wiederholten Mal nieder und spaltete das Holz. Die Scheite flogen förmlich zur Seite, so groß war die Wucht, mit der das Metall durch die Fasern getrieben wurde.

Hansi reagierte sich neben dem Stall auf dem Branderhof mit Holzhacken ab, um wieder zu Sinnen zu kommen. Dieses Mittel hatte sich bei ihm schon früher ausgezeichnet bewährt.

Aber schließlich warf Hansi das Beil wütend auf den Boden.

»Fühlst dich jetzt besser, Hansi?«, hörte er Katharinas Stimme.

Hansi seufzte hörbar, so als würde eine zentnerschwere Last auf seinem Herzen ruhen und sich nicht abschütteln lassen, so sehr er sich auch darum bemühen mochte.

Katharina näherte sich.

»Regina hat dich offenbar an einem wunden Punkt getroffen«, sagte sie, als sie neben ihrem Bruder stand. Sie kannte ihn nur allzu gut, um einschätzen zu können, ob ihm etwas unter den Nägeln brannte.

Er nickte.

»Ja, du hast recht«, gestand er ein. »Und dabei kann ich ihr noch nicht einmal richtig böse sein.« Er strich sich mit der Hand durchs Haar und fuhr schließlich fort: »Ich meine, der Typ passt doch wirklich nicht zu ihr, oder?«

»Aha«, machte Katharina. »Zu wem passt sie denn sonst?«

Hansi lächelte verhalten. Natürlich begriff er sofort, dass Katharina ihn damit meinte.

Ihm lag eine Erwiderung auf der Zunge, aber er sagte schließlich doch nichts.

»Für ihre Eltern ist Karl-Friedrich Blankenberg jedenfalls schon seit Jahren so etwas wie die Traumpartie!«

»So?«

Katharina nickte. »Ein Rechtsanwalt im besten Alter, kommt aus gutem Haus, ist kultiviert ...«

»Ja, ja«, seufzte Hansi.

»Und er hat ein schönes Gestüt! Jetzt schaut er sich angeblich sogar schon nach einem schmucken Häuschen in Schönbichl um. Und ehrlich gesagt, ich kann die Regina gut verstehen. Aber bevor ich mich auf einen Kompromiss einlasse, bleib ich lieber allein.«

Hansi sah seine Schwester an. »Ja, ich weiß«, sagte er. »Der Kompromiss mit Sonjas Vater damals hat dir auch gelangt, stimmt's?«

»So ist es, Bruderherz«, lächelte sie. »Wie gewonnen, so dahingeschwommen.«

Eine tiefe Verbundenheit herrschte in diesem Augenblick zwischen den beiden Geschwistern, die sich auch in der Vergangenheit immer schon besonders nahe gestanden hatten.

In diesem Moment kam ein Mann in Anglerausrüstung um das Haupthaus. Hansi kannte ihn. Es war ein Dörfler, der überall als Edi bekannt war.

Hansi sah zu ihm hinüber.

»Edi, hast Forellen mitgebracht?«

Manchmal fuhr der Edi von Hof zu Hof, wenn er so viel gefangen hatte, dass er und seine Frau es gar nicht alles allein aufessen konnten.

Der Angler schüttelte den Kopf.

»Nein, gefangen habe ich heute nichts«, gestand er. »Aber ich habe einen Brief da drunten im Wildbach gefunden. Er war an die Böschung gespült worden.«

Er kam herbei und gab Hansi den Brief.

Hansi faltete das Papier auseinander und sah sich den Brief an. »Aha«, murmelte er und kratzte sich nachdenklich am Kinn.

»Geht's darin um den Unfall deines Vaters?«, fragte Edi. »Aber lesen kann man ja nix mehr.«

Der Brief war tatsächlich vollkommen unleserlich geworden, da er sich offenbar zu lange im Wasser befunden hatte.

Aber der Briefkopf war noch sehr deutlich zu identifizieren.

Er stammte vom Ingenieurbüro Perterer.

»Ja, lesen kann man nichts mehr davon. Aber es steht da immerhin ein Absender.« Er blickte auf. »Ich dank dir jedenfalls schön, Edi.«

»Nix für ungut«, gab Edi zurück. »Ich muss dann auch wieder.«

* * *

Auf dem Schreibtisch im Büro von Viktoria Perterer standen rote Rosen. Viktoria saß in ihrem ausladenden Sessel. Sie war in elegantes Schwarz gekleidet. Die grellen Farben des modernen Gemäldes, das hinter ihr fast die gesamte Wand bedeckte, bildeten dazu einen starken Kontrast.

»Dann sind wir uns ja einig!«, sagte sie, während sie sich nach vorn beugte.

Ihr Gast – niemand anderes als Franz Sandgruber junior – holte sein Feuerzeug hervor und zündete ihr einen Zigarillo an.

Er trug jetzt keinen traditionellen Janker, wie es sonst bei ihm üblich gewesen war, sondern einen modischen Anzug, den er sich extra gekauft hatte. Schließlich lag jetzt eine Zukunft als Geschäftsmann vor ihm.

Ein zufriedenes, breites Lächeln stand in seinem Gesicht. Und auch Viktoria lächelte. Ihre Bewegungen erinnerten an eine Katze.

Für den Franz war es ein Traum, dass er die Perterer so für sich eingenommen hatte. Zumindest glaubte er das.

Früher, da hatte auch Viktoria einmal eine Weile mehr als nur ein Auge auf den Hansi geworfen.

Damals, als er noch ein großer Skistar gewesen war, mit dem sich jeder gerne geschmückt hatte. Aber die Zeiten waren ja lange vorbei. Auch wenn er sich manchmal wohl noch immer einbildet, er wäre etwas Besonderes, der Depp!, dachte Franz. Dabei ist er selbst schuld, dass es damals zu einem so jähen Ende seiner Karriere kam …

Damals war Viktoria Perterer nicht an den Hansi herangekommen. Da waren einfach zu viele Madln gewesen, die sich um ihn gedrängt hatten. Und er? Er hatte seinerzeit nur Augen für Regina Brunner gehabt.

Aber zumindest die Perterer hat jetzt wohl eingesehen, wer von den Sandgruber-Söhnen eindeutig mehr auf dem Kasten hat. Der Hansi ist es jedenfalls net!, dachte Franz.

Das kalte Glitzern in Viktorias Augen hätte den Franz eigentlich warnen sollen. Sie war eine Frau, die in den Menschen ihrer Umgebung in erster Linie Werkzeuge sah, um ihre Ziele zu erreichen.

Dieser Narr!, dachte Viktoria. Dieser einfältige Narr! Aber das ist für mich ganz gut so …

Jemand klopfte an der Tür.

Schon dieses Klopfen machte deutlich, dass da jemand ziemlich ungeduldig und forsch war.

Viktorias Stirn umwölkte sich. Eigentlich hatte sie ihrer Sekretärin Manuela doch gesagt, dass sie auf keinen Fall gestört werden wollte. Sie seufzte. Es kann sich halt nicht durchsetzen, das Kind!, dachte sie. Aber das war eben der Unterschied zwischen Menschen wie Manuela und Franz junior und ihr selbst. Eine Viktoria Perterer, so glaubte sie, war dazu bestimmt, anderen zu sagen, wo es langging. Und ihre Visionen würden schon in Kürze das Leben vieler Menschen in Schönbichl völlig auf den Kopf stellen.

Es klopfte ein zweites Mal.

»Ja bitte?«, fragte Viktoria.

Die Tür ging auf und Hansi trat ein.

Manuela folgte ihm. »Tut mir leid, er wollte einfach nicht warten«, entschuldigte sich die Sekretärin dafür, dass sie Hansi offensichtlich nicht hatte aufhalten können.

Hansi sah seinen Bruder, verschränkte die Arme vor der Brust und nickte leicht. »Aha. Brüderchen und Architektin – wenn das nicht nach interessanten Geschäften riecht, dann weiß ich's auch net.«

Franz zuckte mit den Schultern. »Jetzt, wo ich mir eine neue Zukunft aufbauen muss, was soll ich denn machen?«

»Ah ja, ich versteh schon«, sagte Hansi.

Er wandte sich an Viktoria und Manuela nahm die roten Rosen zur Seite. »Kann ich mit dir unter vier Augen reden, Viktoria?«

»Natürlich«, erwiderte Viktoria mit einem leicht spöttisch wirkenden Gesichtsausdruck.

Sie wandte sich an Franz. »Wir hatten eigentlich alles besprochen«, sagte sie. »Ich ruf dich dann an.«

Franz nickte und warf Hansi einen triumphierenden Blick zu. »In Ordnung«, sagte er, dann verließ er den Raum, während hinter ihm die Tür ins Schloss fiel.

Viktoria wandte sich an Hansi.

»Was kann ich für dich tun?«

Hansi zog den Brief aus seiner Jacke und zeigte ihn Viktoria – jenen Brief, den der Angler im Bach gefunden hatte.

»Hier, den hat der Edi gefunden beim Angeln.«

Sie warf einen Blick darauf und machte ein gleichgültiges Gesicht. »Was soll das für ein Brief sein?«

»Du hast ihn meinem Vater geschickt und er hat sich dann so aufgeregt, dass er die Kontrolle über sein Fahrzeug verloren hat. Genau so war's.«

Viktorias Gesicht veränderte sich. Es wurde zu einer Maske. »Was, zum Teufel, willst du damit sagen?«

»Du weißt ganz genau, was ich damit meine«, erwiderte Hansi.

Viktoria atmete tief durch. »Ich verstehe, dass du verletzt bist, Hansi, aber das gibt dir noch lange nicht das Recht, derartige Andeutungen zu machen. Dieses Schreiben war ein gewöhnlicher Geschäftsbrief.«

Hansi lachte heiser auf. »In dem du meinen Vater aufgefordert hast, die ganze Restschuld auf einmal zurückzuzahlen – so etwas nennst du einen gewöhnlichen Geschäftsbrief?«

»Ja, das nenne ich so«, sagte Viktoria, »und im Übrigen war es nicht nur die Restschuld, sondern die Restschuld zuzüglich zwanzig Prozent Verzugszinsen, wenn du es genau wissen willst.«

»Dein Vater und mein Vater haben sich gut gekannt und ich sag dir eins, dein alter Herr würde sich im Grab umdrehen, wenn er das wüsste, Viktoria.«

»Tut mir leid, Hansi, aber jetzt ist es meine Angelegenheit und ich entscheide.«

»Ja, aber es geht auch um die Existenz meiner Familie«, entgegnete Hansi, »und jetzt will ich von dir klipp und klar wissen, was du vorhast. Legst du es darauf an, uns fertigzumachen, oder was soll das Ganze?«

Viktoria Perterer erhob sich von ihrem Platz. Sie umrundete den großen Schreibtisch und trat auf Hansi zu. »Ja, vielleicht hast du wirklich ein Recht, es zu erfahren. Ich werd's dir zeigen.«

»Zeigen? Wovon sprichst du?«

»Bitte schön. Wir nennen diesen Raum hier im Haus die Gruft. Dort gibt es ein Modell, das veranschaulichen könnte, was mir vorschwebt. Folge mir!«

* * *

Viktoria führte Hansi also in die sogenannte Gruft. Gedämpftes Licht herrschte hier. In der Mitte des Raumes befand sich ein detailgetreues Modell dessen, was Viktoria sich als Zukunftsvision für Schönbichl vorstellte.

»Das ist die Mountain Seaworld«, sagte sie. »Ein Projekt, wie es in der ganzen Gegend noch keins gegeben hat – ja wahrscheinlich sogar in ganz Österreich. Genau das habe ich auf eurem Grundstück vor.«

Sie betätigte die Fernbedienung, mit der sich die Überdachung zurückschieben ließ. »Ihr solltet euch eigentlich glücklich schätzen, dass es auf eurem Grundstück entstehen wird.«

Hansi runzelte die Stirn. Ihm gefiel überhaupt nicht, was er sah. »Ein nettes Spielzeug«, meinte er.

»Es ist kein Spielzeug, Hansi«, widersprach Viktoria vehement. »Das ist mein Lebenswerk.«

Hansi schüttelte entschieden den Kopf. »Damit du das alles verwirklichen kannst, musst du zuerst uns aus dem Weg räumen. Jetzt verstehe ich.«

Viktoria sorgte mit ihrer Fernbedienung dafür, dass eine Lampe eingeschaltet wurde. Sie bestrahlte das Modell eines kleinen Hofes. »Wir haben den Branderhof um fünfzig Meter hinterversetzt – das wird leider unumgänglich sein.«

Hansi konnte nur darüber lachen. »Jetzt wundert mich gar nichts mehr«, meinte er, »ich könnte mir jetzt übrigens auch gut vorstellen, dass du unseren Stall angezündet hast.«

Viktoria verdrehte die Augen. »Jetzt enttäuschst du mich aber wirklich, Hansi.«

»Ja, dann sag mir doch einmal, was ich davon halten soll!«

»Du beleidigst mich. Für so dumm kannst du mich doch nicht halten, dass ich imstande wäre, Feuer zu legen.«

Hansi machte eine wegwerfende Handbewegung. »Du tust mir leid, Viktoria. Aber eins versprech ich dir: Ich werde alles daransetzen, damit dir deine wahnwitzige Idee im Hals stecken bleibt.«

Sie trat etwas näher an ihn heran. Das gedämpfte Licht in der so genannten Gruft ließ ihre Züge etwas weicher erscheinen, als sie eigentlich waren.

»Aber Hansi, wenn der erste Ärger verraucht ist, dann können wir doch vielleicht vernünftig reden.«

»Vernünftig?!«, fuhr Hansi auf. »Wie soll denn so ein vernünftiges Gespräch deiner Meinung nach aussehen?«

Sie sah ihn an. »Wir wissen doch beide, dass ihr das Geld so schnell nicht auftreiben könnt. Wenn du also vernünftig bist, dann arbeitest du mit mir zusammen.«

Hansi konnte es nicht fassen. Das war wirklich der Gipfel der Unverschämtheit. Erst trug sie dazu bei, mit einem unverschämten Brief seinen Vater ins Grab zu bringen, dann versuchte sie alles daranzusetzen, den Hinterbliebenen den Boden unter den Füßen wegzuziehen. Und jetzt machte sie ihm dieses Angebot.

»Vielleicht als Eisverkäufer am Strand?«, fragte er spöttisch.

Ihre Stimme klang dunkel und rauchig. »Daran habe ich eigentlich nicht gedacht. Aber warum kommst du heute Abend nicht zu mir? Wir könnten etwas essen und vielleicht finden wir eine Lösung.«

Sie kam ihm jetzt so nahe, dass er ihr Parfum riechen konnte. »Eine Lösung, die für beide Seiten akzeptabel ist«, setzte sie noch hinzu.

Hansi musste sehr an sich halten. Einerseits lag ihm schon die eine oder andere passende Erwiderung auf der Zunge, aber andererseits wusste er, dass es im Moment vielleicht tatsächlich keine andere Möglichkeit gab, als sich mit Viktoria Perterer gutzustellen, um den Branderhof und den Wildpark zu retten.

Ich werd mir halt zumindest anhören müssen, was sie mir zu sagen hat, ging es ihm durch den Kopf.

»Ich weiß nicht, ob das wirklich eine gute Idee ist, wenn ich zu dir zum Essen komme«, sagte er. »Wir können das auch hier besprechen.«

»Nein, heute Abend«, beharrte sie auf ihrem Standpunkt. »Und zwar um acht, sei bitte pünktlich. Du wirst sehen, es wird selten so heiß gegessen wie gekocht, Hansi.«

* * *

Den ganzen Tag über überlegte Hansi, ob er die Einladung von Viktoria Perterer überhaupt annehmen sollte. Er besprach die Sache am Mittagstisch mit Onkel Gottfried, der ihm immer ein guter Ratgeber gewesen war.

Seine Schwester Katharina setzte sich auch dazu.

»Viktoria konnte dich doch schon immer gut leiden«, meinte Katharina. »Vielleicht erhofft sie sich ja noch irgendetwas anderes.«

»Nein, das glaube ich nicht«, meinte Hansi, »das kann ich mir jedenfalls nicht vorstellen. Dann hätte sie sich anders verhalten.«

»Ich kann mir alles Mögliche vorstellen«, erwiderte Katharina. »Glaub mir, ich hab das im Gefühl. So falsch liege ich in dieser Sache nicht.«

»Meinst wirklich? Na ja, aber der Hansi kann sich ja mal anhören, was sie zu sagen hat«, gab Gottfried zu bedenken.

»Vielleicht kann man ja wirklich bei einem Glasel Wein eine vernünftige Lösung finden, die alle Leute leben lässt.«

»Ja, aber was soll das denn für eine Lösung sein?«, meinte Hansi. »Ich hab's auf dem Modell gesehen: Der Branderhof soll fünfzig Meter weiter nach unten gelegt werden und ist dann Teil der gesamten Anlage.« Hansi schüttelte entschieden den Kopf.

* * *

Am Abend empfing Viktoria Hansi in der großen Villa, die einst ihrem Vater gehört hatte.

Hansi konnte sich noch gut daran erinnern, des Öfteren mit dem Vater beim Architekten Perterer zu Gast gewesen zu sein. Ein kleiner Bub war er da noch gewesen und seitdem kannte er auch Viktoria. Schon damals hatte sie einen ziemlich affektierten Eindruck auf ihn gemacht.

An diesem Abend aßen sie an einer festlich gedeckten Tafel bei Kerzenlicht und Champagner. Durch die Glasfront der Villa hatte man einen phantastischen Ausblick auf ganz Kitzbühel, das um diese Zeit einem glitzernden Lichtertraum glich. Viktoria trug ein atemberaubendes schwarzes, tief ausgeschnittenes Abendkleid und hatte sich stark geschminkt. Es entging Hansi natürlich nicht, wie sehr sich seine Gastgeberin aufgebrezelt hatte. Er blickte sich im Raum um und entdeckte einige wertvolle Antiquitäten. Alles war hier sehr luxuriös.

»Mir scheint, deine Geschäfte laufen ganz gut«, sagte Hansi.

»Danke, ich kann nicht klagen«, erwiderte Viktoria, »aber ich arbeite ja auch hart.«

Hansi nickte. »Hart ist ein guter Ausdruck. Ich kann mir vorstellen, dass du an der Misere der Bauern gut verdienst.«

»Ich möchte gleich zur Sache kommen«, sagte Viktoria, nicht weiter auf Hansis Bemerkung eingehend. »Ich könnte mir vorstellen, dass du eine leitende Position in meinem Projekt bekommst.«

»Es geht nicht um mich«, erwiderte Hansi.

»Ich habe auch an deine Familie gedacht«, erklärte Viktoria. »Wenn wir nämlich euer Bauernhaus in ein Luxushotel umbauen, gibt es Arbeit genug für alle, und ihr werdet Geld verdienen wie nie zuvor. Man muss mit der Zeit gehen, Hansi. Was hältst du davon?«

»Gar nichts halte ich davon. Deine Sorge um meine Familie rührt mich, aber für so einen Schwachsinn wird sich ein Sandgruber niemals hergeben.«

Das Essen war hervorragend und doch wollte es Hansi einfach nicht so recht schmecken. Immer wieder kam Viktoria auf ihr Projekt zu sprechen und wie gut sie sich vorstellen könnte, dass er darin eine entscheidende Rolle übernahm. Aber auf diesem Ohr war der ehemalige Skistar taub. Nie und nimmer wollte er sich dafür hergeben.

Es gab schließlich eine Grenze, die man besser nicht überschritt, eine Grenze des Anstands.

»Hansi, lass dir doch wenigstens noch mal alles durch den Kopf gehen«, sagte sie.

»Nein, das hab ich mir lange genug durch den Kopf gehen lassen. Das kommt nicht in Frage. Es bleibt alles, wie es ist. Wir versuchen den Wildpark und den Branderhof zu erhalten.«

»Aber das ist aussichtslos. Du wirst auf meine Bedingungen eingehen müssen«, erwiderte Viktoria.

Sie stand auf und ging hinter den Stuhl, auf dem Hansi saß. Dann strich sie sanft mit der Rechten über seine Schulter. Schließlich begann sie sie zu massieren. »Ich wusste, dass du es mir nicht leicht machen würdest, aber denke bitte daran, in was für einer aussichtslosen Lage ihr euch befindet. Und da sollte man pragmatische Lösungen bevorzugen, findest du nicht auch?«

Hansi ergriff ihre Hände und hielt sie fest, damit sie nicht weiter an ihm herumnesteln konnte.

»So aussichtslos, dass ich auf dein Angebot eingehe, kann es gar nicht sein.«

»Das sehe ich nicht so. Ich möchte dir einen Rat geben: Wenn du deinen Feind nicht besiegen kannst, mach ihn zu deinem Freund. Das sagt die japanische Kriegskunst.«

Hansi lächelte verhalten. »Würde es dir genügen, wenn wir Freunde sind?«

Viktoria legte ihre Arme diesmal von vorn auf seine Schultern. »Wir könnten die Chefetage miteinander teilen und vielleicht noch einiges mehr.«

»Klingt interessant«, sagte Hansi, der sich zunehmend unwohler in seiner Haut fühlte.

Viktoria näherte sich noch mehr und erwartete wohl einen Kuss.

»Ich will dich, Hansi. Ich will dich, seit ich dich zum ersten Mal gesehen habe, und das ist, wie du weißt, schon sehr, sehr lange her.«

»Das ist mir nicht entgangen«, erwiderte Hansi, der sich nur darüber wundern konnte, wie sehr sich Viktorias Wesen in den letzten Minuten verändert zu haben schien. Auf einmal wirkte sie weich und unsicher. Von der harten, kompromisslosen Geschäftsfrau schien gar nichts geblieben zu sein.

Aber Hansi kannte sie gut genug, um zu wissen, dass das nichts weiter als Schauspielerei war.

Abermals näherte sie sich ihm und nun versuchte sie ihn zu küssen. Aber Hansi wandte sich ab. »Du kannst dir nicht alles kaufen, Viktoria.«

Viktoria griff nach seinen Händen, drückte sie und schmiegte ihre Wangen daran. »Ich will dich für immer. Ich würde dich beschenken, wie noch nie ein Mann von einer Frau beschenkt worden ist.«

»Das ist lieb von dir, aber lass uns lieber beim Abendessen bleiben«, erwiderte Hansi reserviert.

* * *

»Wir werden alles verlieren!«, sagte Irmgard voller Verzweiflung, als sie am nächsten Tag beim Frühstück saßen.

Gottfried und Katharina waren auch dabei und machten lange Gesichter. Die Lage schien tatsächlich hoffnungslos.

Die Ertragslage des Wildparks war gut, viel besser, als alle je zu hoffen gewagt hatten, aber eben nicht gut genug, um in so kurzer Zeit die gewaltige Summe aufbringen zu können, die Viktoria Perterer von ihnen verlangte. Alle möglichen Lösungsansätze waren Dutzende Male diskutiert worden, hin und her und her und hin – es half alles nichts: Die Gesetze der Mathematik waren nun einmal nicht zu hintergehen. Im Endeffekt fehlte eine für die Verhältnisse der Sandgruber astronomisch hohe Summe in der Kasse, und solange die nicht darin war, konnte es keine Rettung geben.

Hansi blickte auf einmal ganz verträumt drein. Seine Augen schienen nach innen zu blicken und seine Gedanken waren sehr weit weg. Die Vergangenheit kam wieder in ihm hoch, die Skirennen und schließlich der schwere Sturz, der seine Karriere beendet hatte. Hansi fiel das Gespräch mit Gottfried ein, in dem ihm sein Onkel vorgeschlagen hatte, am sogenannten Legenden-Rennen teilzunehmen, ein Vorschlag, den Hansi im ersten Moment brüsk abgelehnt hatte.

Aber vielleicht ist das gar keine schlechte Idee, ging es ihm plötzlich durch den Kopf, auch wenn er seine Chancen, den ersten Preis zu gewinnen, nicht gerade als überwältigend einschätzte. Zumindest waren sie nicht so groß, dass man darauf guten Gewissens das Schicksal des Hofes setzen konnte. Und wenn es nun aber doch keine andere Möglichkeit gab? Ein Ruck durchfuhr ihn.

»Gottfried, wie hoch war noch einmal das Preisgeld beim Legenden-Rennen?«

Alle am Tisch schauten Hansi überrascht an.

»200 000 Dollar«, gab Gottfried Auskunft, »und mit den Sponsorengeldern noch einiges mehr. Damit wären wir natürlich aus dem Schneider.«

Gottfrieds Gesicht hatte sich sogleich aufgehellt. »Hast es dir vielleicht doch noch einmal überlegt, Bub?«

»Na ja, wenn es keine andere Möglichkeit gibt.«

Irmgard schlug die Hände über dem Kopf zusammen.

»Nein, Hansi, du wirst doch nicht –!«

Auch seiner Mutter stand der damalige Sturz noch sehr lebhaft vor Augen, einschließlich der Monate, die ihr Sohn hinterher im Spital verbracht hatte. Dass sie daher nicht gerade begeistert von der Idee war, konnte

Hansi durchaus nachvollziehen, und auch er selbst hatte sich eigentlich vorgenommen, nie wieder auf den Brettern zu stehen, die für ihn einmal die Welt bedeutet hatten.

»Doch, Mama, ich versuch's noch mal.« Er wandte sich an Gottfried. »Trainierst du mich noch einmal, Gottfried?«

Ein breites Lächeln erschien auf Gottfrieds Gesicht.

Er hielt ihm die Hand hin und Hansi schlug ein.

»Natürlich mach ich das, was denkst du denn?«

»Ja, dann kann doch eigentlich nichts mehr schiefgehen, oder?«

»Aber bis dahin werden's noch ein paar schwere Monate.«

»Ja, wirst dich ganz schön schinden müssen, um wieder in Form zu kommen«, meinte Gottfried.

Auch Katharinas Gesicht hellte sich jetzt endlich etwas auf. Schließlich war das der erste Hoffnungsschimmer für den Hof seit langem.

* * *

Noch am selben Tag begann der Hansi mit dem Training, auch wenn das Legenden-Rennen natürlich erst im Winter stattfand.

Aber man musste frühzeitig anfangen, wenn man eine Chance haben wollte, das wusste Hansi nun wirklich aus eigener, mitunter auch leidvoller Erfahrung.

Es war fast wieder wie damals. Gottfried entwarf ein intensives Trainingsprogramm, um seinen Schützling in Form zu bringen. Mit der Stoppuhr stand er dabei, wenn Hansi Hänge hinauf- und hinunterlief. Und er kommandierte ihn auch bei Gymnastikübungen, die die Dehnung verbessern sollten. Neben dem Training im Freien ging Hansi auch ins Vitalcenter nach Kitzbühel, um gezielt bestimmte Muskelpartien wieder aufzubauen, die er in den letzten Jahren vernachlässigt hatte. Nach den ersten Tagen war Hansi so erschöpft, dass er wie ein Stein ins Bett fiel und traumlos schlief. Aber mit der Zeit verbesserte sich seine Kondition. Mit dem Mountainbike fuhr er über die Hänge rund um Schönbichl. Training im Freien, in dieser herrlichen Tiroler Alpenlandschaft, das war immer noch das, was er am meisten liebte, nicht die Plackerei im Vitalcenter.

Die Tage gingen ins Land und immer seltener fand er Zeit, um nach Wien zu seiner Pia zu fahren. Wenn er dann dort war, fühlte er sich auch nicht wirklich wohl. Die ganze Umgebung – seine Wohnung, das Lokal, die Stadt, mit anderen Worten: alles, was zu seinem alten Leben gehört hatte – erschien ihm mit einem Mal fremd. Und mit der Zeit war auch Pia ihm nicht mehr so vertraut, wie sie es ihm einmal gewesen war.

Es war ein schleichender Prozess der Entfremdung, der sich zwischen ihnen bemerkbar machte. Keiner von ihnen sprach es aus, aber dennoch war es unverkennbar: Es waren unterschiedliche Leben, die sie führten. Und immer drängender stellte sich für Hansi die Frage, wie diese beiden Leben je wieder wirklich zusammenfinden sollten. Für nächsten Mai hatten sie die Hochzeit anvisiert – ein Datum, das zusehends fraglicher wurde. Hinzu kam, dass der strikte Trainingsplan, den Gottfried für seinen Schützling entwickelt hatte, ihm noch weniger Zeit ließ, sich um Pia zu kümmern, als vorher schon.

Mit präziser Regelmäßigkeit machte Hansi seine Mountainbike-Tour an den Hängen oberhalb von Schönbichl und genoss dabei, sofern das Mountainbike-Training es erlaubte, den Ausblick. Jedes Mal kam er dabei an einem ganz bestimmten Platz vorbei. Dort stand ein Baum, in den vor langer Zeit einmal ein verliebtes Paar ein Herz mit zwei Buchstaben hineingeritzt hatte: H + R – Hansi und Regina.

Hansi wurde immer etwas melancholisch, wenn er es sah. Aber es zog ihn trotzdem – oder gerade deswegen? – immer wieder an diesen Ort. Er hätte selbst nicht so recht erklären können, warum. Träumte er vielleicht davon, Regina hier zu finden, so wie damals?

Er schalt sich einen Narren. Das war natürlich absurd.

Hansi setzte seine Trainingsstrecke fort, fuhr auf schmalen Wegen noch ein Stück die Hänge entlang und schließlich in einem großen Bogen zurück nach Schönbichl.

Tag für Tag absolvierte er diese Strecke.

Und dann begegnete er Regina tatsächlich einmal an jenem Ort.

Sie saß gegen den dicken Stamm des Baumes gelehnt da und blickte hinüber zum Wilden Kaiser. Hansi stieg von seinem Mountainbike und schob es die letzten Meter zu ihr hin. Sie lächelte ihm entgegen und schien überhaupt nicht überrascht zu sein.

»Hallo, Hansi«, sagte sie.

»Ja, hallo!« Er setzte sich zu ihr.

»Ich hab schon gehört, dass du wieder trainierst, Hansi.«

»Na ja, a bisserl.«

Aber das war wohl eher eine Untertreibung.

»Früher bist du ja auch hierhergekommen«, stellte Regina fest.

»Ja, ja«, musste er zugeben. »Unser Platzel, net wahr?«

»Hm«, nickte Regina und dabei sah sie ihn mit einer Mischung aus Verliebtheit und Melancholie an.

Hansi schaute auf das in die Rinde geschnitzte Herz mit den Initialen.

»Ich habe auf dich gewartet, Hansi, weil ich mich entschuldigen wollte.«

»Entschuldigen? Mei, wofür denn?«

»Na ja, ich hab dich beim Blumenkorso ein bisserl vor den Kopf gestoßen.«

Hansi schüttelte den Kopf. »Ach wo, das hast du überhaupt nicht.«

»Doch, doch. Hab ich schon. Wollte ich auch!«

Hansi schaute sie verwundert an. »So?« Dann lächelte er liebevoll. »So viel Bosheit hätte ich dir gar nicht zugetraut.«

»Ja, tut mir leid, aber weißt du, das hat mich so verletzt, was du gesagt hast: Ich soll nicht mit dem Feuer spielen.«

»Ja und?«

»Als ob ich spielen würde!« Sie lachte und er zog sie zu sich heran. Es war einfach eine instinktive Regung in ihm. Er legte den Arm um sie und drückte sie an sich.

»Ach du«, murmelte Regina. Ja, es war fast so wie früher.

»Weißt du, es ist gar nicht so leicht für mich, das jetzt zu sagen«, meinte Hansi. »Aber ich habe in meinem Leben nie wieder so viel für jemanden empfunden wie für dich damals. Und ich will, dass du das weißt.«

Regina seufzte. »Und trotzdem hast du Schluss gemacht.«

»Ja, ich weiß.«

»Du hast überhaupt keine Ahnung, wie schwer das damals für mich war«, sagte Regina.

Hansi nickte schuldbewusst. Doch, inzwischen wusste er es. Aber es war auch für ihn nicht leicht gewesen. »Als ich damals gestürzt bin, ist für mich eine Welt zusammengebrochen. Daheim Weltmeister zu werden, das war für mich immer schon ein Jugendtraum, und dann das. Dieser Sturz.«

»Ja, ich weiß, dass das schwer für dich war, Hansi.«

»Ich wollte weg von dort. Ich hab's nicht mehr ausgehalten. Das Gelächter der Leute. Die haben mich verspottet. Es war furchtbar.«

»Ja, Hansi. Aber die Brettl sind halt nicht alles.«

»Ja, heute weiß ich das auch. Ich war einfach zu jung, um zu verstehen, dass es im Leben viel wichtigere Sachen gibt.«

Hansi gab ihr einen Kuss auf die Wange. Sie wurde rot dabei.

»Ja, wir haben eine große Chance verpasst«, sagte Regina, »und morgen – morgen fahr ich nach Deutschland.«

Hansi schaute zur Seite. Zwischen ihnen war irgendwie alles schiefgelaufen, obwohl er mehr und mehr das Gefühl hatte, dass Regina eigentlich die Richtige für ihn gewesen wäre. Nur war es jetzt vermutlich zu spät dazu. Es gab Chancen, die sich einfach kein zweites Mal boten, wenn man sie einmal vertan hatte, und genau das war hier der Fall.

»Nach Deutschland«, murmelte er.

»Ja. Auf das Gestüt von Karl-Friedrich.«

»Hm. So ist das also.«

»Ich wünsche dir alles Gute, Hansi.«

Sie stand auf. Und er folgte ihrem Beispiel. Als sie dann den Weg ins Tal hinab-ging, sah er ihr lange nach, ehe er seine Mountainbike-Tour fortsetzte.

* * *

Von Tag zu Tag wurde das Training härter. Mit Skistöcken ließ Gottfried Hansi auf den Bergen umherlaufen und über Baumstämme springen. Zur Steigerung der Kondition wurden ausgedehnte Bergläufe absolviert. An den Kraftgeräten erhöhte Gottfried die Gewichte. Und der Trainer war sehr zufrieden mit seinem Schützling.

»Gut hast es gemacht«, meinte er immer, »wie ich sehe, hast du den rechten Biss.«

»Ja, das hoffe ich.«

»Das weiß ich«, sagte Gottfried.

Hansi seufzte. Es hing so viel an diesem Rennen; so viel mehr als an allen anderen Rennen, die er zuvor gelaufen war.

Dieser eine Tag, auf den er jetzt hinarbeitete, war so überaus wichtig.

Der Sommer ging dahin.

Das Training wurde immer mehr angezogen, dazu kam die viele Arbeit im Wildpark.

* * *

Drei Monate gingen ins Land, in denen Hansi jeden Tag hart trainierte. Inzwischen hatte der erste Schnee das Land um Schönbichl in eine weiße Prachtlandschaft verwandelt. Der Wildpark bot auch zu dieser Jahreszeit seine Attraktionen. Hirsche und Ziegen liefen durch eine winterliche Märchenlandschaft.

Und jeder, der das sah, konnte denken, dass hier ein Traum in Erfüllung gegangen war. Täglich kamen die Tiere zum Futterplatz, da sie jetzt kaum noch Nahrung auf dem hartgefrorenen Boden finden konnten.. Zumeist kümmerte sich der Ernstl um die Fütterung und der Paul saß dabei und spielte auf seiner Maultrommel. Vielen der Tiere war der Klang des Instruments so vertraut, dass sie sofort zum Paul liefen, wenn er darauf zu spielen begann.

Vor dem Branderhof baute Sonja einen großen Schneemann, wobei ihr rasch klar wurde, dass sie sich dabei etwas übernommen hatte. Die Schneekugeln wurden so groß, dass das Mädchen sie allein gar nicht mehr von der Stelle bewegen konnte. Doch auch da halfen Paul und Ernstl gerne aus.

Die Adlervorführungen waren nach wie vor ein großer Publikumserfolg, auch im Winter.

Für Hansi hatte unterdessen die heiße Trainingsphase vor dem Rennen begonnen. Endlich konnte er unter winterlichen Bedingungen trainieren, was eine ganz andere Qualität hatte als die Trockenübungen im Sommer.

Für Pia hatte er kaum noch Zeit und die winterlichen Straßenverhältnisse trugen ein Übriges dazu bei, dass seine Besuche in Wien immer seltener wurden.

Umgekehrt konnte sich auch Pia nicht dazu aufraffen, nach Schönbichl zu fahren, wozu ihr die Verpflichtungen in ›Pias Downhill‹ einen guten Vorwand lieferten.

»Du verbringst aber auch immer weniger Zeit mit mir!«, stellte Pia anklagend bei einem seiner wenigen Besuche fest, während sie Arm in Arm durch die Altstadt flanierten. Auch in Wien lag jetzt eine weiße Schicht auf den Dächern und ein kalter Wind blies durch die Gassen.

* * *

Eines Abends machte sich Hansi auf, um den Startbereich des Hahnenkamm-Rennens zu inspizieren. Lange Zeit hatte er das vor sich hergeschoben.

Zu tief saß noch das traumatische Erlebnis von damals, sein Sturz, das Karriere-Ende. Und all das war hier passiert.

Er stieg also den Hahnenkamm hinauf, wo sich die Abfahrtsstrecke befand, und erreichte schließlich das

Starthaus, in dem die Fahrer bei Wettkämpfen darauf warteten, dass sie an die Reihe kamen. Die Hütte war nicht abgeschlossen. Hansi trat ein und sah sich die Plakate mit den Skilegenden an, die an den Wänden hingen. Auch sein eigenes war darunter. So viele Gedanken gingen Hansi durch den Kopf, als er die Plakate anschaute – Gedanken daran, was hätte werden können, wenn er damals nicht gestürzt wäre, wenn er doch noch seinen Traum verwirklicht und Weltmeister geworden wäre. Aber Hansi wusste nur zu gut, dass es müßig war, darüber nachzudenken. Die Zeit ließ sich einfach nicht zurückdrehen, so sehr man sich das manchmal auch wünschte.

Tief vergrub Hansi die Hände in seinem Mantel. Es war eiskalt hier oben. Er erinnerte sich noch gut daran, wie es war, frierend im Skidress zu sitzen und darauf zu warten, dass man starten konnte.

Hinter ihm bewegte sich etwas. Er drehte sich um und Regina kam ihm entgegen. Sie musste in der hinteren Ecke des Starterhäuschens gesessen haben. Jedenfalls hatte Hansi sie nicht bemerkt.

»Hallo!«, sagte sie.

Überraschung und Freude hielten sich bei Hansi die Waage. »Regina! Ja sag einmal, was tust du denn hier? Ich hab gedacht, du bist in Deutschland!?«

Sie setzten sich an den Tisch, der in der Mitte des Starterhäuschens stand.

Regina lachte. »Ich bin hier auf Weihnachtsurlaub.«

»Das freut mich sehr.«

»Gut.«

Er seufzte. »Sag einmal, wieso hast denn nie angerufen?«

»Und wieso hast du nie angerufen, Hansi?« Sie lachten beide. Ihre Blicke begegneten sich.

Ja, dachte Hansi, es tut gut, in diese warmen Augen zu sehen.

»Drückst mir die Daumen beim Rennen?«, fragte Hansi.

»Du kannst im Moment kaum an etwas anderes denken, nicht wahr?«

»Allerdings.«

»Ja, sicher drück ich dir die Daumen«, beantwortete Regina seine Frage von vorhin. »Auch wenn ich dann schon wieder im Zug sitzen werde.«

»Aha. Wieder nach Deutschland?«, fragte Hansi. Er musste zugeben, dass ihm dieser Gedanke nicht gefiel, obwohl er es eigentlich absurd fand, sich darüber zu ärgern. Schließlich hatte er Regina doch damals davongejagt und angekündigt, im nächsten Jahr Pia zu heiraten.

»Hm, hm«, murmelte Regina, »nach Deutschland.«

»Dann muss es dir recht gut gehen da oben, du schaust nämlich blendend aus.«

»Danke«, sagte sie. »Es war sehr schön, was du im Sommer unter dem Baum gesagt hast. Weißt du, eigentlich bin ich ja nicht nur wegen Weihnachten hier, sondern auch, weil ich mit dir reden will.«

»Reden? Mit mir?«

»Ja.«

»Was tun wir denn hier?«

»So richtig ernsthaft, verstehst, was ich meine?«

»Ich glaub net so recht«, sagte Hansi.

»Schau, der Karl-Friedrich …«

Hansi wandte sich genervt ab. Musste sie ausgerechnet jetzt von diesem Karl Friedrich anfangen?!

»Der würde alles für mich tun«, sagte Regina, »aber wenn du willst, dann bleib ich hier.«

Im ersten Moment war Hansi viel zu perplex, um überhaupt irgendetwas darauf erwidern zu können. Ein dicker Kloß steckte ihm im Hals. Was sollte er tun? Einerseits spürte er schon, dass da wahre und tiefe Gefühle für Regina in ihm existierten. Andererseits – was war mit Pia? Schließlich hatte er ihr die Ehe versprochen und lebte ja nun auch schon jahrelang mit ihr zusammen. Es war ein richtiges Chaos, was da in seinem Herzen herrschte, aber das war im Grunde nichts Neues für ihn. Es wurde jetzt nur langsam Zeit, dass er sich endlich daranmachte, für Ordnung zu sorgen.

Regina fuhr fort: »Ja, ich habe in Deutschland wirklich alle Möglichkeiten und es ist auch sehr schön dort.

Aber irgendwie hab ich Angst, dass ich einen Fehler mache.«

Regina erhob sich und ging zum Fenster. Sie blickte nachdenklich hinaus in die Abenddämmerung.

»Einen Fehler?«, fragte Hansi.

Sie nickte. »Ich habe eigentlich das Gefühl, dass ich hierher gehöre, genauso wie du.«

»Ja, das kann ich gut verstehen«, sagte er.

Hansi stand auf und ging zu ihr.

Sie schauten beide durch das Fenster, das mit Eiskristallen belegt war. Draußen war der Mond im Begriff aufzugehen. Sein Licht wurde von den weiten Schneeflächen reflektiert.

»Vielleicht gehören wir beide ja zusammen«, sagte Regina.

Hansi schaute zum Himmel hinauf, wo bereits die ersten Sterne in der klaren Nacht glitzerten.

»Das weiß wahrscheinlich nur der da oben.«

»Hm, hm«, nickte Regina, »aber der sagt's uns nicht. Soll ich bleiben?«

Regina schaute Hansi erwartungsvoll an.

In diesem Augenblick klopfte es an der Tür. Der Bahnbedienstete Ferdl trat ein. »Entschuldigt's die Störung«, sagte er.

»Hast einen guten Moment ausgesucht, Ferdl. Wegen der Rennbahn, oder?«

»Ja, genau. Ich hab ja nix dagegen, dass du dich hier

ein bisserl umsiehst und dadurch einen kleinen Heimvorteil hast – aber wenn ich zu spät zu meiner Alten nach Hause komme, dann habe ich meinen Heimvorteil verspielt.«

»Passt schon«, sagte Hansi, »gib uns noch fünf Minuten.«

»Ja, ich seh schon«, sagte Ferdl, blickte von Regina zu Hansi und von Hansi wieder zu Regina. Er ging und schloss die Tür hinter sich. Hansi und Regina schauten durch das Fenster hinaus auf die schneebedeckte Winterlandschaft.

»Jetzt leuchten die Sterne noch heller«, sagte Regina.

»Eine Fußbodenheizung wär mir fast noch lieber jetzt.«

Regina sah ihn an. Sie wartete vergeblich auf seine Antwort und in ihr regte sich leiser Zorn. Sollte es so sein, dass er mich ein zweites Mal stehen lässt? Sollte sich alles wiederholen, was in der Vergangenheit bereits schiefgelaufen ist? Ich hatte gedacht, wir wären einen Schritt weiter, ging es ihr durch den Kopf.

»Ich habe dich etwas gefragt«, erinnerte Regina ihn.

»Regina, ich muss dich um Entschuldigung bitten«, sagte er. »Ich habe dich immer wahnsinnig gern getroffen, obwohl ich vergeben war. War ziemlich unfair von mir. Ganz egal, was ich für dich empfinde, ich muss zu dem Wort stehen, das ich der Pia gegeben habe. So bin ich einfach.«

Regina fiel es schwer, das mit anhören zu müssen. Sie schluckte und wandte den Kopf zur Seite.

»Ja klar, war idiotisch von mir, überhaupt anzunehmen, dass es anders sein könnte.«

»Ach, Regina ...«

»Wahrscheinlich liebst du mich nicht mehr.«

Hansi fasste sie zärtlich bei den Schultern. »Sag das nicht. Aber schau, mittlerweile habe ich die Pia auch lieb gewonnen.«

»Lieb gewonnen hab ich meinen Staubsauger auch. Das heißt, es ist endgültig aus zwischen uns?«

Hansi zögerte. Und schließlich nickte er. »Ich muss mich einfach der Gegenwart stellen«, sagte er. »Ich kann nicht vor ihr davonlaufen.«

»Ja, Hansi, das musst du. Aber vergiss nicht, dass ich dich mehr liebe als alles andere auf der Welt«, sagte Regina.

Sie ging zur Tür hinaus und Hansi sah ihr nachdenklich nach. Er wusste nicht, ob es richtig war, wie er sich entschieden hatte. Er wusste nur, dass alles in ihm in Aufruhr war, und er fragte sich, ob er nicht den gleichen Fehler, den er schon einmal gemacht hatte, wiederholte. Für einen Moment wollte er ihr nachlaufen und sie festhalten, ihr sagen, dass alles ein Irrtum war. Aber dieser Moment ging vorüber. Hansi blieb stehen, blickte zum Fenster hinaus und sah, wie Regina den Hang hinunterlief.

Einige Tage später spazierten Hansi und Katharina durch die abendlich beleuchtete Innenstadt von Kitzbühel. Die Buden des Weihnachtsmarktes hatten geöffnet. Der Geruch von Glühwein hing in der Luft und im Hintergrund spielten Weihnachtslieder. Inzwischen hatte Katharina ihrem Bruder gebeichtet, dass sie es gewesen war, die Regina gesagt hatte, dass sie den Hansi im Starterhäuschen am Hahnenkamm finden konnte.

»Ich hoffe, das war okay«, sagte Katharina.

»Ja, ja«, meinte Hansi, »das passt schon. Sag einmal, glaubst du, dass man sich in zwei Menschen gleichzeitig verlieben kann?«

Katharina sah ihn erstaunt an. »Nein, Hansi, ehrlich gesagt nicht.«

»Wirklich? Ich hatte halt so einen Gedanken.«

Katharina seufzte und sagte: »Ich weiß, wen du wirklich liebst.«

»Ah ja?« In diesem Augenblick läutete Hansis Handy und er meldete sich.

»Hallo? Ja, Schatzel!«

Am anderen Ende der Verbindung war Pias Stimme zu hören. Sie war ziemlich außer Atem und es stellte sich heraus, dass sie auf einem Fitnessrad trainierte.

»Schon nervös, großer Meister?«, fragte sie.

»Wieso denn?«, erwiderte Hansi, aber sie hatte natürlich recht. Selbstverständlich war er nervös in Anbetracht der Tatsache, was alles vom Ausgang dieses Rennens abhing.

Allerdings befürchtete Hansi, dass diese Nervosität nur noch schlimmer wurde, wenn er viel darüber nachdachte.

»So mag ich dich«, sagte sie, »cool und überlegen. Dich kann nix aus der Ruhe bringen, was?«

»Na ja, ganz so ist es nicht, Pia«, gab er zu.

»Du«, sagte sie, »ich überlege, ob ich nicht zum Rennen komme, als moralische Unterstützung sozusagen.«

Früher hätte er sich darüber gefreut, wenn Pia den Weg nach Schönbichl oder Kitzbühel gefunden hätte. Aber im Moment war das nicht der Fall. Irgendwie hatte Hansi das Gefühl, dass Pia nicht hierher passte.

So war seine Reaktion nicht allzu überschwänglich.

»Wenn dir das nicht zu viel Aufwand ist für die zwei Minuten, die ich den Berg hinunterjage.«

»Ich interessiere mich eher für zwei spannende Minuten vor dem Rennen«, sagte sie.

»Du Frechdachs du«, antwortete er, »aber ich kann mir nicht vorstellen, dass das gar so gut für meine Kondition wäre.«

»Ah ja, die Kondition«, sagte Pia, »war ja nur so eine Idee.«

»Ja, aber du kannst mir ganz anders die Daumen drücken, und zwar vor dem Fernseher«, schlug Hansi vor.

Denn er hatte irgendwie das Gefühl, dass es besser war, wenn sie nicht hierherkam. An diesem großen Tag wollte er mit den Gedanken vollkommen auf das Rennen konzentriert sein. Nur darauf kam es an. Schließlich hing die Existenz des Hofes davon ab. Aber wenn er dann auch noch darüber nachdenken musste, ob die Entscheidung für Pia und damit gegen Regina eigentlich richtig war und der Stimmung seines Herzens entsprach – nein, das konnte nicht gut gehen.

Er hörte Pia tief durchatmen. Sie hatte ihre Trainingsstrecke auf dem Heimtrainer offenbar hinter sich gebracht. Wenig später war sie wieder bei Atem. »Wahrscheinlich hast du recht«, sagte sie. »Aber wenn der ganze Wirbel vorbei ist, krieg ich meine zwei Minuten mindestens. Versprochen?«

»Ja«, sagte Hansi. »Du stehst auf meiner Liste ganz oben.«

»Oh, wie großzügig«, meinte Pia. »Ich freu mich schon auf dich, gell?«

»Servus.« Damit unterbrach er die Verbindung.

Pia stemmte unterdessen die Arme in die Hüften. Sie griff nach dem Koffer oben auf dem Schrank. »So leicht mach ich's dir nicht«, sagte sie. Schließlich hatte sie lange genug darauf gewartet, dass der Hansi ihr endlich einen Antrag machte, und jetzt, da es endlich geschehen war, sollte ihr alles wieder zwischen den Fingern zerrinnen? Nein, das konnte, das wollte sie nicht zulassen. Vielleicht hatte sie schon viel zu lange zugesehen, wie er ihr langsam, aber sicher entglitt. Rasch packte sie ein paar Sachen zusammen.

Die Entscheidung ist noch nicht gefallen, dachte sie.

* * *

Zur gleichen Zeit gingen in Kitzbühel Katharina und Hansi weiter über den Weihnachtsmarkt. Schließlich erreichten sie den Parkplatz. Katharina war mit ihrem eigenen Wagen dort.

»Weißt du was, Hansi?«

»Ne.«

»Ich bin froh, dass es zurzeit nur zwei Frauen in deinem Leben gibt. Bis später.«

»Füat di«, sagte Hansi.

Katharina ging davon. Nachdenklich lehnte Hansi sich gegen seinen Wagen. Es war wirklich dringend nötig, dass er in seine persönlichen Verhältnisse etwas Ordnung hineinbrachte.

Aber das war leichter gesagt als getan. Sollte er wirklich bei Pia bleiben, mit der er sich zusammen in Wien ein neues Leben aufgebaut hatte? Aber wie passte Pia in das Leben hinein, das er hier in den Bergen begonnen hatte?

Wahrscheinlich überhaupt nicht, dachte er. Genau das war der springende Punkt.

»Schön, dass ich dich noch sehe«, sagte plötzlich eine Stimme, die ihm wohlbekannt war. Hansi drehte sich herum.

Viktoria Perterer kam auf ihn zu. Sie trug einen vornehmen Pelzmantel. »Da kann ich dir zu deinem großen Auftritt ja nur alles Gute wünschen«, sagte sie.

»Ich danke dir«, erwiderte Hansi ziemlich reserviert. Er spürte ganz genau, dass Viktoria irgendetwas im Schilde führte, und es erschien ihm vollkommen ausgeschlossen, dass sie tatsächlich ohne irgendeine Berechnung Freundlichkeit zum Ausdruck brachte. Das allein war in seinen Augen schon ein Grund zum Misstrauen. Hansi schloss den Wagen auf und wollte sich ans Steuer setzen.

»Noch schnell ein Gläschen Champagner?«, hauchte Viktoria.

Hansi schüttelte den Kopf. »Aufgeben tust du auch nicht, was?«

»Irgendwie habe ich das Gefühl, dass zu meinem Angebot das letzte Wort noch nicht gesprochen ist. Wir hatten doch ein sehr gutes Gespräch und ich hatte auch das Gefühl, dass du zumindest begriffen hast, worum's geht.«

»Oh ja, das hab ich sehr wohl begriffen«, erwiderte Hansi. »Und was ansonsten dein Gefühl betrifft, weißt du: Dieses Gefühl täuscht dich wieder einmal!«

Viktoria seufzte. »Danke für die Blumen.«

Hansi setzte sich ans Steuer und dachte eigentlich, dass die Sache für heute ausgestanden wäre, doch bevor er die Tür zugemacht hatte, setzte sie noch einmal nach. Sie drehte sich um und fragte: »Hansi, willst du mich nicht wenigstens nach Hause bringen?«

Hansi stieg noch einmal aus. Er überlegte einen Moment, schaute sich um und sah dann einen Taxifahrer auf der anderen Straßenseite.

»He, Willi!«, rief er. »Die Dame braucht ein Taxi!«

Viktorias Gesicht wurde dunkelrot. »Jetzt bist du aber endgültig zu weit gegangen«, schimpfte sie.

Ziemlich erbost ging sie zum Taxi, dessen Fahrer ihr bereitwillig die Beifahrertür öffnete. Er zwinkerte Hansi zu. »Bitte sehr«, sagte er dann, an die Perterer gewandt. Doch nach einer Taxifahrt stand ihr offenbar nicht der Sinn.

Ohne dass sie den Taxifahrer weiter beachtete, ging sie an ihm vorbei und wählte dabei eine Nummer auf ihrem Handy. Schließlich nahm sie den Apparat ans Ohr.

»Ja, hier ist Viktoria. Ich muss dich dringend sprechen, Franz.«

* * *

Am Abend vor dem Wettkampf ließ sich Hansi von Gottfried noch einmal massieren. Die Muskeln mussten gelockert werden. Währenddessen lief der Fernseher. Die Medien waren zurzeit voll von Vorberichten über das große Legenden-Rennen. Und gerade wurde gezeigt, wie sich ein Heer von Journalisten um den amerikanischen Skistar Billy Johnson drängelte, der aus dem Eingang des Hotels »Zur Tenne« in Kitzbühel trat. Unter den Reportern herrschte ein wahres Hauen und Stechen um die besten Plätze, die Kamera wackelte und zumeist konnte man von Billy Johnson kaum etwas sehen.

»Schau mal, Gottfried, ist das nicht der Feiersänger?«, fragte Hansi.

»Natürlich, das isser.«

Jetzt endlich war Billy Johnson groß im Bild und der Redakteur Feiersänger von der örtlichen Zeitung hielt dem großen Star sein Diktiergerät entgegen.

»Der Feiersänger spricht aber ein grauenvolles Englisch«, stellte Hansi fest.

»Geh, Hansi, meins ist auch nicht besser«, erwiderte Gottfried.

Der Dialog zwischen Feiersänger und Johnson wurde übersetzt.

»Mister Johnson, wie fühlt es sich an, an den Ort Ihres größten Triumphs zurückzukehren?«, fragte der Reporter. Hansi sah sich das an und dachte natürlich an das Rennen von damals, als er so schwer gestürzt war. Seine Weltmeisterschaft hätte es werden sollen, aber triumphiert hatte am Ende Billy Johnson.

»Die tun geradezu so, als ob unser Rennen das Wichtigste überhaupt wäre, meine Güte«, meinte Hansi.

»Für uns isses das freilich auch«, stellte Gottfried fest. »Du weißt ja wohl, was auf dem Spiel steht.«

»Daran brauchst du mich nicht zu erinnern, Gottfried.«

Der Reporter im Fernsehen fragte unterdessen: »Und Sie denken, dass Sie diesen Hansi Sandgruber morgen schlagen können? Sie haben es ja schon einmal geschafft.« Johnson blickte in die Kamera und grinste.

»Who is Sandgruber?«, fragte er. Gelächter folgte aus der Umgebung des amerikanischen Skistars.

»Das ist ein gottverdammter Angeber«, sagte Gottfried. »Wenn du gewinnst, Hansi, bist du der Liebling der Nation, glaub mir.«

»Da wird der Johnson aber was dagegen haben.«

Im Interview gab Johnson sich zuversichtlich. »Ich denke, dass es ein schweres Rennen werden wird«, wurde er übersetzt.

Der Feiersänger bedankte sich artig für das Interview und dann stürmte eine Meute von Fans auf Billy Johnson zu, um ein Autogramm von ihm zu bekommen.

Gottfried klatschte dem Hansi auf den Rücken und sagte: »Fertig sind wir.«

Hansi setzte sich auf. Er atmete tief durch, schaltete den Fernseher ab und legte die Fernbedienung zur Seite.

»Ja, hoffen wir, dass es was wird morgen.«

»Wir haben alles getan, Hansi«, erwiderte Gottfried. »Was jetzt geschieht, ist Schicksal.«

* * *

In der Nacht vor dem Rennen konnte Hansi kaum schlafen. Jede Faser seines Nervensystems war bis aufs Äußerste angespannt, auch wenn er sich das äußerlich nicht anmerken ließ.

Damals vor dem Weltmeisterschaftslauf, den ich eigentlich hätt gewinnen müssen, war es fast genauso!, erinnerte er sich.

Tausendmal hatte er sich damals ausgemalt, wie es wäre, den Pokal in den Händen zu halten. Und dann hatte ein einziger unaufmerksamer Augenblick alles zerstört.

Aber das sollte ihm nicht ein zweites Mal passieren.

Draußen vor dem Haus sog Hansi die klare, kühle Bergluft ein, sah zum Sternenhimmel und sann noch eine Weile über dies und jenes nach, ehe er wieder ins Haus ging.

Dort legte er sich aufs Bett und las in der heutigen Zeitung. Sie war natürlich voll von Berichten über das bevorstehende Rennen. Die Chancen von Hansi Sandgruber und Billy Johnson wurden eingehend miteinander verglichen.

Und natürlich wurde auch auf das Duell von damals eingegangen. Auf den Sturz und dessen schlimme Folgen für Hansi, der seine Karriere daraufhin vorzeitig hatte beenden müssen. Hansi überblätterte diese Seiten einfach. Er wollte sich jetzt ganz auf die Gegenwart konzentrieren.

Es klopfte an der Tür.

»Herein!«, sagte Hansi.

Die Klinke wurde heruntergedrückt und seine Mutter trat ein. »Ich weiß, dass es schon spät ist, und ich will auch net groß stören«, sagte sie.

»Hoi, das ist aber nett«, sagte Hansi, dem diese Gesellschaft jetzt gar nicht so ungelegen kam. Wahrscheinlich war es besser, mit jemandem zu reden, als die ganze Zeit über nur zu grübeln. »Komm, setz dich her, Mutter!«

Irmgard Sandgruber setzte sich auf das Bett ihres Sohnes. Sie rieb die Hände und in ihrem Gesicht waren tiefe Sorgenfalten kaum zu übersehen.

Hansi spürte sofort, dass da etwas war, was der Mutter schwer auf der Seele lag.

Dafür hatte er ein besonderes Gespür.

»Was hast du denn?«, erkundigte er sich.

Sie schluckte, druckste herum und brachte schließlich heraus, was ihr wohl schon seit längerem auf den Nägeln brannte: »Hansi, fahr den Berg nicht mehr hinunter.«

Daher wehte also der Wind!, wurde dem Hansi schlagartig klar. Sie machte sich einfach nur Sorgen. Und das nicht einmal zu Unrecht, denn wie sein Sturz vor Jahren eindrucksvoll gezeigt hatte, war ein Skiabfahrtsrennen nicht ganz ungefährlich.

»Dieser Berg hat dir schon so viel Unglück gebracht!«, hielt sie ihm vor und vollführte dabei eine beschwörende Geste. »Ich könnte einen weiteren Sturz net verkraften, Hansi! Wirklich nicht!«

»Geh, Mama, davon kann doch gar keine Rede sein!«, widersprach Hansi sanft.

Doch seine Mutter schüttelte den Kopf. »Da gebe ich lieber den Hof auf!«

»Weißt, es geht nicht nur um den Hof, Mama«, versuchte Hansi ihr zu erklären. Er sprach mit sehr ernster Stimme. Er rutschte zu ihr hin und legte den Arm um sie. »Es geht auch um mich. Ich will mir und allen anderen beweisen, dass ich es noch kann. Das hat mit dem Hof gar nichts zu tun. Es war schon immer mein Traum, da oben auf dem Siegertreppchen zu stehen. Und jetzt, da sogar der Billy Johnson noch einmal antritt, ergibt sich für mich vielleicht die Gelegenheit, doch noch zu erreichen, was ich vor Jahren nicht erreicht hab!«

»Verstehen kann ich dich schon«, gab Irmgard zu. »Nur mach ich mir halt große Sorgen, Hansi. Ich habe noch gut vor Augen, wie es dich damals durch die Luft gewirbelt hat! Den Sturz überlebt der nimmer, habe ich damals gedacht.«

»Und? Ich bin immer noch putzmunter, wie du siehst. Und heuer bin ich viel vorsichtiger und nicht mehr so draufgängerisch veranlagt wie damals!«

»Wirklich?«

»Kannst es mir glauben.«

»Das sagst du doch nur, um mich zu beruhigen.«

Hansi schmunzelte. »Ja, vielleicht schon a bisserl …«

Irmgard atmete tief durch. »Ich wusste, dass es keinen Sinn hat, dir diese Sache wieder auszureden! Kannst mir glauben, dass ich schon mit dem Gottfried ordentlich geschimpft habe! Der hat dir den Schmarrn ja schließlich eingeredet!«

»Das ist kein Schmarrn!«, widersprach Hansi. »Am besten, du wünschst mir einfach Glück. Und der Rest, der ergibt sich schon von allein.«

* * *

Hansi und seine Mutter bekamen nichts von dem mit, was sich zur gleichen Zeit im Stall zutrug. Eine dunkle Gestalt in schwarzer Kleidung schlich in das nach dem Brand wieder aufgebaute Gebäude. Der Lichtkegel einer Taschenlampe fuhr suchend herum.

Und dann hatte der Einbrecher gefunden, was er suchte: die Skier mit der Aufschrift Hansi Sandgruber.

Drei Paar davon lehnten an der Wand.

Sie standen schon für den Wettkampf bereit.

Der Einbrecher aber hatte nur eins im Sinn: einen »ganz besonderen Akzent« für den morgigen Tag zu setzen!

Er nahm den ersten Ski, holte einen Schraubenzieher hervor und löste nacheinander die Schrauben der Bindung heraus. Dann klemmte er die Schrauben der Reihe nach in den Schraubstock, der sich im Stall befand. Mit einer Zange kürzte er sie um einiges.

Anschließend montierte er sie wieder an die Bindung und stellte die Skier genau dorthin zurück, wo sie gestanden hatten.

Mit den anderen Skiern verfuhr er der Reihe nach ebenso, bevor er schließlich wieder ins Freie schlich, die Taschenlampe ausschaltete und in der Dunkelheit verschwand.

* * *

Die Sonne ging gerade über den Bergen auf, als Hansi mit seinen Skiern auf dem Rücken bereits im Startbereich des Hahnenkamms eintraf.

Er hatte noch genug Zeit, sich vorzubereiten. Vor allem war er froh, als Erster hier zu sein.

Hansi lehnte die Skier gegen die Wand des Starterhäuschens und blickte ins Tal hinab.

Noch herrschte Stille hier oben. Aber das würde sich schnell ändern, wenn erst die Zuschauer eintrafen und die Kameras in Stellung gebracht wurden, dachte er.

Alles Mögliche schoss ihm durch den Kopf. Den Gedanken an seinen Sturz versuchte er so gut es eben ging zu verdrängen.

Dafür musste er jetzt umso mehr an Regina denken.

Mittlerweile hatte Hansi durchaus das Gefühl, einen Fehler begangen zu haben, als er Regina endgültig den Laufpass gab. Zu niemandem hatte er sich je so hingezogen gefühlt und eine so innige Verbundenheit empfunden wie zu dieser Frau.

Andererseits fühlte sich Hansi durch sein Versprechen weiterhin an Pia gebunden.

Aber konnte man allein darauf eine Ehe aufbauen, die doch ein ganzes Leben bestehen bleiben sollte? Oder war es nicht am Ende für alle Beteiligten besser, wenn man wirklich reinen Tisch machte?

Auf jeden Fall konnte Hansi Regina nicht einfach aus seinen Gedanken verbannen, so sehr er es auch versuchte.

Regina, die genau in diesem Augenblick am Hauptbahnhof in Kitzbühel stand und auf ihren Zug wartete.

Währenddessen hielt vor dem Bahnhof ein Wagen, dem Katharina entstieg, in der Hoffnung, Regina noch rechtzeitig zu erreichen. Lange hatte sie mit sich gerungen, ob sie sich in die Angelegenheit zwischen Regina und ihrem Bruder einmischen sollte oder nicht.

Aber schließlich hatte sie sich am Morgen doch dazu entschlossen, weil sie das Gefühl gehabt hatte, dass die Dinge auf einem falschen Weg waren.

Sie sah sich auf dem Bahnhof um. Endlich sah sie Regina, die neben ihren Koffern stand und gerade auf die Uhr schaute. Ihr Zug hatte Verspätung. Irgendwo war wohl eine Weiche falsch gestellt.

»Regina!«, stieß Katharina hervor, als sie die junge Frau endlich erreicht hatte.

Regina drehte sich um und sah Hansis Schwester erstaunt an.

» Katharina! Was ist denn?!«

»Hast du noch einen Moment Zeit?«

»Ja, freilich! Siehst ja, dass der Zug Verspätung hat. Mindestens eine Viertelstunde.«

»Dann hör mal. Ich muss dringend mit dir reden. Auch wenn mir durchaus bewusst ist, dass ich das besser schon früher getan hätte, aber manches ist mir erst im Laufe der Zeit klar geworden.«

* * *

Am Hahnenkamm trafen unterdessen die anderen beteiligten Rennläufer ein, darunter auch Billy Johnson, der, wie auch damals schon, von einem ganzen Tross von Begleitern umringt war. Selbstverständlich war auch die Presse zugegen und außerdem bauten mehrere Fernsehanstalten gerade ihre Kameras auf.

Hansi wärmte sich gut auf. Für jeden Sportler war das das A und O vor einem Wettkampf.

Billy Johnson ignorierte Hansi völlig und tat so, als wäre er überhaupt nicht vorhanden. Zwischendurch gab der Amerikaner einige Autogramme, nachdem es ein paar jungen Mädchen gelungen war, die Absperrung zu überwinden und in den Startbereich zu gelangen.

Tausende von Fans strömten unterdessen zur Rennstrecke.

Der Platzsprecher begrüßte die Gäste auf Deutsch und Englisch und wünschte ihnen einen angenehmen Aufenthalt in Kitzbühel. Dabei wies er noch auf einige Lokale im Ort hin, in denen sich die Fans nach dem Rennen oder auch zwischendurch stärken konnten.

Hansi ließ den Blick über die Zuschauermassen schweifen. Das ganze Land sah am Fernsehen zu. Dieses Legenden-Rennen war inzwischen zu einem Spektakel geworden, wie es selbst für den Skispurt selten war.

Irgendwo unter den vielen Zuschauern waren auch Paul und Ernstl, die Fantafeln hochhielten und dem Hansi die Daumen drückten.

Vom Ausgang dieses Rennens hing auch für sie viel ab, denn die beiden »urwüchsigen« Gehilfen des Wildparks würden wohl kaum zum Personal der vornehmen

›Mountain Sea-World‹ gehören, wie Viktoria Perterer sie sich vorstellte.

Musik ertönte in diesem Augenblick. Eine Schweizer Musikkapelle war eigens für dieses Ereignis engagiert worden, um den Zuschauern in den immer wieder eintretenden Pausen mit Musik die Zeit zu verkürzen. So manch einer trat im Rhythmus dieser Klänge von einem Bein aufs andere, denn inzwischen war es bitterkalt geworden.

Irmgard Sandgruber war nicht zur Skipiste gekommen.

Der Sturz von damals war ihr noch zu lebhaft im Gedächtnis, als es ihren Sohn durch die Luft geschleudert und er sich mehrfach überschlagen hatte. Sie verstand durchaus, dass der Hansi es noch einmal wissen wollte und diese Chance zu nutzen versuchte, den Branderhof und den Wildpark zu retten. Aber ihr war überhaupt nicht wohl dabei.

Unruhe trieb sie im Haus hin und her. Den Fernseher mochte sie nicht einschalten, obwohl die Versuchung für sie groß war.

Der inzwischen bereits kniehoch gewachsene Bernhardiner Jimmy war bei ihr und spürte diese Unruhe.

Sie führte ihn schließlich ein Stück aus und folgte dann einer spontanen Eingebung, indem sie die kleine Kapelle aufsuchte, in der auch ihr seliger Franz aufgebahrt war.

Es konnte ja schließlich nicht schaden, den Herrgott um Beistand zu bitten.

Sie trat ein, kniete sich auf eine der Bänke und bekreuzigte sich, bevor sie ein Gebet vor sich hin murmelte.

In diesem Augenblick hatte Irmgard Sandgruber das Gefühl, ihrem Sohn Hansi sehr nahe zu sein. Sie glaubte fast, ihn vor sich zu sehen, wie er sich auf seine gewohnte Art auf das Rennen vorbereitete, die Strecke noch einmal im Geiste durchging, jede Schikane ins Kalkül zog, um dann in dem Augenblick, auf den es ankam, alles geben zu können.

Hansi simulierte eine Fahrt vorher immer mit den Händen, so, wie es die meisten Skifahrer zu tun pflegten.

Er hat den Heimvorteil!, ging es Irmgard Sandgruber durch den Kopf. Ich hoffe nur, dass er diesen Vorteil diesmal auch wirklich für sich zu nutzen versteht …

* * *

Unterdessen zogen im Startbereich am Hahnenkamm bereits die ersten Rennläufer ihre dicke Trainingsjacke aus. Darunter kamen die windschnittigen Rennkombinationen zum Vorschein.

In diesem Moment trafen auch Katharina und Regina im Zuschauerbereich ein. Das Gespräch zwischen den beiden Frauen hatte bei Regina einiges bewirkt.

Zurück nach Deutschland fahren konnte sie auch später noch. Jetzt wollte sie erst einmal dem Hansi bei seiner Abfahrt die Daumen drücken.

Im Fernsehen wurde die Zeit bis zur ersten Abfahrt mit Rückblicken überbrückt, die die vorherigen Duelle zwischen Billy Johnson und Hansi Sandgruber zeigten.

Natürlich waren auch Bilder des Sturzes von 1979 dabei. Immer wenn die Rede auf Hansi Sandgruber kam, wurden die schrecklichen Bilder von damals eingespielt.

Auch im Ingenieurbüro Perterer verfolgte man das Rennen natürlich mit größtem Interesse. Franz junior sah sich gemeinsam mit Viktoria die Übertragung an.

Als erneut die Bilder des Sturzes eingespielt wurden, schaute Franz zur Seite.

Für ihn war die Zeit damals auch nicht leicht gewesen. Alles hatte sich um den Hansi gedreht, den großen Star, der die Skifachwelt begeistert hatte, von dem die Leute Poster an die Wände hängten und Autogramme haben wollten. Ein richtiger Volksheld war der Sandgruber Hansi damals gewesen. Die strahlende Lichtgestalt der Familie, deren Glanz alle anderen blass und unscheinbar hatte aussehen lassen.

Niemals hatte der Franz dem Bruder diesen schrecklichen Sturz mit dem damit verbundenen Karriere-

Ende gewünscht. So etwas wünschte man schließlich seinem ärgsten Feind nicht.

Aber es war schon eine Erleichterung für ihn gewesen, als Hansi Schönbichl verlassen hatte, um in Wien ein neues Leben zu beginnen. Da waren auch endlich Raum und Luft genug für ihn, den Franz junior, gewesen.

Allerdings hatte es ihn noch jahrelang richtig geärgert, wenn ihn Leute darauf ansprachen, dass er doch der Bruder vom großen Hansi sei und ob er ihnen vielleicht ein Autogramm von ihm besorgen könnte oder dergleichen.

Franz hatte da häufig recht unwirsch reagiert.

Mit den Jahren waren allerdings derartige Nachfragenseltener geworden.

Hansis Ruhm war nach und nach verblasst.

Heute war er nur noch eine Legende. Die Legende eines Jung-Stars, dessen Karriere so vielversprechend begonnen hatte, um dann kurz vor dem Gipfel des Ruhms ein jähes Ende zu finden. Eine Tragödie, so sahen es die Leute.

Aber diese Legende schien wieder aufzuleben – seit Hansi kundgetan hatte, dass er beim ausgelobten Legenden-Rennen anzutreten gedachte.

Alle diese Gedanken gingen dem Franz durch den Kopf, während der Fernsehkommentator aus dem Off sagte: »Noch einmal sehen wir den fürchterlichen

Sturz von Hansi Sandgruber. Es war der 5. Januar 1979, der sich wie kaum ein zweites Datum in das Gedächtnis der Skifreunde eingebrannt hat. Mei, mei, mei, ich kann gar net hinschauen, so furchtbar sieht das aus. Man wundert sich, dass der Hansi heut net im Rollstuhl sitzt, wenn man die Bilder betrachtet. Eine der hoffungsvollsten Karrieren im Skisport ging damals zu Ende, aber vielleicht gibt es ja heuer ein spätes Comeback. Aus seinem Umfeld ist jedenfalls zu hören, dass Hansi gut vorbereitet ist und frei von irgendwelchen Verletzungen oder dergleichen. Schaun wir mal, was der heutige Tag so bringt, meine Damen und Herren.«

»Ich weiß nicht, ob das wirklich eine so gute Idee war«, äußerte sich der Franz junior plötzlich und übertönte damit den mitfühlenden Kommentar des Reporters.

Viktoria wandte den Kopf in seine Richtung, sah ihn an und hob ein wenig ihr Kinn, was ihrem Gesicht einen leicht hochmütigen Zug gab.

»Immer mit der Ruhe«, sagte sie.

»Immer mit der Ruhe!«, äffte Franz sie nach, in dessen Seele es alles andere als ruhig war. Denn da nagte eine schwere Schuld an ihm, die er auf sich geladen hatte. Eine Schuld, an die er im Moment nicht zu denken wagte und die ihm schon in der letzten Nacht schier den Schlaf geraubt hatte.

Viktoria hob die Augenbrauen.

»Denk an den kleinen Unterschied zwischen Erfolg und Misserfolg!«, hielt sie ihm entgegen, während die Reporterstimme fortfuhr: »Hansi erlitt damals schwere Verletzungen und war wochenlang im Spital. Bei Tempo 130 – und so viel bringen die Abfahrer locker auf den Tachometer – hat man nicht die geringste Chance ...«

»Und wenn ihm was passiert?«, fragte Franz.

»Oh Gott, sieht das entsetzlich aus!«, stieß der Reporter indessen bei der Betrachtung der Archivaufnahmen erneut hervor.

Franz beugte sich zu Viktoria und wiederholte seine Frage, die sie offenbar kalt gelassen hatte: »Was, wenn er sich was tut auf der Strecke ... Ich meine, schließlich hab ich ihm die Bindung manipuliert!«

Viktoria wirkte geistesabwesend. »Dann wird es ihm leid tun, dass er mich nicht ...« Sie stutzte, begriff offenbar, was ihr da gerade unvorsichtigerweise beinahe über die Lippen gekommen wäre, und verstummte augenblicklich.

Franz sah sie völlig entgeistert an.

Hatte er sie richtig verstanden?

Der Hansi und sie?

»Was?«, hakte Franz nach und Viktoria wurde klar, dass sie sich verplappert hatte.

»Ach, nichts!«, behauptete sie wenig glaubwürdig.

Dass die Viktoria sich früher schon für den Hansi interessiert hatte, war Franz natürlich nicht entgangen. Allerdings hatte das in der Zeit, als Hansi plötzlich weltberühmt wurde, für nahezu die gesamte weibliche Jugend der Umgebung gegolten und war deshalb nichts, worüber sich Franz bislang allzu viele Gedanken gemacht hatte.

Aber da schien in der kühlen Chefin des Büros Perterer doch mehr an Gefühlen geblieben zu sein, als sie bisher offenbart hatte.

Franz fiel es wie Schuppen von den Augen und er fasste sich an den Kopf. Wie hatte er nur so blind sein können?, fragte er sich völlig konsterniert.

»Moment!«, meinte er. »Du hast es nicht nur auf den Wildpark abgesehen, stimmt's?«

Viktoria machte eine wegwerfende Handbewegung. »Was red'st denn da?«

»Der Hansi, der hat dich abblitzen lassen, und jetzt, jetzt benützt du mich, damit du dich an ihm rächen kannst! So isses!«

»Unsinn!«, behauptete Viktoria.

Aber ihr Gesicht war verräterisch blass geworden. Franz hatte offenbar den Nagel auf den Kopf getroffen.

»Was war ich nur für ein Trottel!«, entfuhr es ihm, wobei er sich mit dem Handballen gegen die Stirn schlug.

Der Reporter im Fernsehen setzte unterdessen seinen Bericht fort.

»Die Spannung steigt, der Countdown läuft und in knapp zehn Minuten, meine Damen und Herren, ich wiederhole: in zehn Minuten, beginnt das Rennen. Hoffentlich verläuft es nicht ähnlich verrückt wie das Wetter. Denn schauen Sie mal, in dieser Kameraeinstellung sieht man das sehr deutlich: Oben am Start scheint die Sonne und hier unten, am Zielzaun, schneit es wie verrückt. Ja, das hat man auch nicht alle Tage – aber wer wollte schon behaupten, dass dieser Tag ein Tag wie alle ist! Freuen wir uns jedenfalls auf die Revanche zwischen Hansi Sandgruber und Billy Johnson, der gestern noch auf die Frage, ob er denn glaube, den Hansi ein zweites Mal schlagen zu können, antwortete: ›Who is Sandgruber?‹ Ich glaube, nichts anderes könnte es auf den Punkt bringen als diese lässige Bemerkung des Amerikaners. ›Who is Sandgruber‹ – ›Wer ist denn dieser Sandgruber?‹ Ich denke, Spätestens in zehn Minuten wird sich Billy Johnson wohl oder übel daran erinnern müssen.«

Franz sprang wie von einer Tarantel gestochen auf, streifte die Uhr ab, die Viktoria ihm geschenkt hatte, und warf sie zu ihr auf den Schreibtisch.

»Die brauch ich nimmer!«, stieß er hervor, machte auf dem Absatz kehrt und lief zur Tür hinaus.

»Franz«, rief Viktoria ihm indessen hinterher. »Franz, komm sofort zurück!«

Aber für den Franz junior gab es jetzt kein Halten mehr. Viktoria hörte noch, wie die Tür dröhnend ins Schloss fiel.

Sie atmete tief durch und blickte zum Fernseher, in dem in diesem Augenblick die österreichische Nationalhymne gespielt wurde. Ein Kameraschwenk holte die Zuschauer ins Bild. Fans vom Hansi Sandgruber hielten Tafeln mit Buchstaben in die Höhe, die zunächst das Wort HASI ergaben, bis schließlich noch jemand hinzukam und das N an seinen Platz setzte, so dass dort jetzt groß und deutlich HANSI zu lesen war.

Was regst du dich nur so auf, Franz!, dachte Viktoria Perterer. Jetzt kannst auch du nicht mehr ungeschehen machen, was du getan hast! Und so dumm, dich selbst der Justiz ans Messer zu liefern, wirst du doch wohl nicht sein!

* * *

Nachdem Franz aus der Perterer-Villa gestürmt war, schlug ihm ein eisiger Wind entgegen. Er griff nach seinem Handy und wählte die Nummer seines Onkels Gottfried.

Aber der war zurzeit nicht zu erreichen.

»Komm, Gottfried, heb ab! Ja geh doch dran, du Depp!«, murmelte Franz vor sich hin.

Wahrscheinlich hatte Gottfried sein Handy stummgeschaltet, schließlich brach jetzt die entscheidende Wettkampfphase an und da wollte ein Trainer natürlich nicht in seiner Konzentration gestört werden.

Unter normalen Umständen hätte Franz das auch gut verstanden, aber jetzt konnte sich das verhängnisvoll auswirken.

Hätte ich doch nur nie die Bindung von Hansis Skiern manipuliert!, dachte Franz bitter. Inzwischen war er davon überzeugt, dass er sich zu einem schweren Fehler hatte hinreißen lassen. Und jetzt blieb ihm wahrscheinlich noch nicht einmal die Möglichkeit, den Hansi rechtzeitig zu warnen.

Unter keinen Umständen durfte der auf den manipulierten Skiern fahren. Die Gefahr, dass die gekürzten Schrauben nicht hielten, war einfach zu groß.

Franz musste versuchen, seinen Bruder daran zu hindern, auf diesen Skiern zu fahren, auch wenn das nahezu aussichtslos war.

* * *

Franz stieg in seinen Wagen und fuhr mit durchdrehenden Reifen zum Hahnenkamm. Das letzte Stück musste er zu Fuß laufen, da alle Wege für den Verkehr gesperrt waren.

Dann hatte er eine Idee. Am besten, er ging zur Talstation, ließ sich mit dem Lift hinauf auf den Berg tragen und lief von dort aus zum Startbereich. Das ging bestimmt am schnellsten.

Im Dauerlauf eilte er also zur Talstation und drängelte sich durch die Warteschlange, in der sich die Skigäste angestellt hatten. Es war nicht leicht für ihn, sich durch die Menge hindurchzukämpfen, auch wenn sie bei diesem Legenden-Rennen nicht ganz so groß war wie bei den eigentlichen Rennen.

»Weg da!«, schrie er. »Lasst mich durch! Ein Notfall!«

Schließlich erreichte er die Gondel, stieß eine Frau zur Seite und erwischte gerade noch das Trittbrett der Gondel, die bereits losfuhr.

»Entschuldigen's!«, schrie er. »Ich hab's eilig!«

»Ja, glauben Sie denn, ich net?«, kam es ärgerlich von der Frau zu ihm zurück.

* * *

Oben im Startbereich auf dem Hahnenkamm kam Billy Johnson auf seinen Skiern zu Hansi gefahren und knuffte ihn gegen die Schulter.

»Good luck, Billy!«, sagte Hansi.

»Yeah – and take care!«, erwiderte Billy Johnson.

»Alles Gute!«

»Danke, Hääänsi«, gab Billy Johnson akzentbeladen zur Antwort.

Davon abgesehen, dass sie offenbar nach wie vor Konkurrenten waren, verstanden sie sich als Sportsmänner ganz gut. Gleichgültig, was für ein Zirkus auch immer in den Medien um die Rivalität zwischen ihnen veranstaltet worden war.

Johnson fuhr zum Starthaus weiter.

Für ihn wurde es jetzt ernst.

»So, liebe Zuschauer, jetzt kommt Billy Johnson an den Start«, war nun die Reporterstimme aus dem off von Millionen an den Bildschirmen zu hören. »Jeder, der Johnson kennt, weiß, dass er heute alles riskieren wird. Und das hat nichts mit dem immens hohen Preisgeld zu tun, das heuer hier beim Legenden-Rennen in Kitzbühel ausgelobt wird, sondern einfach damit, dass dieser Mann immer schon unbedingt siegen wollte, und so konnte er seine Laufbahn ja auch mit dem Gewinn der Weltmeisterschaft krönen.«

Der Countdown des Startrichters war über Lautsprecher zu hören.

Billy Johnson wirkte vollkommen konzentriert.

»Fünf, vier, drei, zwei, eins, Start!«

Johnson katapultierte sich aus dem Starthaus. Schon an den ersten beiden Schwüngen war zu sehen, dass sich die «Streif«, wie die Strecke genannt wurde, in einem nicht ungefährlichen Zustand befand. Denn selbst ein so erfahrener Skifahrer wie Billy Johnson geriet bereits hier in Schwierigkeiten.

Das sollte dir eine Warnung sein, ging es Hansi durch den Kopf.

Auch Viktoria Perterer verfolgte in ihrem Büro den Lauf des ehemaligen Champions. Sie hatte sich einen Zigarillo angesteckt und blies den Rauch aus. »Mein Gott, der riskiert wirklich alles!«, entfuhr es ihr.

Johnson flog förmlich den Hang hinunter.

Dieser Lauf zog die Zuschauer wirklich in ihren Bann.

»Jeden Moment wird er am Hausberg auftauchen«, überschlug sich nun fast schon die Stimme des Fernsehreporters. »Und da ist er schon und fährt unserem Kameramann, dem Toni Angerseiler, direkt ins Bild. Eine wunderschöne Aufnahme ist das, meine Damen und Herren. Sie sehen die ganze Dynamik, mit der dieser Billy Johnson das Rennen angeht. Eine Dynamik, die schon immer die Klasse dieses Läufers ausgemacht hat.«

Franz verließ in diesem Moment an der Bergstation gerade die Gondel und drängte an den Leuten vorbei. Ziemlich grob stieß er den einen oder anderen zur Seite. Viele wichen ihm auch schon von allein aus und beschwerten sich darüber, mit was für einem Verrückten man es denn da zu tun hätte.

Franz stürzte, fiel in den Schnee, rappelte sich jedoch sofort wieder auf. Er musste weiter, kostete es, was es wollte.

Währenddessen besprach Hansi gerade mit seinem Trainer Gottfried, welche Skier er nehmen sollte. Schließlich waren schon einige Fahrer ins Tal gefahren und da hatte man durchaus sehen können, wo Probleme auftraten und wie sich die Konsistenz des Schnees mit den verwendeten Skiern vertrug.

»Eine schwere Entscheidung«, meinte Hansi, der sich nicht ganz sicher war. Diese Unsicherheit hatte natürlich auch mit den, gelinde gesagt, ungewöhnlichen Wetterverhältnissen zu tun, die momentan im Startbereich und unten am Ziel völlig unterschiedlich waren.

»So, wie es jetzt aussieht, nehmen wir den Einser«, sagte Gottfried, dem Hansi in solchen Dingen uneingeschränkt vertraute.

Hansi nickte. »Wie du meinst, Gottfried.«

Mit einem Schraubenschlüssel klopfte Gottfried den Schnee von Hansis Skischuhen.

Dann stieg Hansi in die Skier.

»Wird schon werden«, sagte Gottfried. »Die Strecke ist nicht ganz ohne, das hast ja gesehen.«

»Ja, sicher!«

»Also sieh dich vor und achte auf deine Gesundheit, die ist wichtiger als ...«

»Der Sieg?«

»Zweihunderttausend Schilling kann man sich auch anders verdienen, aber wenn die Gesundheit ruiniert ist, dann ist sie für immer ruiniert. In der Regel jedenfalls.«

Hansi hörte gar nicht richtig zu.

Er hatte bereits die Schneebrille aufgesetzt.

»Ja, ja«, murmelte er.

»Beim letzten Mal hast einen Schutzengel bei dir gehabt, Hansi. Ich hoffe, dass der jetzt auch gerad wieder Dienst hat!«

»Das wird er schon«, war Hansi voller Zuversicht.

Inzwischen erreichte Billy Johnson das Ziel. Er riss triumphierend die Arme hoch, denn ihm war bewusst, dass er ein hervorragendes Rennen gefahren hatte.

Die Stimme des Reporters überschlug sich beinahe, als die Ergebnisse angezeigt wurden. »116 Kilometer in der Stunde und im Ziel! Ein Teufelskerl ist dieser Billy – eigentlich William – Johnson. Und er legt eine neue Bestzeit vor mit 2 Minuten 12 Sekunden und 87 Zehntelsekunden! Meine Damen und Herren – Billy Johnson führt in der Gesamtwertung! Viele werden sich jetzt fragen, ob noch irgendein Läufer, der heuer am Start ist, diese Zeit unterbieten kann. Ist Hansi Sandgruber beispielsweise konditionell und mental – wir dürfen die mentale Seite in diesem Sport ja niemals vergessen – in der Lage, noch etwas mehr zu bieten, als wir es hier von dem Amerikaner vorgelegt bekommen haben? Eine Frage, die wohl jeden unter den Zuschauern jetzt brennend interessiert. Was das weitere Feld angeht, so scheint es zwar nicht weit abgeschlagen, aber ob wir noch eine Überraschung erleben werden, da bin ich eher skeptisch. Johnson liegt jedenfalls in Führung und es wird sehr schwer für alle Fahrer, die noch starten müssen, ihn zu schlagen. Mag das nun ein Hansi Sandgruber sein oder irgendein anderer Starter ...«

Gottfried klopfte Hansi noch einmal auf die Schulter, bevor dieser zum Starthäuschen rutschte.

»Mach's gut! Und denk an Regina!«, rief Gottfried ihm hinterher.

Hansi schaute den Onkel überrascht an. Was sollte jetzt die Erwähnung von Regina? Natürlich hatte der gute Gottfried mitbekommen, wie Hansi und Regina sich einander wieder angenähert hatten.

Und am Vorabend hatte Katharina mit Gottfried darüber gesprochen, ob es ratsam sei, sich in die Sache einzumischen oder nicht.

Hansi blieb keine Zeit mehr, sich darüber länger Gedanken zu machen. Er musste zum Start.

Der Augenblick der Entscheidung nahte unaufhaltsam. Die Bestzeit, die Billy Johnson vorgelegt hatte, war nur zu überbieten, wenn er wirklich alles auf eine Karte setzte.

Das hatte er schon einmal getan – und war damit gescheitert.

Aber diesen Gedanken schob Hansi beiseite. Im Geiste ging er noch mal die Strecke durch, dachte an die schwierigen Stellen, an denen er aufpassen musste, und machte sich dann bereit für den Start.

Zwei Minuten, die alles entschieden.

Zwei Minuten, von denen für ihn – und für alle anderen auf dem Branderhof – die Zukunft abhing.

Hansi steckte die Stöcke in den Schnee, um sich abzustoßen.

Jetzt zählt's!, durchfuhr es ihn.

* * *

Während Hansi die letzten Sekunden vor dem Start in voller Konzentration verbrachte, hörte sein Bruder Franz den Lautsprecher des Startrichters. »Noch zehn Sekunden!«, verkündete der Sprecher.

Dann begann der Countdown.

Im Fernsehen vermochte der Reporter seine eigene Anspannung kaum zu verbergen. »Und jetzt, meine Damen und Herren, heißt es ganz fest die Daumen halten für unseren Hansi Sandgruber. Wird er es diesmal schaffen? Gleich, in ein paar Minuten, sind wir alle schlauer. Aber wenn es einen gibt, der die Bestzeit von Billy Johnson unterbieten könnte, dann ganz gewiss der Hansi. Die Frage ist nur, wie er seinen Sturz von damals verkraftet hat. Rein körperlich scheint bei ihm ja – erstaunlicherweise, wie man sagen muss! – alles ausgeheilt zu sein. Aber wie ist es um seinen Kopf bestellt?

Wie kann er seine Gedanken disziplinieren und verhindern, dass ihn die Erinnerung an den Sturz lähmt?«

Der Starter gab das Signal.

Hansi katapultierte sich aus dem Starthaus.

Nur wenige Sekunden danach tauchte Franz junior am Starthaus auf und sah, wie sein Bruder bereits auf dem Weg ins Tal war.

»Nein!«, schrie er. »Hansi, mein Gott, Hansi!«

Zu spät.

* * *

Inzwischen erreichte Pia das Gelände am Zielzaun und sah die Fangemeinde von Hansi mit ihren Tafeln.

Auch Regina war dabei.

Ich weiß nicht, ob es wirklich eine gute Idee war, hierherzukommen, ging es der jungen Frau durch den Kopf. Irgendwie hatte sie immer das Gefühl gehabt, nicht wirklich hierherzugehören.

Wir werden wohl einmal sehr ernsthaft darüber reden müssen, wie es jetzt mit uns weitergeht!, dachte sie. Wenn er jedenfalls insgeheim darauf hofft, dass ich mich erweichen lasse und mit ihm in die Abgeschiedenheit der Berge ziehe, dann hat er sich geschnitten!

Um etwas Zeit hatte er sie anfangs gebeten.

Etwas Zeit ist lange vorbei, dachte Pia.

Sie trat an den Zaun und hörte die Stimme des Sprechers. Hansis großer Augenblick hatte begonnen. Er war bereits unterwegs.

Die Daumen drücke ich dir auf jeden Fall!, dachte Pia.

* * *

Hansi hatte einen guten Start, das wurde schnell klar. Aber genauso schnell klar wurde dem Publikum auch, dass er äußerst hart am Limit fuhr.

In ihrem Büro saß Viktoria Perterer wie gebannt vor dem Fernseher, denn auch für sie hing viel vom Ausgang des Rennens ab.

Nach der Bestzeit von Billy Johnson hatte sie schon gedacht, dass die Sache gelaufen sei – und zwar ganz in ihrem Sinne.

Aber schon die ersten Minuten von Hansis Abfahrt machten deutlich, dass dies ganz und gar nicht der Fall war.

»Die Zwischenzeit vom Hansi ist sensationell!«, ließ sich der Reporter vernehmen. »Wenn er das halten kann, dann hat er zumindest eine Chance. Aber der schwierigste Teil steht ihm noch bevor und auch Billy Johnson hat da seine Probleme gehabt, wie sich die Zuschauer erinnern werden. Die sogenannte Mausefalle und die Steilhangabfahrt hat Hansi Sandgruber super bewältigt, aber jetzt muss er kämpfen.«

Denselben Fernsehkommentar sah auch Franz junior, der dem Gottfried über die Schulter sah.

Hansis Trainer verfolgte die Abfahrt über den Fernseher am Starthaus.

»Und trotzdem – er schluckt die Wellen extrem weich«, fuhr der Reporter fort, der sich kaum halten konnte vor Begeisterung. »So habe ich ihn früher eigentlich nie gesehen.«

Franz schaute nervös zu Hansis Skiern.

Drei Paar hatte er dabei, so wie die meisten Fahrer. Und mit einem davon war er jetzt auf dem Weg ins Ziel.

Gottfried drehte sich kurz um. Als er Franz' bleiches Gesicht sah, runzelte er die Stirn.

»Geh, Franz! Was ist denn mit dir?«

»Nix is!«, log dieser.

Gottfried war zu angespannt, um den Grund für Franz' bleiches Gesicht herauszufinden. Er widmete sich wieder dem Fernseher, um zu sehen, wie Hansi das letzte Stück bis zum Ziel hinter sich brachte. Ein gutes Rennen fuhr er, daran gab es nicht den geringsten Zweifel. Es fragte sich nur, ob es auch gut genug war.

Du schaffst es, Hansi!, dachte er. Du schaffst es …

Niemandem hatte der Gottfried den Sieg in einem Rennen je mehr gegönnt als jetzt dem Hansi.

Auf dem Bildschirm war zu sehen, wie Hansi – sehr riskant! – eine Kurve schnitt.

Hansi meisterte auch die Steilhang-Ausfahrt. Dann folgte der sogenannte Brückenschuss, in dem Hansi sich klein machte, um möglichst wenig Luftwiderstand zu bieten. Die Uhr lief unerbittlich. Aber noch hatte Hansi eine Chance. Noch lag seine Zeit unter der seines größten Konkurrenten Billy Johnson.

Irmgard Sandgruber war ihrem Jüngsten auf ihre Weise nahe. Sie kniete noch immer in der Kapelle. Lieber Gott, lass es nur bald vorbei sein!, betete sie. Und mach, dass dem Hansi nichts passiert!

Dieser erreichte derweil den Hausberg. Da merkte er zum ersten Mal, dass etwas mit seiner Bindung nicht stimmte. Irgendwie war sie nicht so, wie sie sein sollte. Der Instinkt für drohende Gefahr meldete sich sofort in dem Skifahrer – und mit ihm der Gedanke an das Unglück, dass ihn in seinem letzten Rennen ereilt hatte, in dem er auch auf volles Risiko gegangen war.

Die Bindung lockert sich!, stellte Hansi entsetzt fest.

In diesem Moment fuhr er in die Zieleinfahrt ein. Dann riss es ihm plötzlich die Skier auseinander.

Der Fernsehreporter konnte kaum an sich halten. »Jetzt reißt es ihm die Skier auseinander!«, überschlug sich seine Stimme. »Es darf doch net wahr sein, was sich da abspielt. Aber nein, der Hansi ist wirklich großartig! Großartig, kann ich da nur noch einmal sagen! Blitzschnell korrigiert er alles! Perfekt gemeistert! Wie im Lehrbuch hat er reagiert, ja, der Hansi Sandgruber, der wirkt auf seine alten Tage noch stärker, als er damals schon war. Hätte er doch sein Talent in all den Jahren so ausschöpfen können wie in dieser Fahrt! Ich werd närrisch, wenn ich nur daran denke, was der noch alles hätt gewinnen können.«

Hansi saß der Schock im Nacken.

Ganz knapp war er an einer Katastrophe vorbeigeschlittert. Und auch spürte er, wie ihm die Bindung immer weniger Halt bot.

Dann erreichte er den Zielschuss.

Er hatte es geschafft, fuhr aus und bremste rechtzeitig vor dem Zaun.

»Es wird ganz, ganz eng heute«, berichtete gleichzeitig der Reporter. Die Bestzeit von Johnson: 2:12.87, und der Hansi … jawohl: 2:11! Er ist eindeutig unter der bisherigen Bestzeit geblieben und damit der verdiente Sieger des Legenden-Rennens! Wie groß muss die Genugtuung bei Hansi Sandgruber sein, der ganz bestimmt mit sich und der Welt gehadert hat, als er damals schwer verletzt aus dem Rennen schied.«

Gottfried klatschte vor Begeisterung in die Hände. »Ja, super!«, stieß er hervor. »Ich hab's doch gewusst, dass du's drauf hast, Bub!«

»Hansi Sandgruber führt!«, stellte der Reporter noch einmal klar. »Fünf hundertstel Sekunden Vorsprung vor Billy Johnson!«

Hansi war jetzt groß im Bild zu sehen, wie er vor seinen jubelnden Fans auflief. Doch da löste sich die Bindung vollends und Hansi stürzte zu Boden.

»Um Gottes willen! Jetzt noch ein Sturz!«, rief der Reporter völlig außer sich ins Mikrofon.

Hansi erhob sich. Zum Glück war ihm offensichtlich nichts geschehen. Er warf einen verwunderten Blick auf die Skier, schmiss sie dann glücklich zur Seite und hob die Arme zum Jubel. Was immer mit den Skiern auch los gewesen sein mochte – es konnte ihm jetzt egal sein.

»Aber er steht schon wieder, der Hansi, unsere Legende!«, setzte der Reporter seine Lobeshymne fort. »Er hatte wohl nur keine Kraft mehr, anders kann man sich das, was da gerade geschehen ist, wohl nicht erklären. Denn mit welcher traumwandlerischen Sicherheit hat er zuvor auf den Brettern gestanden, egal, ob in der Mausefalle oder an welcher gefährlichen Stelle auch immer. Und selbst die tückischen Bodenwellen haben ihn nicht aus der Fassung gebracht – bis auf einen kurzen Moment, in dem alles an einem seidenen Faden hing. Aber dieser Faden, meine Damen und Herren, hat gehalten. Hansi ist der Sieger des Legenden-Rennens. Ich glaube jedenfalls nicht, dass noch ein Fahrer kommt, der dieses Ergebnis übertreffen kann!«

Frenetischer Beifall brandete im Publikum auf. Und Hansi genoss diesen Moment des Triumphs.

* * *

Einige Fahrer mussten noch den Weg ins Tal antreten, aber keiner von ihnen konnte auch nur annähernd mit Johnson und Sandgruber mithalten. Und so musste Hansi sich noch ein wenig gedulden, bis sein Triumph unanfechtbar war.

Aber schließlich war es so weit. Das Legenden-Rennen war beendet und der erste Platz gehörte Hansi.

So viele Gedanken gingen ihm durch den Kopf. Jahre nach seiner bittersten Niederlage war er an den Ort, an dem er diese Niederlage erlitten hatte, zurückgekehrt, um dort endlich seinen wohlverdienten Triumph zu feiern. Ein Triumph, der ihm viel mehr bedeutete als eine Weltmeisterschaft.

Und vor allem war der Branderhof jetzt gerettet.

Das war für ihn das Wichtigste.

Unter den Zuschauern entdeckte er in diesem Augenblick Katharina, Ernstl, Paul, Sonja ... und Regina. Er winkte ihnen zu.

Auch Pia bemerkte er nach einer Weile etwas abseits. Und auch ihr winkte er zu.

Ja, dachte er, was meine Herzensangelegenheiten angeht, so werde ich wohl reinen Tisch machen müssen. Aber der Gewinn dieses Rennens war ein erster Schritt. Ein erster Schritt in ein neues Leben.

Dann musste Hansi zur Siegerehrung. Eine Vergrö-ßerung des Siegerschecks im Format von einem Meter mal zwei Meter wurde ihm überreicht und Hansi reckte ihn triumphierend in die Höhe.

* * *

Sein Bruder Franz verfolgte dies im Startbereich anhand der Fernsehbilder. Er saß erleichtert im Schnee, nachdem seine Manipulation der Bindung Gott sei Dank ohne Folgen geblieben war, wenn er von Hansis kleinerem Ausrutscher einmal absah.

Ich Depp, ich Närrischer! Wie habe ich mich nur je darauf einlassen können!, dachte er.

Aber die Perterer hatte ihn so in den Bann geschlagen, dass er ihren Einflüsterungen vollkommen erlegen war.

Zumindest für eine gewisse Zeit.

Doch nun sah Franz Sandgruber junior die Dinge so klar wie schon lange nicht mehr.

Er wusste jetzt, dass er einen Fehler begangen hatte.

Grundverkehrt war es gewesen, was er dem Hansi anzutun versucht hatte.

In diesem Augenblick kam einer der Funktionäre des Skiverbandes aus dem Starthäuschen und sprach Franz an.

»Gratuliere dir, Franzl!«, sagte er.

Das war der Georg Althamer. Den kannte Franz noch von der Schulzeit her. Sie waren beide im selben Alter.

»Dein Bruder ist ja gefahren wie der Teufel!«

»Ja, mei, er hat's halt drauf«, gab Franz zurück.

»Wir haben ihm alle die Daumen gedrückt. Aber knapp war's!«

»Ja, ja …«

Und lebensgefährlich!, fügte Franz in Gedanken hinzu. Aber davon wusste ja niemand etwas. Dennoch fühlte Franz sich sehr unbehaglich. Was sollte er nur tun?, fragte er sich. Sollte er einfach darauf hoffen, dass diese Manipulationen unentdeckt blieben? Aber das war kaum anzunehmen. Der Hansi musste schließlich etwas bemerkt haben und auch der Gottfried würde die Skier noch einmal ganz genau unter die Lupe nehmen.

Die gekappten Schrauben, deren Aufgabe es eigentlich gewesen wäre, die Bindung zu halten, mussten irgendwann auffallen.

Franz kam zu der Erkenntnis, dass es besser war, auch in dieser Hinsicht reinen Tisch zu machen und nicht darauf zu setzen, dass man nicht herausfand, was wirklich geschah.

Aber noch schreckte er davor zurück.

Dann bemerkte er den Gottfried, wie er eines von Hansis Ersatz-Skipaaren über die Schulter nahm.

Das dritte hatte er sich bereits angeschnallt und fuhr

in diesem Augenblick damit los, damit auch er unten im Tal dem Sieger gratulieren konnte.

»Gottfried!«, rief ihm der Franz noch hinterher. Aber es war zu spät. Schon war er auf und davon.

* * *

Viktoria Perterer saß völlig konsterniert vor ihrem Fernseher. Ihr Gesicht war bleich wie die Wand. Zwei Minuten hatten ihre gesamte Planung zum Einsturz gebracht.

Auf dem Schreibtisch stand eine Champagner-Flasche. Eigentlich hatte sie heute ihr Glas darauf erheben wollen, dass ihr das Grundstück mit dem Branderhof und dem Wildpark endgültig gehörte.

Aber diese Hoffnung musste sie jetzt wohl begraben.

Genauso wie eine andere, persönlichere Hoffnung, die sie im Hinblick auf Hansi Sandgruber gehegt hatte.

Ihre Züge waren zu einer grimmigen Maske erstarrt.

Sie schenkte sich trotz alledem ein Glas Champagner ein, kippte es hinunter wie Mineralwasser und stellte das Glas anschließend auf den Schreibtisch.

Dann erhob sie sich, nahm die Flasche mit und verließ das Büro.

Es gab jetzt nur einen Ort, an dem sie ihre Niederlage

begießen konnte. Sie begab sich in die ›Gruft‹ und stand schließlich vor dem aufwändigen und bis ins kleinste Detail gestalteten Modell.

Aus und vorbei, dachte sie.

Die ›Mountain Sea-World‹ würde sich nicht realisieren lassen, denn so einfach war es nicht, dafür ein anderes geeignetes Gelände zu finden. Und die Investoren waren wie scheue Rehe. Die waren schneller weg, als man schauen konnte.

»Bye, bye, Mountain Sea-World«, murmelte Viktoria vor sich hin, nahm noch einen kräftigen Schluck aus der Champagner-Flasche und begann dann, deren Inhalt auf dem Modell auszugießen.

Als die Flasche geleert war, packte Viktoria sie mit beiden Händen. Wie irre schlug sie damit auf das Modell ein und zertrümmerte die geplanten Gebäude. Konstruktionen, die zumeist aus dünnem Sperrholz gefertigt waren, knickten ein.

Wie eine Furie wütete sie, bis sie völlig erschöpft war. Schwer nach Atem ringend, lehnte sie an der Wand und begann wie irre zu kichern.

* * *

Der Trubel um Hansi war nach seinem Sieg natürlich unbeschreiblich groß. Überall waren Kameras zu sehen. Ein Blitzlichtgewitter setzte ein.

Billy Johnson war ein fairer Verlierer. Er ging auf ihn zu und gab ihm die Hand.

»Congratulations, Hansi.«

»Thank you, Billy!«

»Dieses Mal war das Glück auf deiner Seite, Hansi.«

»Dafür bist du etwas geworden, was ich wohl kaum noch werden kann: Weltmeister nämlich!«

Billy Johnson lachte. »Aber die 200 000 Dollar plus Sponsorengelder hätte ich schon gerne bekommen. Denk an mich, wenn du sie auf den Kopf haust!«

»Sicher.«

»Bye, Hansi.«

In diesem Augenblick sah Hansi zwischen all den Leuten Regina, die ihm freudig zujubelte. Er winkte ihr mindestens ebenso freudig zurück. Sie war also doch noch nicht mit dem Zug nach Deutschland gefahren.

Und das war auch gut so, wie er fand.

Er lächelte sie an und sie erwiderte sein Lächeln.

Einen Augenblick lang dachte Hansi darüber nach, ob Onkel Gottfried wohl gewusst hatte, dass Regina heute noch nicht fahren würde, obwohl sie das doch eigentlich angekündigt hatte.

Aber wenn er es sich recht überlegte, war das im Grunde genommen gar nicht so wichtig.

»Super. Schatzi! Ich bin ja so stolz auf dich!«, rief eine Frauenstimme, die aus einer anderen Richtung kam.

Ehe Hansi sich versah, hatte sich Pia an seinen Hals gehängt und küsste ihn.

Er sah gerade noch, wie ein Schatten auf Reginas Gesicht fiel, dann verlor er den Blickkontakt. Sie war in dem Trubel verschwunden.

Pia sagte noch irgendetwas.

Aber das ging im Geschrei der Fans unter.

Immer wieder skandierten Sprechchöre: »Hansi, Hansi, Hansi, Hansi!«

Er musste daran denken, was Gottfried ihm prophezeit hatte – dass er nämlich im Handumdrehen wieder zum Volksheld werden würde, wenn er dieses Rennen gewann.

Aber für Hansi war das kein Grund, sich etwas darauf einzubilden. Hosianna und kreuziget ihn – wie nahe das beieinanderliegen konnte, das hatte er selbst erlebt. Die Vorwürfe von damals hatte er noch sehr gut im Ohr. Zu riskant sei er gefahren und habe daher den schon so gut wie sicheren Titel an »den Ami« verschenkt, wie man Billy Johnson seinerzeit nur genannt hatte.

Ein Reporter kam auf Hansi zu und riss ihn aus seinen Gedanken.

»Hansi!«

»Ja?«

»Eine kurze Stellungnahme! Wie war dieser große Erfolg möglich?«

»Ja, da gibt's viele Faktoren, die diesen Erfolg möglich gemacht haben«, erklärte Hansi und fühlte sich in alte Zeiten zurückversetzt.

Währenddessen begann sich eine riesige Menschentraube um ihn herum zu bilden, vor der Pia, wie Hansi bemerkte, schnell Reißaus nahm.

»An erster Stelle wäre da mein Coach Gottfried Sandgruber zu nennen«, fuhr Hansi fort. »So einen Trainer, den gibt's net ein zweites Mal. Und genau genommen musste er mich auch erst dazu überreden, überhaupt am Legenden-Rennen teilzunehmen ...«

* * *

Gottfried fuhr auf Skiern, in die groß und deutlich der Schriftzug Hansi Sandgruber eingraviert war, den Hang hinunter. Das dritte Paar Skier vom Hansi dabei auch noch auf den Schultern zu balancieren war nicht allzu schwer. Zumindest nicht für einen geübten Fahrer wie Gottfried.

Außerdem ging es ja jetzt nicht mehr um irgendeine Bestzeit, sondern nur noch darum, heil im Tal anzukommen.

Aber irgendetwas stimmte nicht mit der Bindung. Für Gottfried wurde es immer schwieriger, sich stabil zu halten.

Zur gleichen Zeit rannte Franz wie von einer Taran

tel gestochen los. Er übersprang eine Absperrung und stieß den Fahrer eines Skidoo-Motorschlittens von seinem Fahrzeug.

»Runter da!«, schrie er.

Der Skidoo-Fahrer war ziemlich verblüfft, als er sich im nächsten Moment im Schnee liegend wiederfand.

»He, was soll das! Hiergeblieben!«, schrie er.

Aber es war schon zu spät. So rasch er sich auch wieder aufrappelte, Franz hatte längst Vollgas gegeben und war mit dem Skidoo-Schlitten auf und davon. Er jagte den Hang hinunter, um Gottfried zu warnen.

Schließlich hatte der ja keine Ahnung davon, dass sich seine Bindung langsam, aber sicher lösen würde. Hansi hatte wie durch ein Wunder die Abfahrt damit überstanden. Aber das war reine Glückssache gewesen. Schon eine kleine Bodenwelle, auf die man unglücklich aufkam, konnte dafür sorgen, dass die gekappten Schrauben sich lösten.

Und das konnte katastrophale Folgen haben.

Selbst dann, wenn man nur gemütlich talwärts glitt.

Da das Rennen inzwischen zu Ende war und die Piste wieder hergerichtet werden musste, kam nun von unten eine Pistenraupe heran. Ächzend quälte sich das Gefährt vorwärts und beschleunigte sogar noch. Aber der Lärm, den es verursachte, ging zum Großteil in dem unbeschreiblichen Jubel unter, der im Zielbereich um Hansi und seinen furiosen Sieg herrschte.

Gottfried kam unterdessen an einen Hügel. Dahinter fiel der Hang sehr steil ab.

Genau hier wurden die Schrauben aus der rechten Bindung gerissen. Gottfried konnte sich nicht mehr halten. Er überschlug sich und stürzte hilflos auf die entgegenkommende Pistenraupe zu. Sein Schrei verhallte ungehört. Gottfried erkannte entsetzt die sich anbahnende Katastrophe. Er rutschte genau in die Bahn hinein, die die Schneeraupe nehmen würde.

Deren Fahrer hatte davon noch nichts bemerkt.

Er konnte es auch nicht, da er von unten hinaufblickte und ihm die Sicht durch eine Hügelkuppe versperrt war.

Als Franz endlich den verunglückten Gottfried erblickte, entschloss er sich zu einem halsbrecherischen Fahrmanöver mit seinem Skidoo.

Gottfried lag inzwischen reglos da, während die Pistenraupe sich über die Hügelkuppe vorwärtsarbeitete.

Franz schnitt ihren Kurs und sprang von dem Motorschlitten herunter, um Gottfried zu retten. Er packte ihn und zog ihn mit sich. Jetzt endlich merkte der Fahrer der Pistenraupe, was los war. Aber es war zu spät. Er konnte nicht mehr rechtzeitig abbremsen.

Ein markerschütternder Schrei gellte über den Hahnenkamm.

* * *

Unterdessen wurde Hansi noch immer von zahllosen Journalisten, Fans und natürlich den Funktionären des Skiverbandes umringt. Jeder wollte ein Foto mit ihm oder eine geistreiche Bemerkung zu seinem Sieg.

Aber Franz hatte inzwischen ganz andere Sorgen. Er vermisste den Gottfried. Eigentlich hätte der längst hier unten im Zielbereich eintreffen müssen.

Oder hatte er sich etwa dem Trubel entziehen wollen?

Eigentlich war das nicht seine Art.

Davon abgesehen hatte er Hansi angekündigt, dass er die restlichen Skier zum Zielbereich bringen würde, damit Hansi sich deswegen nicht noch einmal den Berg hinaufzubegeben brauche.

Auf einmal kam Unruhe auf. Und von fern flog ein Hubschrauber der Bergwacht heran, der ganz in der Nähe stationiert war und im Notfall sofort gerufen werden konnte, wenn jemand ins Spital gebracht werden musste.

Hansi erinnerte sich noch gut daran, wie er selbst mit einem solchen Helikopter nach seinem Sturz abtransportiert worden war.

»Ist irgendetwas passiert?«, fragte Hansi.

Einer der Pistenordner drängte sich durch die Fans hindurch und nahm Hansi beiseite.

»Ja, etwas sehr Schreckliches ist passiert!«, eröffnete der Pistenordner ihm.

»Was denn?«

»Komm mal eben mit mir!«

Als sie dann etwas ungestörter waren, erzählte ihm der Ordner, was geschehen war, dass es sich um seinen Bruder Franz und Gottfried handle und dass es einen schweren Sturz gegeben habe.«

»Wo?!«, wollte Hansi sofort wissen.

»Es hat keinen Sinn, wenn du jetzt dorthin gehst, Hansi. Stattdessen kommst besser gleich mit ins Spital. Es wird gerade ein Hubschraubertransport durchgeführt, wie du droben am Himmel schon sehen kannst!«

Hansi atmete tief durch und nickte dann. Seine Hände waren zu Fäusten geballt.

Wollte denn die Serie von Unglücksfällen, die die Familie Sandgruber in diesem Jahr schon heimgesucht hatte, einfach nicht abreißen? War das am Ende der Preis für den glücklichen Sieg in der Abfahrt?

Nein, so darf man nicht denken, dachte Hansi.

Wenig später konnte man auch vom Zielbereich aus beobachten, wie der Hubschrauber jemanden abtransportierte und in Richtung Krankenhaus flog.

* * *

Der Menschenauflauf rund um den Zielbereich löste sich nach und nach auf. Die Leute aus der Gegend waren überglücklich, dass es einer der ihren war, der den Sieg davongetragen hatte und das Preisgeld des Legenden-Rennens damit in der Gegend blieb.

Regina befand sich in diesem großen Pulk. Sie war noch eine Weile stehen geblieben, hatte beobachtet, wie sich alle um den großen Star dieses Tages scharten.

Einen Moment lang, als Hansi sie anschaute, dachte sie, dass er es sich vielleicht doch noch anders überlegt hätte.

Katharina hatte so eindringlich auf Regina eingeredet und davon gesprochen, dass der Hansi in Wahrheit eigentlich nur sie liebe.

Aber so sicher Katharinas Instinkt in diesen Dingen sonst auch sein mochte – in diesem Fall musste er sie wohl verlassen haben. Anders war dieser grobe Irrtum nicht erklärlich.

»Gut, dass ich dich erwische!«, hörte sie plötzlich eine Stimme neben sich.

Dies war Pias Stimme.

Regina war sehr überrascht, von ihr angesprochen zu werden. War ihr die Blondine aus der Stadt doch schon bei der Beerdigung von Franz senior nicht sympathisch gewesen.

»Ich bin schon so gut wie weg«, erklärte Regina.

»Eigentlich wollte ich dich nur persönlich zu unserer Hochzeit einladen, Regina«, erklärte Pia.

»Ach, ja?«

»Der Hansi würde sich natürlich auch freuen, wenn du kämst.«

Regina atmete tief ein und wirkte sehr nachdenklich. »Mal schauen, ob es passt«, murmelte sie.

Daraufhin ging sie weiter und ließ ihre Rivalin einfach stehen.

* * *

Hansi raste zum Krankenhaus. Dass Gottfried nichts Ernsthaftes geschehen war, hatte er inzwischen erfahren. Er hatte sich bei dem Sturz zwar einen Fuß verstaucht, aber vor dem Schicksal, von einer Pistenraupe in den Schnee gepflügt zu werden, war er durch Franz' gleichermaßen mutige wie tollkühne Rettungsaktion bewahrt worden.

Was seinen Bruder betraf, sah die Situation allerdings anders aus.

Sonst hätte man ihn nicht mit dem Helikopter wegtransportiert.

Als Hansi am Spital eintraf, wurde gerade ein Betrunkener aus einem Rettungswagen geholt. Die Sanitäter hatten ihre liebe Mühe mit ihm.

»Lasst mich los!«, rief er. »Da ist ja unser Hansi! Der Gewinner des Legenden-Rennens! Hoch soll er leben!«

Hansi drängte sich an dem Betrunkenen vorbei.

»Ein andermal kriegst ein Autogramm!«, rief er noch, worauf sich der Betrunkene keineswegs vertrösten lassen wollte.

Aber ehe er für seinen Protest die richtigen Worte gefunden hatte, war Hansi auch schon an ihm vorbei.

Hansi wurde in die Intensivstation geführt, musste sich jedoch eine Desinfektionshaube und einen Kittel anlegen und noch eine Weile auf dem Flur warten. Der Franz sei noch nicht imstande, mit ihm zu sprechen, meinte die Krankenschwester.

Endlich erlaubte man ihm, zu seinem Bruder zu gehen.

»Aber nur für ein paar Sekunden! Länger geht's wirklich nicht!«

Doch Hansi hörte nur noch halb hin.

Der behandelnde Arzt, an dessen Kittel das Namensschild ›Dr. Erich Sielfeld‹ angebracht war, sagte:

»Es war eine Frage von Sekunden. Ihr Bruder hat großes Glück gehabt, aber er ist auch ein ziemlich zäher Bursche.«

Dann wurde Hansi an Franz' Krankenbett geführt. Franz war an einem Tropf angeschlossen und seine Herzfrequenz lief über einen Computermonitor. Ein Verband verdeckte eine schwere Kopfverletzung.

Franz drehte den Kopf ein wenig, so weit seine Verletzungen dies zuließen.

»Hansi!«, stieß er hervor.

»Franz, was machst denn für Sachen?«

»Dass ein Mensch so viel Mist bauen kann, wie ich es getan hab. Das geht auf keine Kuhhaut, Hansi ...« Er war sichtlich geschwächt und stockte plötzlich. Dann rang er nach Luft. Er schien sich vielleicht doch zu viel zugemutet zu haben.

Hansi gab ihm die Hand und sein Bruder ergriff sie gerührt.

»Du hast dem Gottfried das Leben gerettet«, stellte Hansi fest. »Und dafür kann man dir nur dankbar sein.«

»Ja, gerettet habe ich ihm schon das Leben – aber erst, nachdem ich es aufs Spiel gesetzt hatte!«

»Wieso das denn?«

»Und net nur das Leben vom Gottfried habe ich aus lauter Fahrlässigkeit und Ärger und aus was weiß Gott noch für Gründen an einen Punkt gebracht, wo es auf Messers Schneide stand.«

»Wovon sprichst du eigentlich?«, hakte Hansi nach.

»Für dein Leben gilt das auch, Hansi. Das habe ich auch aufs Spiel gesetzt, indem ich die Bindungen deiner Skier gelockert habe.«

Hansi fiel es jetzt nach und nach wie Schuppen von den Augen. Aus diesem Grund hatte sich die Bindung nach seinem Zielauslauf so weit gelöst, dass er gestürzt war, wenn auch nicht gefährlich.

Hansi schüttelte den Kopf, drückte dabei aber wieder die Hand seines Bruders. »Und warum das alles? Wirklich nur wegen des Ärgers um den Hof? Weißt, der Hof ist net so viel wert – nie und nimmer –, dass sich deswegen eine Familie entzweien sollte!«

» Da hast zweifellos recht«, gab Franz zu. »Und glaub mir, wenn ich die Zeit zurückdrehen könnte, dann würde ich das tun.«

»Leider ist das unmöglich.«

»Ich kann dir sagen, warum ich das alles getan habe«, ergriff nun wieder der Franz das Wort.

»Net reden, Franz. Du bist noch so lädiert, dass der Arzt meinte …«

»Der Arzt kann mir gestohlen bleiben!«, fuhr Franz ihn an. »Ich will jetzt reinen Tisch machen und ich denke, wenn man so nahe am Tod war, ist das nun wirklich ein verdammt guter Zeitpunkt dafür. Findest das net auch?«

Da mochte ihm Hansi nicht widersprechen.

»Hansi, ich konnt es nie verkraften, dass ich es dem Vater nie hab recht machen können, während mein kleiner Bruder etwas Besonderes war …«

»Das darfst net sagen, Franzl.«

»Doch, doch, es ist aber so!«

»Das stimmt net. Das, was du heut gemacht hast, das

hätt ich mir nie zugetraut. Unser Vater wäre richtig stolz auf dich gewesen, glaub's mir!«

»Na ja ...«

»Schau, dass du wieder auf die Füß kommst, Franz!«

»Werd's versuchen, Hansi!«

Durch das Sichtfenster beobachteten unterdessen Irmgard und Gottfried, die inzwischen auch im Spital eingetroffen waren, wie sich die Brüder aussprachen.

»Das wurd aber auch Zeit«, seufzte Gottfried.

»Ja, das ist wahr!«, musste Irmgard ihrem Schwager zustimmen. »Wenn das mein Franz noch hätt erleben können, dass sich die beiden Buben wieder die Hand gegeben haben!«

* * *

Viktoria betrachtete ein kleines Pappmodell der ›Mountain Sea-World‹. Jetzt war das alles nur noch Altpapier. Viktoria Perterer hatte noch immer nicht so recht verarbeitet, was da während des Legenden-Rennens geschehen war.

Sie hatte nicht geglaubt, dass ihr Plan noch scheitern könnte. Nun hatte sie Schwierigkeiten, sich mit der neuen Situation zu arrangieren.

Plötzlich klopfte es an der Tür.

»Wir haben geschlossen!«, rief Viktoria wütend.

Aber wenig später betraten zwei Gendarmen den Raum.

»Ich konnte sie leider nicht aufhalten«, gestand Manuela, die ihnen gefolgt war.

»Ist schon gut«, sagte Viktoria mit verächtlichem Unterton, bedachte Manuela mit einem abschätzigen Blick und meinte: »Du kannst gehen, ich denke, die Herren wollen zu mir. Oder hast du etwas ausgefressen, Manuela?«

Die Sekretärin wurde rot und verschwand wortlos aus dem Raum.

»Nun, was kann ich für Sie tun, meine Herren?«, fragte Viktoria. »Wie gesagt, eigentlich haben wir heute geschlossen, und …«

»Daran wird sich so schnell auch nichts ändern«, äußerte sich der kleinere der beiden Polizisten. Viktoria kannte sie beide. Der Größere hieß Kreuzpainter und der Kleinere Obermaier. Beide waren in der örtlichen Gendarmerie von Kitzbühel stationiert.

»Was reden Sie denn da für einen Unsinn daher?«, fragte Viktoria und hob verächtlich das Kinn.

»Sie sind festgenommen«, sagte der größere Gendarm.

»Im Namen des Gesetzes«, ergänzte der kleinere. »Und natürlich haben Sie jederzeit das Recht, sich mit einem Anwalt in Verbindung zu setzen, falls Sie dies wünschen.«

»Ach, ja? Zu viele amerikanische Krimis habt ihr wohl geschaut oder was soll das jetzt? Ihr werdet eine Viktoria Perterer doch nicht so einfach abführen. Womöglich noch in Handschellen!«

Der Kleinere hatte die Handschellen bereits in der Hand und wedelte jetzt damit hin und her.

»Doch, genau so machen wir es!«, bestätigte er. »Es besteht nämlich der Verdacht der Anstiftung zur schweren Körperverletzung und der Anstiftung zu einer Brandlegung.«

»Das kann doch nicht Ihr Ernst sein?«

»Der Franz Sandgruber junior hat eine Selbstanzeige erstattet. Mit der Begründung, dass er zwar den Brand im Stall am Branderhof gelegt hätte, aber dass Sie die Idee dazu gehabt und ihn dafür auch reichlich entlohnt hätten. Und das Gleiche gilt für die Sabotage an Hansis Skiern.«

Ehe Viktoria Perterer sich versah, waren ihr Handschellen angelegt worden. Der kleinere der beiden Polisten nahm ihren Pelzmantel von der Garderobe und hängte ihn ihr über die Schultern.

* * *

Am nächsten Tag wollte es gar nicht mehr aufhören zu schneien.

Hansi und Pia gingen mit Jimmy spazieren. Sie liefen am Schwarzsee entlang, der jetzt überall zugefroren war.

Einige besonders Mutige wagten sich bereits auf das Eis.

»Schön, dass du mich hierhergebracht hast«, sagte Pia. »Es ist wirklich ein traumhafter Ort.«

»Ja, das ist wahr«, murmelte Hansi. Die ganze Zeit schon suchte er nach den richtigen Worten, um Pia zu sagen, was er ihr unbedingt sagen musste. Dass ihr gemeinsames Leben nämlich bereits zu Ende war, bevor es überhaupt begonnen hatte. Jedenfalls seiner Ansicht nach.

Plötzlich blieb Hansi stehen, berührte Pia leicht an der Schulter und sah ihr mit einem sehr ernsten Blick in die Augen.

»Pia, wir müssen einmal wie zwei erwachsene Leute miteinander reden.«

»Ja, ich verstehe schon. Es ist wegen Regina, nicht wahr?«

Hansi sah Pia überrascht an. Offenbar wusste oder ahnte sie sehr viel mehr, als bisher tatsächlich geschehen war. Aber darauf kam es jetzt nicht an.

»Gibt es noch andere – außer der Regina?«, fragte Pia schließlich und hob dabei die Augenbrauen.

»Nein, nein«, versicherte Hansi, »außerdem geht die Regina nach Deutschland. Aber weißt du, ich habe keine Ahnung, wie ich dir das jetzt sagen soll.«

»Wie wäre es mit der Wahrheit, Hansi? Das ist meiner Erfahrung nach immer der beste Weg.«

Hansi seufzte und ließ den Blick kurz über die Gipfel schweifen, die jetzt allesamt schneebedeckt waren.

»Weißt du, Pia, seitdem ich wieder hier in Schönbichl bin …« Er stockte. »Ich spürte immer, dass ich etwas vermisste. Aber es gibt dafür ja auch das eine oder andere Betäubungsmittel.«

Pia übernahm jetzt die Gesprächsregie.

»Ja, Hansi, ich habe mitbekommen, dass du hier ein anderer Mensch bist.«

»Na ja, ganz so krass würde ich das net ausdrücken, aber …

»Im Prinzip trifft es den Nagel auf den Kopf!«

Hansi lächelte kurz.

»Ich habe auch die Tränen in Reginas Augen gesehen«, erklärte sie ihm dann. »Solche Tränen könnte ich nicht vergießen. Nicht für dich und auch nicht für einen anderen Mann. Ich war mein Leben lang auf der Suche nach der großen Liebe. Und eigentlich dachte ich, dass ich sie vielleicht in dir gefunden haben könnte.«

Hansi nickte. »An dem, was du da sagst, ist schon was dran«, gestand er ein.

»Aber jetzt ist mir klar geworden, dass ich gar nicht bereit und in der Lage bin, ein süßes Heimchen am Herd zu werden. Also mach dir keine Vorwürfe, Hansi. Du würdest sogar wahrscheinlich zu dem Wort stehen, das du mir gegeben hast. Aber was hätte das für einen Wert! Mal ehrlich!«

»Ich bin sehr froh, dass du das ausgesprochen hast«, brachte Hansi sichtlich erleichtert heraus. Eigentlich hatte er zum Abschied mit einer hässlichen Eifersuchtsszene gerechnet, aber Pia zeigte Größe.

Pia, bist schon ein ganz besonderes Madl!, dachte Hansi.

Pia deutete auf ihren Verlobungsring. »Darf ich den behalten? Als Freundschaftsring?«

Hansi atmete innerlich auf, dass er dieses Gespräch mit Pia endlich geführt hatte.

»Das würde mich wahnsinnig freuen«, antwortete er. »Weil du für mich immer die beste Freundin gewesen bist. Was hoffentlich immer so bleiben wird!«

Hansi nahm Pia in den Arm und gab ihr zum Abschied einen Kuss.

»Ich danke dir!«, erwiderte sie.

* * *

Später fütterte Hansi im Pferdestall die Tiere mit Heu. Das tat ihm gut und half ihm dabei, sich ein wenig abzureagieren. Ein Lebensabschnitt lag nun hinter ihm und ein neuer begann.

Nein, dachte er. Das traf es eigentlich nicht ganz.

In Wirklichkeit war der Wendepunkt viel früher gekommen, nur hatte Hansi sich das lange Zeit über nicht eingestehen wollen. Doch nun hatte er endlich die Konsequenzen aus den Tatsachen gezogen. Und eine dieser Tatsachen war nun einmal, dass er hierhergehörte, in die Berge. Die Regina hatte schon recht, als sie meinte, der Hansi ohne Berge, das sei wie der Himmel ohne Sterne.

Nur war ihm das lange Zeit nicht bewusst gewesen.

Eine ganze Weile verbrachte er beim Pferdefüttern. Die kühle, klare Luft, die an diesem wunderbaren, sonnigen, aber sehr kalten Tag herrschte, sorgte in seinem Kopf für klare Gedanken.

Hansi spürte, dass er lange nicht mehr mit sich so im Reinen gewesen war wie in diesem Augenblick.

Da gab es nur noch eine Sache, die ihm quer im Magen lag. Aber um die in Ordnung zu bringen, war es vielleicht schon zu spät ...

Seine Schwester betrat den Stall.

Mit ihr hatte er zuvor darüber gesprochen, wie er es der Pia am schonendsten – und doch in aller gebotenen Deutlichkeit – klarmachen konnte, dass ihre Lebenswege in Zukunft doch besser in verschiedenen Bahnen verliefen.

»Na, wie ist es gelaufen, Hansi?«, fragte Katharina.

Hansi zuckte mit den Schultern. »Jedenfalls ist es vorbei und ich denke, das ist im Moment wohl das Wichtigste.«

»Ja, ich verstehe dich, Hansi.«

»Das weiß ich doch!«, lachte er.

»Und?«, fragte sie. »Wie fühlst du dich jetzt?«

Hansis Gesicht wurde nachdenklich. »Ach, das tut weh, sag ich dir.«

Und dann berichtete er ihr von dem Gespräch, das sie geführt hatten, und dass sie sich danach in aller Freundschaft getrennt hatten.

Katharina atmete tief durch. »Pia hat Größe bewiesen«, meinte sie.

»Ja, das finde ich auch.«

»Und ich denke, sie hat auch für sich selbst die richtige Entscheidung getroffen. Obgleich es ihr bestimmt genauso wehtut. Schließlich hatte sie ihr Leben darauf eingestellt, dass ihr im Mai heiratet.«

»Aber das hatte keine Zukunft, auch wenn ich mir lange Zeit etwas anderes eingeredet hab.«

Es entstand eine Pause, in der keiner von ihnen etwas sagte. Katharina lag zwar das entscheidende Thema auf der Zunge, aber sie zögerte noch, es anzusprechen.

»Und Regina?«, fragte sie schließlich.

»Das war eindeutig eine falsche Entscheidung von ihr«, stellte Hansi klar.

»Und jetzt? Willst es bei dieser falschen Entscheidung etwa belassen?«

»Ich weiß nicht, ob sich die überhaupt noch revidieren lässt«, sagte er. »Ich meine, ich hab ja schon ziemlich dreist Katz und Maus mit ihr gespielt, und wenn sie mich nun überhaupt nicht mehr sehen wollte, könnte ich das gut verstehen.«

»Sie war gestern beim Legenden-Rennen dabei«, gab Katharina zu bedenken.

»Ich weiß«, nickte Hansi. »Ich habe sie dort gesehen, wenn auch nur ganz kurz. Wahrscheinlich ist sie inzwischen schon längst in Deutschland.«

»Ist sie nicht«, widersprach ihm Katharina. »Gestern fuhr kein Zug mehr.« Sie sah auf ihre Armbanduhr. »In fünf Minuten müsste sie abfahren.«

Hansi grinste. »Scheinst dich ja ganz genau erkundigt zu haben!«, stellte er fest.

»Aber in fünf Minuten schaffst du es nicht mehr bis zum Bahnhof in Kitzbühel.«

»Nein, sicher nicht. Aber es gibt einen anderen Weg.«

Hansi griff in seine Hosentasche und holte sein Handy hervor. Sie hatten sich ja schon im Sommer versprochen, sich gegenseitig ab und zu anzurufen, auch wenn daraus nichts geworden war. Denn Regina hatte ihm klargemacht, dass sie mehr von ihm wollte als nur ab und zu ein Gespräch unter guten Freunden, und Hansi hatte ihr ebenso deutlich vor Augen gehalten, dass er sein Leben mit Pia zusammen zu verbringen gedachte und dass dieser besondere Platz in seinem Herzen eben schon vergeben sei.

Hansi wählte ihre Nummer und nahm den Apparat ans Ohr.

* * *

Ein Zug fuhr in den Bahnhof von Kitzbühel ein und wurde von den zahllosen Ski-Fans fast so frenetisch bejubelt wie am Vortag der grandiose Sieg von Hansi Sandgruber im Legenden-Rennen. Österreichische Fahnen wurden geschwenkt und die Fans waren naturgemäß wegen des Sieges ihres Landsmannes in bester Laune.

Die Türen öffneten sich, Fahrgäste stiegen aus und dann gab es für die Fans natürlich kein Halten mehr. Sie drängten in den Zug hinein und waren von den Schaffnern kaum zu lenken.

Beinahe hätte Regina das Klingeln ihres Handys in dem ganzen Trubel gar nicht gehört.

Sie setzte ihre Koffer ab und nahm das Gerät ans Ohr.

»Ja?«

»Hier ist Hansi«, kam es von der anderen Seite der Leitung.

»Ich dachte eigentlich, wir hätten alles besprochen, Hansi. Außerdem muss ich jetzt zum Zug.«

»Weißt, mit dem Fleckerl ist was.«

»Was denn?«

»Ich bin keine Tierärztin, Regina. Aber hier handelt es sich um einen Notfall. Schließlich hast du das Fohlen doch auf die Welt geholt, und da dacht ich ...«

»Es tut mit leid, Hansi, aber du weißt doch, dass ich nicht mehr im Dienst bin.«

»Aber ich ...«

»Ciao, Hansi. Meinen Nachfolger find'st im Telefonbuch!«

Damit beendete sie das Gespräch.

Noch einmal hatte sie sich nicht zum Narren halten lassen wollen. Wenn was mit dem Fleckerl war, dann rief er sie an, aber heiraten wollte er eine andere.

Viele Gedanken gingen ihr durch den Kopf. Sie stand da wie betäubt. Der erste Ärger verrauchte und sie beobachtete die Ski-Fans dabei, wie sie nach und nach mit ihren Fahnen und Transparenten den Zug bestiegen und diese aus den Fenstern schwenkten.

Ein Schaffner machte sie darauf aufmerksam, dass dieses Verhalten während der Fahrt nicht statthaft sei und dass jeder Fahrgast, der sich nicht an die Beförderungsregeln der österreichischen Bahn halte, damit rechnen müsse, dass die Fahrt schon an der nächsten Station für ihn ein Ende haben würde.

Regina war für diese Verzögerung dankbar. Fuhr nicht auch später noch ein Zug nach Deutschland? Es war nicht dringend nötig, dass sie Kitzbühel heute verließ.

Andererseits – was durfte sie schon erwarten, wenn sie jetzt zum Branderhof fuhr? Hoffnungen, was den Hansi betraf, machte sie sich keine mehr. Und was die Katharina betraf, die sie wohl gerne als Schwägerin gehabt hätte, so war ihre gestrige Rückholaktion ein großer Irrtum gewesen. Wenn der Hansi wirklich noch etwas von ihr gewollt hätte, hätte er einen Schritt auf sie zu gemacht.

Stattdessen hatte diese Pia ihm wie eine Klette am Hals gehangen.

Andererseits, wenn wirklich etwas mit dem Fleckerl war, dem sie doch auf die Welt geholfen hatte: Durfte sie das dann ignorieren und würde das nicht letzten Endes ihrem tierärztlichen Eid widersprechen?

Regina atmete tief durch und sog die eiskalte Luft in sich hinein. Auf einmal wurde sie durch die durchdringende Stimme des Schaffners aus ihren Gedanken gerissen.

»He, was ist mit Ihnen?«, rief er.

Sie zuckte zusammen.

»Ich fahre heute nicht!«, rief sie und nahm ihren Koffer wild entschlossen vom Boden auf.

* * *

Hansi hielt sich im Stall auf und tätschelte dem Fleckerl niedergeschlagen den Hals.

»Na, Fleckerl, was machen wir jetzt?«

Plötzlich hörte er draußen das Geräusch eines Wagens. Eine Tür wurde geöffnet und fiel wieder zu.

Einige Augenblicke später erschien Regina im Stall. In der Rechten trug sie ihren Arztkoffer.

Hansi lächelte sie an.

»Was fehlt ihm?«, fragte Regina kühl.

»Eine gute Trainerin«, erwiderte Hansi stockend. »Er würde es gern mit der deutschen Konkurrenz aufnehmen ...«

»Was?« Regina war fassungslos. War das Fleckerl nur ein Vorwand gewesen, um sie herzulocken, und in Wahrheit fehlte ihm gar nichts?!

Ihr Gesicht wurde rot vor Wut. Das darf doch nicht wahr sein!, dachte sie verärgert.

Auf der Stelle machte sie auf dem Absatz kehrt und rannte zur Stalltür hinaus.

»He, Regina!«, rief Hansi ihr noch hinterher.

* * *

Regina rannte durch die märchenhafte Winterlandschaft rund um den Wilden Kaiser zurück zu ihrem Wagen. Hansi folgte ihr.

Diesmal ist er entschieden zu weit gegangen!, durchfuhr es sie. Sie drehte sich um.

»Du Mistkerl!«, schimpfte sie.

»Regina …«

»Du weißt genau, dass ich einen Notfall nicht einfach so ignorieren kann!«

»Ja, ja, freilich weiß ich das, und deshalb …«

»… hast du das ganz bewusst ausgenutzt!«

»Es ist aber auch ein Notfall, wenn du dich für die falsche Zukunft entscheidest!«, hielt er ihr entgegen.

»Ah – ich entscheide mich also für die falsche Zukunft! Und was ist mit dir und Pia?«

Richtig außer sich war sie jetzt.

Hansi trat näher und legte ihr einen Finger auf den Mund, um sie wieder ein wenig zu beruhigen.

»Pst«, sagte er. »Regina, ich weiß jetzt ganz genau, zu wem ich gehöre. Lange Zeit wusste ich es nicht.«

Sie sah ihn erstaunt. Ein Strahlen trat auf ihr Gesicht. Hansi gab ihr einen Kuss auf den Mund, noch ehe sie etwas sagen konnte.

»Na, warte, Hansi!«, stieß sie schließlich hervor, packte ihn und riss ihn mit sich.

Sie fielen beide in den weichen Pulverschnee, in dem sie wie ausgelassene Kinder herumzutollen begannen. Schon nach kurzer Zeit waren sie ganz weiß. Schließlich verschmolzen sie, völlig mit Schnee überhäuft, miteinander in einem innigen Kuss.

»Ich habe als Tierärztin ja bereits einige schwierige Geburten erlebt, Hansi«, sagte sie nach einer Weile atemlos. »Aber die unsrige, die war die schwierigste.«